星舰联盟 | Path of Exile

星舰联盟

罗隆翔

——著

之 在 他 乡

失落的星火

北方联合出版传媒（集团）股份有限公司

万卷出版公司

ⓒ 罗隆翔 2020

图书在版编目（CIP）数据

在他乡 / 罗隆翔著 . -- 沈阳：万卷出版公司，2020.10
（星舰联盟）
ISBN 978-7-5470-5374-4

Ⅰ . ①在… Ⅱ . ①罗… Ⅲ . ①幻想小说 - 中国 - 当代
Ⅳ . ① I247.5

中国版本图书馆 CIP 数据核字 (2020) 第 080727 号

出 品 人：王维良
出版发行：北方联合出版传媒（集团）股份有限公司
　　　　　万卷出版公司
　　　　　（地址：沈阳市和平区十一纬路 25 号　邮编：110003）
印 刷 者：三河市嘉科万达彩色印刷有限公司
经 销 者：全国新华书店
幅面尺寸：145mm×210mm
字　　数：260 千字
印　　张：9.5
出版时间：2020 年 10 月第 1 版
印刷时间：2020 年 10 月第 1 次印刷
责任编辑：王　越
责任校对：尹葆华
封面设计：尚世视觉
ISBN 978-7-5470-5374-4
定　　价：45.00 元
联系电话：024-23284090
传　　真：024-23284448

目
录
▼
▼

在 他 乡

一、新金山市

"法厄同"星舰，新金山市，阳光明媚。

一个留着平头、戴着耳钉的年轻人坐在唐人街的警察分局里，分局长老赵坐在年轻人面前，像这种正值叛逆期又没胆子犯事儿的小毛头，老赵见得多了。"别用盯犯人的眼神看我，"年轻人说，"我是来报案的，我的摩托车被偷了。"

老赵登录警察网络系统，输入车牌号码，很快有了摩托车的下落，"我说郑维韩，你的摩托车也太破旧了，这已经是第二次被环卫工人当成丢在路边的垃圾给捡走了。下次记得挂块牌子标明'这不是垃圾'，知道吗？"

郑维韩笑了笑，然后开始闲扯："听说你这些天很闲？"新金山市不算太大，从夏人街、商人街、周人街到唐人街、宋人街，几条街道十个手指头就能数完，治安一直都不差。

老赵说："也不是太闲。前面商人街出了一场小车祸，两辆自行车撞在一起，这是这个月唯一的'大案'……昨晚又和你爸吵架了？"

郑维韩说："老家伙在'欧罗巴'星舰闲得发慌，跑过来逼我去军校考研。"他当初就是死活不愿读军校，才跑到新金山市投靠舅舅，后来又瞒着父母报考了一所普通大学。舅舅是老赵的邻居，嗜酒如命，婚姻状况是结了离、离了结，几进几出杀下来，最后还是落得个孤家寡人，连个孩子也没有……两年前的冬天，下暴风雪的时候，他在小酒店里多喝了几杯，醉倒在大街上，第二天上午，人们才在厚厚的积雪下发现他的尸体。

"说到当兵，我年轻时也想过……"老赵说，"那时候我觉得当兵很威风，就报考了军校，跟你爸同一年报考的。不过，他考进去了，我落了榜，就考了警校。"他拍拍皮带上的佩枪，"二十几年了，这枪连一发子弹都没打过。"

郑维韩说："我爸小时候是因为家里穷才去读军校，军校管吃住，不收学费。他常说那是玩命的活儿，十五年前他们全班五十几个同学全上了战场，只有五个人是活着回来的……他都知道当兵死得快，现在居然还想叫我去送死！"

老赵说："我猜啊，你爸的意思是他好不容易升到上校军衔，在军校里多多少少有些朋友，你去拿个高学历，然后在军中谋个文职，比前线的士兵安全得多，也比较容易升迁。"

"这我不管，"郑维韩根本听不进去，"反正我摩托车没了，待会儿你下班记得带我回家。"

二、唐人街的茶楼

唐人街里有很多不土不洋的玩意儿，比如，写着繁体字的招牌，故意装修成古典式钱庄的银行，宇宙闻名的中餐馆……当然还有这间茶馆。

人在他乡总是特别思乡吧？在"法厄同"星舰，有很多人昨天也许还穿着宇航服在太空站工作，今天一休息就赶回地面上，来到这街上那间闻名遐迩的"老胡同印象"澡堂泡个热水澡，看着布满水渍的天花板和故意种上青苔的墙壁，讨论某个星系上的新闻……钱他们不在乎，他们买的就是这种老家的感觉，泡完澡，换上旧式的服装去逛一逛那些占去半个街道的小地摊，都说这地方有正宗的地球味道啊。

骆驼茶馆是唐人街比较有名的茶馆，茶馆里有一位说书人，还有五个每天必到的拿着葵扇、穿着旧式长袍喝茶聊天的老先生，有时甚至会过来一些猎奇的"老外"（外星人）。自从对面那家"马肿背茶馆"倒闭之后，骆驼茶馆的生意就更好了。那家"马肿背茶馆"被人发现用机器人冒充人类当服务生后，就没顾客上门了——这年头，顾客花钱买的是传统，上茶馆喝茶是身份的象征，好不好喝倒是其次。

当年，郑维韩的外公外婆担心舅舅没法养活自己，就把这家临街的骆驼茶馆交给了他，虽说茶馆那点儿收入发不了大财，但也饿不死人。

郑维韩心想：也许该多雇几个人了。上次人才市场那个拉二胡的老先生看起来不错，听说是某艺术学院的退休老师，只可惜要的薪水太高了……其实这间茶楼就算把员工全开除了，换上一批机器人也照样能经营得很好，说不定还能经营得更好，机器人至少不会跟你说要加薪和休假。但是，现在大家都知道，多雇用几个员工是能够得到减税优惠的，如果企业里是清一色的机器人，那么第二天，税务局的官员就会来找你的麻烦，说你故意和政府降低失业率的目标对着干，你要缴纳的税金就会高到把所有的利润全贴上去都不够的地步。

当晚打烊的时候，郑维韩发现一个女孩站在门口，女孩问他："请问，你们这儿招工吗？"那女孩穿着一件不太合体的旧衣裳，头发老长，怯生生的，背着一把二胡，瘦瘦小小，看年龄好像找工作补贴家用的穷学生。

郑维韩差点儿没把手上的那块门板砸在自己脚指头上，在天上那轮人造月亮的冷光下，这个女孩看起来就像个女鬼。他的目光落在那把旧二胡上，"你拉一曲《二泉映月》听听。"

女孩坐在门前的石墩上，地球时代的古曲流水一般从二胡的弦上轻轻淌出，泉水般的古曲诉说着一个平静的故事：

在很久很久以前的地球时代，一个瞎子坐在街头，静静地拉着二胡，眼睛茫然地面对着街上散发传单的人们，对街上带血的喧嚣听而不闻。他知道暴风雨即将来临，却只是静静地守着心头那份宁静，就好像静静流淌的泉水，倒映着天上渐渐浓聚的乌云。暴雨有声，乌云无言，所以在暴雨真正降临的前夕，泉水也宁静如昔。

历史上，很多故事都有着相同的开篇。在地球时代，同样的暴风雨不断地重复着，在最后的一场暴风雨来临前夕，那些官僚流放了多达几亿名的罪犯到外太空去，同曾经地球地理大发现时代将犯人流放到美洲和澳洲的做法如出一辙。

郑维韩记得爸爸以前说过，星舰联盟政府很久以前曾经收到过来自地球的信号，先是不可一世的命令，然后是低声下气的请求，最后是苦苦的哀求，求这些流放犯的后裔回去救救他们……

"曲子已经拉完了，您看可以雇用我吗？"女孩的声音把郑维韩拉回了现实。

"嗯……很棒的曲子，很不错。"郑维韩其实老早就走神了，"我只怕没办法给你开太高的工资，不过我这儿管吃住，只要你不介意和我生活在同一个屋檐下就行。"他不知道自己为什么想留下她，"对了，你叫什么名字？"

"韩丹。"女孩说。

郑维韩很快给自己找了一个想留下她的理由：他总不能看着她一个弱女子在这人生地不熟的城市四处流浪吧？

"我们以前见过吗？"郑维韩总觉得她很眼熟。

韩丹有一个日记本，一种古老的电子油墨在可以卷起来的薄膜上面显示出字迹，它的数据储存空间只有区区80GB，不过按照每个汉字占两个字节计算，她只怕十辈子都写不满它。

这种日记本卷起来之后像个卷轴。商家为了迎合客户的喜好，给"卷轴"涂上宣纸一样的颜色，看起来更像古老的卷轴了。

写日记是好习惯，但不是对像韩丹这样有着太多秘密的人。她打开日记本，手指在薄膜上轻轻滑过，留下一些字迹：

我也许会在这儿住上一段时间，打些短工养活自己，在他发觉我的不寻常之前，离开这儿，继续流浪……

三、流星雨

　　韩丹在这儿生活了一个月，每天的工作就是在茶馆里演奏二胡招徕顾客。茶馆的营业时间是从早上十一点到晚上十点，这年头工作不太好找，凑合着过得去就行了。

　　晚上，茶馆打烊了，郑维韩说有些急事要出去，十一点钟了还没见回来。韩丹回到房间，打开计算机进入了一个网站，手指娴熟地敲下一段冗长的密码，出现在屏幕上的是一幅类似古老地球时代的"Google 地球"那样的画面。她在球形地图上找到了新金山市，用鼠标不断地拖动、放大地图，细如蛛网的街道放大到整个屏幕大小，就连街边绿化带的落叶都清晰可见——她找到了郑维韩，他正在一家24 小时营业的便利店前排队买东西。

　　气象局发布了流星雨警报，很多人都在大大小小的商店前排起长龙，抢购物资。韩丹坐立不安，总觉得该干些什么，她从杂物房里找了些木板想加固门窗，又突然想起这样做是没有意义的。韩丹想起地球上的一个古老传说：当流星划过天边的时候，闭上眼睛对着流星许愿，愿望就一定能实现。现在仍然有很多人会在流星下许愿，但愿望通常都只有一个——让这些该死的流星雨快些结束吧！

　　晚上十一点半，郑维韩回来了，扛着两大桶纯净水和一些应急用品。"今晚到地下室去住。"他说。

新金山市的建筑物通常不太高。按规定，如果一栋房子在地上有十八层，它就一定要有十八层地下室，否则就算违章建筑；如果一座城市能容纳十五万人口，它就必须得有可供十五万人生活的地下建筑群和三个月的储备物资——这都是被严酷的生存环境逼出来的。

郑维韩家的地下室是个两房一厅的套间，客厅除了有个楼梯通往地面以外，还有一扇门通往外面街道下的防空地道——这扇厚达五百多毫米的复合材料大门足以抵挡一般性的陨石袭击。

凌晨三点半，流星雨终于来了，大地颤抖着，头顶上传来炮弹破空般的呼啸声和房屋倒塌的哗啦声，看来这场流星雨还真不小。苍白的防爆灯下，郑维韩睡不着，见韩丹从房间走出来，"你也睡不着？"他问道。

郑维韩随手打开电视机，电视信号很差，流星雨撞击地面的画面伴着沙沙声出现在他们面前，尽职的记者顶着致命的流星雨坚守在新闻现场，为大家报道第一手消息。无数火流星溅落在大气层中，拖着长长的尾巴像暴雨一样密集地落下，狠狠地砸在城市里。强烈的高温点燃了城市里一切可以点燃的东西，新金山市的熊熊烈火照亮了整个夜空。

虽然地下室里有强力的制冷设备和氧气循环再生设备，但还是可以感觉到天花板上传来的燥热。小型的流星雨适合拿来哄喜欢风花雪月的小女生，大型的却能像地毯式轰炸一样将整座城市砸个底朝天！

韩丹说："地球是幸运的，因为太阳系里木星和土星两颗巨行星存在，替地球抵挡了很多危险的小天体撞击。"

"这儿不是太阳系……"郑维韩拿出一张老照片,照片上几个男人全是军人打扮,"我本来有两个舅舅,大舅舅是第十七舰队的士官,十五年前死了。我二舅舅当时就在离他最近的一艘救援飞船上,因为飞船的引擎被陨石砸坏,只能眼睁睁地看着亲兄弟遇难却毫无办法。后来,二舅舅整个人都垮了,拼命酗酒,直到他离世。"

在这缥缈的宇宙中,真正能被称为"敌人"的外星文明是很少的,作为军人,面对得更多的是宇宙中危险的自然环境。

"沙沙沙",电视突然没了信号,头顶上的大地簌簌发抖,灰尘不断从天花板上落下,郑维韩嘟哝说:"我这辈子第一次看见规模这么大的流星雨……"不过他并不是太在意,反正这种自然现象每隔三年五载就会出现一次,看在选票的分上,被砸坏的房子政府多多少少会给些补偿,再加上重建带动建材需求,经济是会得到恢复的,高大的楼宇和宽阔的街道会再次出现,就像麦田里一茬接一茬的庄稼一样。多少年了,这里的人们就是这样过来的。

一声天崩地裂的爆炸声震动了整个地下室。片刻后,外面传来急促的敲门声,郑维韩打开门,看见老赵穿着睡衣光着两条大毛腿,挂着皮带和手枪站在他面前,"快到紧急登船口集合!流星雨把太阳给砸坏了!"

郑维韩大惊失色:"这绝不可能!"但看到老赵紧张的神色,他明白这不会是在开玩笑。

每一艘星舰上空都有一颗装载着巨型核聚变反应堆的人造太阳,太阳有一面永远正对着大地,源源不断地为大地提供光和热,如果它被砸毁了,整个星舰都会被冻成一团冰坨!

新金山市的地下也和地上一样，被分为一个个街区，每两个街区之间都用足以抵挡核爆炸的气密门隔离开，蜘蛛网一般错综复杂的通道看起来倒有几分飞船内部结构的感觉。

　　老赵继续去通知别的居民撤离，而郑维韩和韩丹则立刻跑到地下飞船登船口。候船大厅蒙着厚厚的灰尘，这地方已经有很多年没动用过了，它就像轮船上的救生筏，没了它不行，但谁都不想看见它派上用场。古老的液晶显示器不断刷新，显示出最新的消息：周人街的地下城被一块陨石砸穿了，上头的火海迅速吸走了地下城的氧气，整整一个街区的人全都窒息身亡。没人敢打开气密门去寻找那个街区是否还有幸存者，谁都知道只要门一打开，剧毒的浓烟和火焰就会蔓延到下一个街区的地下城，害死更多的人。

　　地震了，大地好像受伤的巨兽一样颤抖不止。飞船正在填充燃料，根据古老的《星舰紧急逃生预案》，登船的顺序依次是婴儿、小孩、少年，到最后才是老人，如果是知名的学者、教授这一类极为宝贵的人才，则可以和孩子们搭坐第一批飞船离开。尽管那些维持治安的警察反复强调这儿有足够的飞船可供大家逃生，但是谁都知道越往后拖，生存概率越小。有人试图不顾一切挤进飞船，大声号叫："谁给我让个位置，我把我的上亿财产分他一半！"回答这人的是警察的一梭子弹。

　　很多老人自发地留下来维持秩序，对自己的孩子、孙子说："你们先走，我们搭最后一批飞船离开。"其实大家都知道：最后一批飞船很可能永远没有机会起飞了。

　　轮到郑维韩登船了，站在他后面的是一个哭泣的女人，她的两个孩子已经搭前一批飞船离开了，她不巧被分到了下一批。这时，火舌已经蹿到飞船的发射井边上。"我能不能让她先走？"郑维韩问身边的警察。这名警察并不言语，只用黑洞洞的枪口指向他的脑袋，郑维韩赶紧低头登船。

韩丹排在他前一个登船，现在就坐在他旁边的座位上。她熟练地用手臂般粗细的金属安全带把自己固定在椅子上。

"系好安全带！这种旧飞船不像客运公司经营的那些飞船一样有人造重力场和宜人的舱内环境！"

飞船突然发动了，沉重的超重感压得人全身发痛，船舱也吱呀作响，好像随时都会解体一般。逃生飞船发射口位于街区广场正下方，它根本没有发射井盖，而是通过定向爆破直接炸掉地面上的建筑物让飞船钻出来。

城市在火焰中坍塌了，流星雨仍然不停地撞击着大地。从飞船中望下去，城市被撕裂出几个火山口一样的飞船发射井，繁华的大街、古色古香的楼宇、像卫兵一样整齐矗立着的绿化带乔木……正一点点被炽热的气浪扫倒，化为灰烬……

四、星舰

这是一艘飞船，也是一颗星球。说它是星球，因为它的体积和质量都和老地球相近，它有大气层，有蔚蓝色的海洋和广袤的陆地，有完整的生物圈；说它是飞船，因为它有推进器，能在宇宙中缓慢移动，不像真正的行星那样围绕着某颗恒星打转，所以人们都称它为"星舰"。

很久以前，人们的祖先驾驶着飞船在宇宙中流浪，后来，飞船越造越大，这些体积足有地球大小的星舰也就顺理成章地被制造出来了。

这种有史以来最大的飞船——星舰，大到它本身就足以产生相当大的引力束缚住足够多的空气形成大气层，所以不像传统的飞船那样非得有外壳不可。它的南极有着永恒的华光，在那里，矗立着一大片森林般的巨型推进器，那些推进器抛射出的高能粒子在太空中留下一条彩带般的轨迹，推动着整艘星舰前进。

星舰非常大，薄薄的大气层下是白云、海洋和陆地，它非常漂亮，却又非常脆弱——在广袤无边的宇宙背景衬托下，薄薄的大气圈就像肥皂泡一样脆弱。因此，不难理解星舰联盟为什么组建了那么庞大的军队、设置了那么多道防线来保护它。

可惜庞大的军队和多重的防线还是没能抵挡住这次袭击。这次的损失太大了。据新闻报道，一个体积很大的星体以非常快的速度一头扎进星舰联盟的领空，政府出动了大批的作战力量拦截那个星体，他们原本想把星体拖离轨道，但它的速度太快了，他们只能把它打碎。从新闻公布的数据来看，这是一次连太阳系的老地球也会被整个撞离轨道的撞击！如果它直接撞在星舰上，会把星舰彻底摧毁；但如果把它炸成足够小的碎块，这些小碎块在坠入大气层的途中不断燃烧，造成的损失则会小得多。

军方已经尽力了。韩丹看着飞船舷窗外飘浮着的碎片，一些军舰残骸也夹杂在里面，她甚至看见几名士兵残缺不全的遗体从舷窗外飘过……星舰本来有自己的一套防陨石系统，如果碰上特别大的灾害，系统顶不住，唯一的选择就是出动军队。

人们对这样的牺牲早已习以为常。记得当初人们摸索着建造第一艘星舰的时候，数以亿计的流放犯后裔中有近三分之一的人献出了自己的生命。

星舰远远不止一艘。"欧罗巴"星舰完工后，人们又建造了两艘星舰——"亚细亚"星舰和"阿非利克"星舰，慢慢就轻车熟路了。地球上只有七大洲，当建造第八艘星舰的时候，他们发现七大洲的名字不够用了，就开始用地球各国的神话人物名字命名，所以就有了"盖娅""法厄同""帕耳修斯""克罗纳斯"之类的星舰，反正地球上的大洲一开始也是用神话人物命名的，还算凑合吧。

在拓荒年代，地球联盟太空开发署可是一个响当当的名字。它旗下的第一艘外太空移民飞船缓缓离开太阳系时，全球万人空巷，那崭新的大飞船上的太阳帆像鲜花盛开一样缓缓打开，漂亮的女解说员激动得热泪盈眶、语无伦次，搜肠刮肚地寻找赞美的词汇，一迭声地称呼那些拓荒者为"英雄"，就好像整个银河系变成人类的殖民地已经指日可待——没人看见那些"英雄"宇航服下面的累累伤痕。

"祝你们在外太空找到一块新的美洲大陆！"据说在地球时代，每个狱卒把被揍得鼻青脸肿的犯人丢进飞船送往外太空拓荒之前，都会送上这样一句"祝福"。有人问："如果他们无法找到可以殖民的星球怎么办？"地球联盟太空开发署的官僚回答说："这不成问题。每艘飞船上都有男女宇航员各一万名，就算找不到合适的星球，也可以一代代在飞船上繁衍下去。"地球古代流放犯人最起码还有个目的地，而这些"英雄"则连流放地都得自己去找。

失去人造太阳之后,"法厄同"星舰大气层的温度骤然下降!强烈的温差掀起狂风,暴雨裹挟着冰雹倾盆而下,恶劣的天气逼得那些救生飞船不得不强行起飞,大批的人因此被遗弃在地面上。滔天的洪水很快结了冰,"法厄同"星舰上的城市连同来不及逃走的人一起被冻结了,有些来不及飞走的飞船也一同被冻结在大地上。

冰是一种不良导体,随着温度继续下降,冰面上的温度远低于冰面下方,在内外温差的作用下,上百米厚的冰面噼里啪啦地破裂了,长长的冰裂缝从星舰的一端蔓延到另一端。在巨大的应力扭曲下,庞大的冰盖形成深深的裂谷和高高的山脉,将被冻僵的城市、草原、森林甚至海洋无情地撕裂。然后,絮状的雪花飞扬着飘了下来——那是被冻成干冰的二氧化碳雪花。再过些日子,这里会下起蓝色的雪——氧气和氮气凝结成的雪花是蓝色的,失去人造太阳之后,整个大气层都会被冻成固体。

逃难的飞船里有人在哭,船舱里的屏幕上不停地播放着老地球的湖光山色,似乎在提醒人们这并不是第一次失去故乡,好像这样就能稍微减轻一点丧失"法厄同"星舰的伤痛。

韩丹打开日记,随手写下一些字:

在这一刻,全船的灾民好像忘记了平时悠闲的生活,都回归到了祖辈的生活方式——逃难、逃难、再逃难,从大家躲进飞船的那一刻起,就把性命交给了这艘飞船,能否逃出灾难已经不是自己能控制的了。就在我身后,两艘飞船被流星击中,爆炸了,很多父母将永远也找不到自己的孩子,而很多孩子则永远地失去了父母……

五、"欧洲"，长安

"欧罗巴"星舰，老辈人习惯于称呼它为"欧洲"。这是人们建造的第一艘星舰。长安，所有星舰上最大的城市，星舰联盟政府中枢所在地。长安位于"欧罗巴"星舰上，熟悉历史的人一定觉得有点纳闷儿。

当年，第一艘星舰还没制造完毕，人们就为了怎样给它命名而吵得不可开交。原则上，人们打算以地球时代的洲名来命名，但具体用哪个洲却一直定不下来，最后人们就把七大洲的名字写在纸片上，抓阄决定，一不小心抓到了"欧洲"，所以就将它命名为"欧罗巴"星舰。

星舰建造完毕之后，人们在最漂亮的一条大河的入海口处建立了第一座城市。给这座城市起什么名字呢？大家把自己心目中最看重的地球时代的城市名字写在纸片上，再次开始抽签，在华盛顿、巴黎、耶路撒冷、巴比伦、马德里、马丘比丘等上万个城市名字当中，竟然鬼使神差地抽到了长安，于是，"长安"就这样跑到"欧洲"去了。

长安市中心，大批救护车和医护人员翘首仰望通天塔，警察在广场周围拉起黄色的警戒线，把普通民众和各路记者拦在外头，一批又一批的灾民被从塔上送下来。

通天塔的作用类似于地球时代的港口，只不过它停泊的是飞船而不是轮船。它的原理很简单：用缆绳把大气层外的同步轨道空间站和地面连接起来，在缆绳上挂载电梯运送旅客到空间站，他们在那儿换乘来往于星舰之间的飞船。

郑维韩一下飞船，就被带到医护人员面前检查是否在逃难过程中受了伤。一名官员在民政部门的数据库中查找到他的身份档案，给他开了一张卡作为临时身份证兼信用卡兼驾驶执照，说："你父母的家就在这艘星舰上？看来没必要在灾民安置所替你准备住处了，抱歉，那儿的床位很紧张。"

那名官员核查韩丹的身份时却惊呆了，嘴张得好像能塞进一颗鸵鸟蛋。

出了通天塔就是市中心广场，很多灾民不顾工作人员的劝阻，在这儿发疯一样寻找着自己的亲人。等到事情过去一段时间之后，有些失去孩子的父母会到孤儿院认领孤儿，他们总偏向于认领那些在同一场灾难中失去父母的孩子。郑维韩看见老赵的妻子带着两个孩子，正望眼欲穿地看着通天塔的出口。谁都知道，警察肯定是最后一批撤离的，老赵很可能回不来了。

六、乡下

长安乡下有一条小路，路的左边是一个小村，路的右边是一片西瓜田，现在田里的瓜苗刚挂上婴儿头大小的西瓜，离成熟还远得很。年轻人大多进城找工作了，乡下的人越来越少。为了在农闲时多赚几个钱，一位老人在自家门前开了一间小小的饮食店，他是一位极其普通的老人，清瘦、佝偻。

老人是郑维韩的爷爷，韩丹正在老人的店里帮忙。老人家很疼爱孙子，但韩丹知道最好别在老人面前提起那个不孝子——郑维韩的爸爸郑冬。二十多年前，老人极力反对独生子去读军校，那是高危行业，说不准哪天就死在前线了，他更乐意让儿子守着几分薄田，安安稳稳地过日子。

乡下有良田千顷，这些庄稼是在天上那轮人造太阳的照耀下成长起来的，用尽可能接近自然状态的风霜雨雪来滋养，造价比工厂里人工合成的东西贵得多，但味道却不见得比合成食品好到哪儿去。

"我从来不要他的钱，我还能养活自己，"老人主动提起儿子，"我很敬重当兵的人，但不想看到我儿子去冒这个险。"

一辆仿地球时代挂军方牌照的全地形越野车停在小店门口。老人远远地看见那车开来，眉头一皱，从柜台底下翻出写着"打烊"两个字的牌子挂上，生意也不做了，转身往屋里走去。

一个军人走下车，他年近五十岁，两鬓华发早生，韩丹知道他是郑维韩的爸爸，郑冬。

郑冬走到门前，笔挺地站着，却没有踏进家门，韩丹也不敢招呼他进来坐。她听郑维韩说过，爷爷二十五年前一怒之下叫爸爸永远滚出家门，事情过去那么多年，爷爷早就原谅他了，只是一直拉不下脸亲口说出来。

很显然，这是两个倔脾气在顶牛。听说每年的除夕夜，郑冬都让老婆孩子进来和父母共享天伦之乐，自己却在门外，宁愿顶着风雪站上一夜，就为了等父亲说出那句原谅他的话。

韩丹放下手上的工作，郑冬问她："我们也有几十年没见面了吧？"

"是很多年了，那时维韩还不满周岁。"韩丹说。

他们一前一后出了门，走在乡间的小路上。郑冬问韩丹："这些年你还是在四处流浪？"

韩丹说："习惯了。"

郑冬问："你很少碰见熟人？"

韩丹说："有时候会遇上。记得十年前，也许是二十年前，甚至五十年前吧，一位老人硬拉着我的手说我是他八十年前的初恋情人，老人的曾孙却一个劲儿地向我道歉，说他的曾祖父老糊涂了。"

"你还想让这类故事在我儿子身上重演？"郑冬很担心。

韩丹在田垄边摘了一朵野菊花别在长发上，"你儿子很像我死去的弟弟。"

郑冬说："这我倒不乐见。"韩丹的弟弟是被持不同政见者刺杀致死的。

"我弟弟是独一无二的。"韩丹微笑，弟弟是她永远的骄傲，"你有没有想过当将军？"

郑冬说："随缘吧，这种事没法强求，很多人到退休都挂不上一颗将星呢。"从军的人有两级军衔最难升迁，一是上校升迁准将，二是少将升迁中将，至于最高的那级——元帅军衔就别指望了，那通常是死后才给追授的。

"不想当将军的士兵不是好士兵。"韩丹说。

"先不谈这个。"郑冬决定先跟她说说"法厄同"星舰上的事儿，"'法厄同'星舰是我负责派兵去救援的，我派了精锐部队上去，打算先把星舰的行政首脑救出来。"他紧握拳头，"我听回来的士兵说，行政总长大人点了一支烟，看着窗外飘落的二氧化碳雪花对士兵说：'你们先去救平民，在所有的平民安全撤离之前，我一步也不会离开。'然后就冻死在星舰上了。"

"他就算活下来也只能等着蹲大牢。"韩丹说，"星舰原本是有陨石拦截系统的，但是当时拦截系统没能正常启动。一开始没人意识到事情会严重到这种地步，你儿子还抱着看一场特大流星雨的兴头，躲在地下室里满不在乎地看电视直播。"

郑冬说："又一个贪官，听说他贪污了拦截系统的维护专款。"

"现在是非常时期，看来得动用重刑对付这些王八蛋。天灾不可怕，人祸才是心腹大患！"提到这个，韩丹只觉得一股无名怒火直冲脑门，"军方的内部文件你应该也看了吧，在未来的一段时期，这样的流星雨只会越来越多，我们一点儿纰漏都出不得！"

那份内部文件传达到相当于营一级的指挥官为止，郑冬是战列巡洋舰的舰长，当然也看了。郑冬说："身为军人，我无条件服从命令；但作为一个普通人，我想知道我们为什么选了一条最难走的路来走。"

韩丹蹲在田垄上，灌溉渠的水清澈见底，渠底的淤泥长了水草，一些小鱼在水草间游弋，这些田园风光很难让人相信他们是身处流浪在宇宙中的星舰上。

"你还记得老地球吗？"韩丹说，"在太阳系，太阳占了整个太阳系质量的百分之九十以上，它庞大的体积和巨大的引力像一顶巨大的保护伞，替地球挡住了无数危险的小天体。太阳系外围是范围非常广的柯伊伯小行星带，在海王星、天王星后面，还有木星、土星这两颗巨行星，它们组成的防线保护着身后那颗小小的地球，让它有足够安全的环境诞生生命，孕育出我们人类文明。但地球也不是百分之百安全……"

在长达千余年的宇宙流浪生涯中，人们曾经无数次举例说过困守在一颗星球上的危险性，被引用得最多的就是恐龙时代的小行星撞击地球事件。人类在漫长的发展历史中，能平安进化到太空时代只能说是侥幸，在冷酷的宇宙面前，如果没有足够高的科技和足够好的运气——哪怕一路前行好不容易走到了工业革命时代——在一颗迎面撞来的小行星面前，下场也和恐龙无异。

韩丹说："你们这些年轻人没经历过在旧飞船中流浪的岁月，那时候我们是货真价实的宇宙流浪汉，别说小行星，就算是足球大小的一块陨石，只要迎面撞穿那些破飞船脆弱的外壳，我们都会把命送了。幸好天可怜见，让我们活了下来。当我们建成第一艘星舰的时候；第一次有足够高的科技从宇宙空间中抽取无处不在的游离态氢作为能源，不必再为能源的匮乏而焦虑的时候；当我们的防御系统第一次承受住超大规模的陨石雨撞击的时候，我们激动得痛哭流涕的场面，你能理解吗？"

"茫茫宇宙中，只有科技可以防身。"郑冬想起了从前那位韩烈将军经常挂在嘴边的话，他的话在军中已经流传上千年了。

"就是这样。"韩丹说，"宇宙太大了，我们不知道以后还会碰上怎样的危险，我们宁愿投入高昂的代价钻研出过硬的科技，也不愿意在灾难来临的时候没法自救。"

郑维韩骑着从跳蚤市场买来的摩托车去送外卖，由于他给摩托车换了个电池，所以回来得晚了。星舰上大多数的车辆都是靠反物质能源作为动力的，飞船则靠核聚变反应堆。最近电池涨价了，那些电池不过是巴掌大的一个小圆筒，强磁场把一粒粉尘大小的反物质晶体禁锢在抽成真空的电池空腔中，这玩意儿居然能卖到八块钱一节，都抵得上一顿饭钱了。

回来的时候，郑维韩看见爸爸和韩丹站在田垄边，他问："你们认识？"

"刚认识。"郑冬撒谎，"她是你女朋友？"

"比普通朋友好一点儿，但到不了那关系。"

郑维韩说的是实话，韩丹性格比较闷，郑维韩更喜欢活泼的女生。

"那样最好。"郑冬又问他另一个问题，"你有没有兴趣考研？考军校怎样？"

郑维韩生气了，"就算你拿枪顶着我的脑袋，我也不去！"

韩丹心想，这大概就是所谓的"遗传性倔强"了。

七、第七大道的广场

长安市最繁华的街道是第七大道，它横贯全城南北。北段是最高政府所在地，最高执政官府邸、总参谋部、议会大楼都在这里，那个神秘莫测的"全星舰最高控制总部"也位于那儿。南段是繁华的黄金路段，车水马龙，熙来攘往，两者的交接处是一个号称全世界最大的广场，那儿矗立着韩烈将军的雕像，有人说他是残暴的独裁者，也有人说他是雄才大略的首领，总之在他死后一千多年，盖棺仍难论定。

广场南面是长安大剧院，因为外形像个大馒头，所以大家都叫它"馒头剧院"。今天上演的节目是歌剧《流浪地球》。也许由于这里的人们走过的路和剧中的故事有着不少相似性的缘故吧，这部由古代著名科幻小说改编而成的歌剧千年来一直盛演不衰。

夜幕降临，郑维韩和韩丹从剧院出来，走在广场上。因为"法厄同"星舰的事儿，广场上少了很多娱乐活动，多了不少哀悼死难者的花环和救济灾民的募捐点，但周围商店的正常营业并没被打乱，灾难和死亡已经成了宇宙流浪的一部分，人们早已习惯了。

韩丹好像被歌剧感动得不得了，出剧场之后还不停地用手帕擦拭泪水。郑维韩给她买了一支雪糕，"好了，别哭了。"

韩丹一下觉得不好意思再流眼泪了，她轻轻咬了一口雪糕，"这东西真好吃，小时候做梦都不敢想呢！"

"做梦都不敢想？"郑维韩觉得很奇怪，"你爸妈从来不许你吃零食？"

韩丹小声说："以前，在飞船上没有这种东西……"

郑维韩看着广场上的雕像，"我倒是听说，在我们建造星舰之前，所有的人都住在飞船上。我见过那些作为文物古迹保存下来的流放时代的旧飞船，一千多米长的破飞船里硬是挤进了两万多人，飞船成员生活的房间窄小得像鸽子笼，一家几口就挤在一个不足二十平方米的小套间里，据说韩烈将军的童年就是在那样的飞船上度过的……"几千年前，"欧罗巴"星舰已经完工，另外两艘星舰也已具雏形。那时的星舰只是被视为超巨型飞船，没人想过要在上头永久定居。就在这时，人们发现了一颗勉强适合人类移居的星球，于是，人们急着要到那星球上定居，还打算把"欧罗巴"星舰给拆了，作为定居所需的各种材料来源。

当时的总参谋长韩烈将军强烈反对定居计划。后来见无法阻止议会通过定居的决议，他干脆发动军事政变，自任执政官。为断绝人们在星球上定居的念头，他不惜动用大批核弹把整颗星球炸成不毛之地，并派军队镇压了无数反对者，率众继续流浪。事实证明他是很有远见的，不过一个世纪，一个离那颗星球只有区区一千多光年的特大超新星爆发，迸发出异常强烈的伽马射线，杀死了那颗星球上所有的生命——包括大批一意孤行要在上面定居生活的人。但是，韩烈将军却早在超新星爆发之前就被人刺杀了。

将军雕像的底座上刻着一句话：地球是人类的摇篮，但人类不能永远生活在摇篮里。这是运载火箭之父康斯坦丁·齐奥尔科夫斯基的名言，也是将军最喜爱的座右铭。经过那件事之后，人们就再也没兴趣寻找别的"摇篮"了，再说，四十几艘星舰、近三百亿人口也不是哪一颗星球能够容纳得下的，大家也就慢慢习惯了这种"宇宙游牧民族"式的生活。

郑维韩从停车场取出摩托车，对韩丹说："上车，我们该回去了。"

摩托车在街道上飞驰，两边的路灯不住地倒退，长安的夜景灯火璀璨，无数灯光在身边飞速流转，如同火舞银蛇，又好像无数流星在身边掠过，和头顶的星空相映成趣。

天上不时有流星划过。听气象部门说，星舰群正在穿越一个非常密集的小行星带，所以经常会有流星雨。那里的小行星非常密集，绕着一颗中子星飞速旋转，速度惊人，一般的宇宙文明根本不敢接近这种危险的地方，但人类不一样。

在很久以前，人类也同样害怕接近这种危险区域，但在宇宙中，各种重元素的含量是很少的，小行星是制造飞船和星舰所需的珍贵材料来源。一开始，他们派工程飞船小心翼翼地接近小行星带，冒着飞船被撞毁的危险把小行星"捕获"回来作为原料。后来，随着科技的进步和力量的壮大，区区一个小行星带他们已经不放在眼里了，通常是整个星舰群直接飞过去，要么用军舰把小行星炸成粉末，要么顺手牵羊拖回作为工厂的巨型飞船里去，所经之处就像虫子吃苹果一样——在小行星带上留下一个个大洞。

另外一个驱使他们主动接近这种危险地带的原因是：他们担心过于安全的环境会让人丧失面对各种危险的勇气。对于在充斥着无数危险的宇宙中流浪的他们而言，缺乏勇气是非常致命的。也正因为习惯了冒险，现在的他们在内心深处是无法接受到某一颗星球上定居的想法的——就好像没有哪个成年人愿意回去睡摇篮一样。

韩丹搂着郑维韩的腰，靠在他壮实的脊背上，轻轻闭上了眼睛。她已经记不起有多久没依偎过如此让人安心的脊背了，她用轻如梦呓的声音说："小时候，我最喜欢这样靠在爸爸背上……爸爸是一名矿工。每天，我都趴在飞船的舷窗边，看着采矿飞船拖着小行星和核聚变堆里倾倒出来的反应物残渣飞来飞去，作为建造星舰和维修飞船的材料……在我十岁那年，不幸发生了，爸爸的飞船拖着一块大陨石整个儿栽进了已具雏形、地壳运动非常剧烈的'亚细亚'星舰表面的岩浆中……妈妈后来给我找了个继父，我对继父没什么印象，他是一名工程师，每天我还没起床他就去上班，深夜我睡熟了他才下班。这样的生活持续了几年，妈妈病死了，继父后来又找了个继母，生了个弟弟，继父给我找了份工作，让我在研究中心做些杂活……当我离开家的时候，弟弟才出生五个月……"

韩丹以为郑维韩没听见她的低声自语，却没想到他全都听在耳里，也许她把这些秘密憋在心里太久了吧，总想找个机会说一说，"当我再遇见弟弟时，他已经两鬓如霜，挂着上将肩章，他不知道我是他姐姐……也许他知道吧？我不太清楚……我问他当初为什么要当兵，他说这世上有些东西必须用生命来守护……"

有些东西必须守护……郑维韩心底某处被莫名地触动了。

郑维韩的妈妈秦薇月是长安某大学历史系的老师，偶尔也会给时评网站写一些豆腐块文章，这是她的业余爱好。

今天是星期五，夜已经很深了，明天不用上班，她坐在电脑前琢磨着该写些什么。

郑维韩回来了，喝得醉醺醺的，是韩丹扶他回来的。他本来想把她灌醉，从她嘴里套出一些有关她身世的秘密——郑维韩一直觉得这个女人不是那么简单，结果没料到韩丹是个酒中仙，反把他给放倒了。

秦薇月很震惊，不管哪一个妈妈，看见一个女孩把喝醉的儿子带回家都会很震惊的，当她看清韩丹的脸时，她更震惊了："是你？"

八、家

郑维韩醒来的时候，发现自己睡在客厅沙发上，宿醉的结果是头痛欲裂。

窗外的夜空挂着一轮红月亮，就像一块将要熄灭的煤一样阴燃着暗红的火光，但客厅的挂钟却显示现在是早上九点半。

"醒来了？这是解酒药。"秦薇月把药放到儿子手上。

郑维韩这才想起天上那轮东西不是月亮，而是熄灭的人造太阳，工程人员正在停机检修太阳，每隔两三年，这些人造太阳都得来这么一次维护。郑维韩很久没回来了，客厅里，那个仿康熙年间的陶瓷花瓶里仍然插着他去年送给妈妈的康乃馨，花是经过特殊处理的，永远不会凋谢。"妈妈，地球上的太阳是永不熄灭的吧？唉……不知现在地球变成什么样儿了……"郑维韩读的是理工科，对历史所知不多。

秦薇月沉默了很久，才说："很多年前，地球上的企业主大规模雇用机器人，把大批员工扫地出门，居高不下的失业率直接引发了居高不下的犯罪率，当所有的'罪犯'都被流放到外太空之后，地球上就只剩下了两种'人'：有钱人和机器人。我就只能说这么多了。"

郑维韩说："后来，地球上的机器人爆发了一场斯巴达克奴隶起义式的暴动，当我们的军队赶回地球'勤王'的时候，已经没什么东西好拯救了，是这样吧？"

秦薇月脸色微变，"你怎么知道的？"郑维韩说："这世上没有不透风的墙，看看我们的星舰世界就知道了。明明拥有极先进的人工智能科技，却很少采用，不管多复杂的机器，在最关键的部门都是采用人工控制，即使是复杂到极点的星舰也同样如此。"

昨晚郑维韩没能从韩丹口中套出些什么，但今天晚上却弄到了她的日记。他轻轻走进虚掩着门的房间，看见她在上网。

很多女孩都喜欢类似地球时代"Google 地球"的网站，她们往往不断放大画面，寻找各艘星舰上哪个专卖店的毛绒玩具最可爱，哪条小吃街的零食最好吃，确定目标之后再出门逛街。但韩丹却在寻找乐器店，她的二胡丢在"法厄同"星舰上了，得重新买一把。

人离故乡越远就越思念故乡，地球时代的古文明已经渗透到每个人的骨髓里了。韩丹选了一把她喜欢的二胡，通过网络付了款，写清楚送货地址，退出邮购画面，然后不停地缩小画面。繁华的街道很快缩小成蜘蛛网般粗细，扁平的地图渐渐变成弧形，最后缩成球形，城市早已看不见了，圆球上只有蓝色的海洋、绿色的大地、覆盖着白色冰盖的北极和倒立着无数巨型推进器的永远炽热的南极。

地图再缩小，星舰变成一颗巴掌大小的圆球，屁股后面拖着长长的离子喷射束，一些带电粒子落在南极的大气层上，形成壮丽的极光。地图继续缩小，星舰变成黄豆大小，屏幕上出现了别的星舰，多达几十艘的星舰朝着宇宙的同一方向飞去，数不清的飞船看起来只有芝麻大小，像一群在广袤的宇宙空间中游弋的小鱼儿。

韩丹熟练地操作着地图，她是那么专注，甚至没发现郑维韩就站在身后。

在星舰群的中心地带，有一团像云雾的东西，那就是著名的"星舰船坞"了。船坞本身也有动力，能随着星舰群缓慢地在宇宙中迁徙——没有什么东西是固定在宇宙某处不能移动的。

韩丹放大画面，云雾渐渐变得清晰，它由无数的冰屑、陨石、太空站和工程飞船组成。一些飞船正在把大批核聚变的产物、生活垃圾和陨石碎片倾倒在一个特定区域，堆成一颗直径几十公里的小行星。

这不是船坞中唯一的星舰，在它不远处还有几艘完成度接近百分之五十的星舰，它在自身质量产生的引力下被压紧，散发出极高的温度，形成火红的岩浆河流、乌黑的岩石陆地、充斥着硫化物和二氧化碳的原始大气层。

而在另一艘完成度更高的星舰上，人造太阳已经安装完毕，星舰上出现了蔚蓝的海洋，尽管它的表面依然滚烫，但满天的乌云正酝酿的暴雨可以让星球快速冷却，很多工程飞船正绕着它打转，看样子是要将蓝藻投进原始的海洋中，巨大的推进器正在紧张而有序地进行着组装。远处，严重受损的"法厄同"星舰正依靠自身残存的动力挣扎着驶回星舰船坞，它将在那儿被修复。

韩丹把图像换了一个角度，直面星舰群。星舰群正在穿越小行星带，在小行星带的后面还有另外几条小行星带和几颗行星。一颗恒星通常拥有不止一条小行星带，故乡的太阳系就有三条小行星带。那些小行星带是如此宽、如此广，就好像一堵横亘在宇宙中的墙壁，上不见顶，下不见底，大批军舰严阵以待，随时准备摧毁任何有可能威胁到星舰群的小行星。

这无疑是一颗超新星爆炸后的残骸，在那团冰冷的星际尘埃正中心，孤零零地悬着一颗超新星残骸坍塌成的中子星。有时候，他们甚至能在这种地方发现外星文明的遗骸。看样子，前些日子"法厄同"星舰遭遇的那场流星雨只是暴风雨来临前的毛毛细雨了。韩丹打开电子邮箱，邮箱里躺着一封信，发信地址是"全星舰最高控制总部"，韩丹正要打开邮件，却突然发觉郑维韩站在身后，不由得全身一颤，指尖冰凉。

郑维韩也同样像被钉在地上一样，震惊得动弹不得。

九、苏醒的星舰群

经过了那件事情，两人心里都清楚，在一起的日子已经不多了。在长安城著名的地摊一条街，郑维韩用攒了一个星期的零用钱买了一串漂亮的廉价项链。

星空下的滨江公园，河水静静流淌。郑维韩说："闭上眼睛。"韩丹依言闭上眼睛，郑维韩给她戴上项链，她的肌肤很冷，冷得就像死人一样。

郑维韩说："我想知道你是什么人。"

"这得从星舰的建造说起。"韩丹说，"当初人们开始建造星舰时，发现星舰的复杂度太大了，只有非常复杂的人工智能系统才能控制它的运行，但地球上那些梦魇般的历史让人们对机器人的抵触心理非常强，于是最后拿出了一个折中方案：设计一个足够先进的人机合一操作系统，让人直接成为星舰的'大脑'。这个实验非常危险，在我之前，有一百多名志愿者死于这个实验。后来，实验室的负责人找到了我，问我愿不愿意当志愿者。我说，好吧，反正我孑然一身，就算死了也没人会伤心。"

郑维韩明白了，她就是"引路者"，对她而言，实验失败或许还算比较好的结局，偏偏她却成功了……一个女孩孤零零地活了一千多年，这是幸还是不幸？

沉默了一会儿，郑维韩说："我们在穿越小行星带，前方是一颗中子星，但我们却没有改变航向。"中子星的自转是非常快的，它散发着非常强烈的辐射，拥有强大的电磁场，巨大的引力潮汐虽然比不上黑洞，但也足以撕碎任何靠近它的飞船，如此靠近一颗中子星是非常危险的。

韩丹说："我们在实验室里研究中子星已经很久了，但很多科学研究在实验室里是无法进行的，这次，我们决定俘获一颗中子星，研究它、利用它，就好像我们千百年前开发月球、登陆火星、实地研究木星一样，这能大幅度地提高我们的科技水平。"

"可是我们的科技已经高到足以在宇宙中自保了，这种为了钻研没必要的高科技而冒险的行为太愚蠢了！"郑维韩克制不住地大声嚷了起来。

"如果人类愿意永远都活在茹毛饮血的时代，钻木取火也是没必要的高科技。"韩丹好像早就料到他会大声咆哮，"我听说在 18 世纪之前，法国科学院还死活不承认有陨石这类东西存在。按照当时的科学水平，他们认为包括太阳在内所有的星球都是由气体组成的，比空气重的固态物质是无法飘浮在空中的。后来随着科技的进步，人们不但知道陨石、小行星一类固态物质在宇宙中是很常见的，还非常吃惊地发现，原来看似安全的地球也曾经遭遇过固态小行星毁灭性的撞击……试想一下，如果没有在当时看来'高得没有必要'的天文学，当这种灾难发生的时候，人们也许还对它茫然无知呢，更别说采取什么措施了。"

郑维韩吼不起来了。不知是谁说过，科技多高都不算高，人在宇宙中，最危险的就是没有足够高的科技，看不到一些你做梦都想不到的危险——就好像地球时代中世纪的骑士做梦也梦不到小行星撞地球的可能性一样，而且，即使梦到了，他们又能拿小行星怎么样？骑着战马挥舞着大刀去砍吗？

"我可以当你是我的妹妹吗？"郑维韩试探地问她。

"不可以。"韩丹拒绝了，月光下，郑维韩看见她眼角噙着泪花。

郑维韩送她到公车站，目送她走上前往第七大道北段的公车。

送走韩丹之后，郑维韩回到家收拾行囊，他走到父母的卧室门前，看见门紧关着，他从笔记本上撕下一页纸，"沙沙沙"地写下几个字，贴在了门上："爸，我去考军校了。"

星舰好像活过来了，几十艘星舰原本只是像梦游一样笨拙地在太空中飘荡，现在庞大的身躯却变得像鱼儿一样灵活，那些巨大的推进器不时加速，不时变换方向，灵活地穿梭在中子星外围的小行星带中。

十、中子星

军校毕业之后，郑维韩成了一名飞行员，每次他坐在战斗机的驾驶舱里，看着弹射跑道上忙碌的后勤人员时，都会觉得自己是星舰群的一部分，依附星舰生存，同时也保护着星舰。

星舰群老早就穿过了小行星带，中子星就在眼前。恒星的生命历程大家都清楚：先是一团星云慢慢聚拢，形成由氢组成的恒星，恒星不断发生核聚变，散发光和热，直到氢元素耗尽，膨胀成红巨星，在一场超新星爆发之后，视质量的不同和爆发的强弱，演化为中子星或黑洞，质量太小的恒星甚至不经过超新星阶段就直接坍塌成白矮星。照理来说，恒星在膨胀成红巨星的时候会吞噬掉离它比较近的行星，但这颗中子星周围充斥着不少被它的引力俘获的星体，证明它已经有很长的年头了。

一群科研飞船绕着中子星飞行，它们不断地往中子星投放探测器，紧张地分析着探测器在彻底报废之前传送回来的数据。中子星的引力是非常可怕的，它的引力足以破坏任何物质的原子结构，把质子和电子紧密地压成一团，变成一堆致密的中子。

前些时候有一艘科研飞船失事了，一头扎进中子星里，尸骨无存。那些科学家竟然从军方那儿调来战列巡洋舰，用它那足以摧毁一颗类地行星的火力轰开中子星的表面，想研究中子星的内部结构。

中子星只被轰出一个浅浅的坑，但星体结构被破坏后，随之而来的恶果就是整个中子星系的引力平衡被严重破坏，那毕竟是一颗恒星呀！就算是一片小小的碎屑，引力的大小也与地球相当！紧接着，原本围着它打转的各种天体就炸了窝，有的像断线风筝一样飞走了，有的一股脑儿地朝中子星撞过去；最可怕的是一颗木星大小的行星轨道突然畸变，朝着星舰群的最高指挥中枢所在地——"欧罗巴"星舰撞去！军方付出了很大代价才把它炸飞到安全地带。

"老子宁愿和外星人拼命！"事后有新兵哭着说。

航天母舰上，后勤人员检修完毕，示意可以起飞，战斗机点火离开航母，在太空中画出一条漂亮的轨迹，盘旋着等待它的僚机起飞。郑维韩看着座舱外整个舰队的核心——奥丁级航天母舰，它的体积简直可与月球媲美，大大小小的舰载作战飞船多达上万艘，像个恐怖的大蜂巢，但就算这样，也无法保证它就能百分之百保护星舰的安全。

"同样是地球人，怎么就相差这么大？"外星人 B 扫了一眼门外的乞丐，小声嘀咕。

一个不容忽视的强者归来了，很多外星文明在第一时间派出使者飞往星舰群。那是一条由无数人造星体和飞船组成的"巨龙"，越是接近星舰群，就越是发现它大得惊人。无数人造星体和飞船有条不紊地穿梭在星舰群的范围内，就像血管中飞速流动的血细胞，但最让"老外"吃惊的，是他们竟然用一些神秘的设备抵消掉了中子星碎片的庞大引力，把碎片禁锢在"宇宙船坞"的范围内。

一位外星使者问他的副手："你觉得地球人为什么要这样处理中子星？"他们六百多年前就掌握了利用中子星的科技，只是觉得宇宙中唾手可得的能源——氢，实在是太充足了，也就没想过把它派上用场。

副手说："按照地球人的想法，有了新科技就该用上，这样才能促进科技进步。"

使者又问："你觉得这种新科技有什么用处？"副手说："上百万年前，我们也觉得宇宙飞船没什么用处。"

他们这个种族是宇宙中最著名的慢性子，发明宇宙飞船之后过了几万年，才愿意慢腾腾地离开温暖的"摇篮"，到"危险、寒冷、贫瘠而且毫无吸引力"的宇宙中探险。

使者说："一万年前，我们考察过地球，对地球人的评价是'可以忽略的原始人'。我们当中本来有人打算在地球上建立殖民政府，但我们不知道在那穷乡僻壤建立殖民政府能有什么用。"按照他们的性子，就算一切顺利，建立殖民政府大概也是十万年后的事了。

副手说："一亿年前我们发明文字的时候，也觉得文字没什么用，我们觉得结绳记事也很管用。"换言之，他们的文明已有一亿年的漫长历史了。

十一、平静的生活

"欧罗巴"星舰上，一道狭长的伤疤把长安市分成两半。几十年前，一块中子星的碎片擦着星舰飞过，强大的动能在大地上留下了一道几乎撕裂整艘星舰的伤口。现在，伤口痊愈了，但疤痕还在，它变成了横贯长安城的河道，一直通向大海，人们在上面架起桥梁，在河边种了树木、铺了草坪。不少星舰上都有类似的伤疤，那些雄伟的皑皑雪山、峻岭峡谷，如果剥去茂密的森林植被，完全就是星舰被各种天体撞击之后凹凸不平的伤疤。

长安市海边的一套四合院里，白发苍苍的郑维韩躺在梧桐树下的摇椅里闭目养神。他穿着军装，肩章上嵌着几颗金色的将星，一个女孩从海边走回来，手里提着一个装满海水的玻璃罐，撒娇着说："爷爷，给我说说你当年的事嘛……"

郑维韩说："没什么好说的，一个普通的士兵只要一直经历战斗，军衔通常都升得很快；而如果每一场战斗都能活下来，那么到头来挂个将级军衔是很正常的。比如，拿破仑创建的圣西尔军校首批四百名毕业生，只要是没倒在战场上的，后来几乎个个都成了将军。"

话是这样说没错，但和他一同从军校里出来的同学，活着回来的只有三四个。

女孩俏皮地眨眨眼睛，"听奶奶说，你当年拼了老命，只是为了能挂上一个够资格走进全星舰最高控制总部的军衔？"

郑维韩想起第一次走进全星舰最高控制总部时的情形：当时他完全吓傻了，只知道愣愣地看着那个被称为"星舰脑腔"的地下室里蜘蛛网般复杂的通信缆，以及和通信缆联结在一起的多达数百的人——那些人被尊称为"引路者"。

如果说星舰是一个庞大的活物，他们就是这个活物的大脑，一个由上百人的大脑并联而成的超级大脑。他很容易就在里面找到了沉睡的韩丹，在庞大的"星舰脑腔"衬托下，她显得更瘦小了。郑维韩不是医学专家，不知道当年的设计者采用了什么手段，让她能一直活到一千年后的现在。

这里的人们更倾向于把星舰视为异化的人类而不是飞船。为了生存，一部分同胞不得不化身为星舰群的指挥中枢，数不清的光缆和信号发射塔像神经纤维一样把他们和星舰群的每一艘飞船联系起来。他们和飞船的关系，就好像人的大脑和手指之间的关系，整个星舰群就是一个浑然一体的巨大生物。

记得在远古时代，人们把大地视为神灵的化身，不管是西方传说中的盖娅女神还是东方传说中的盘古巨神，莫不如此。历史在这儿诡异地打了一个转，他们脚下的这片"大地"——星舰，俨然也是用科技武装起来的人的化身。

拆解了中子星以后，星舰恢复了以前梦游似的巡航状态，"星舰脑腔"里只留下少数"引路者"值班。韩丹于是得以背着一把旧二胡继续流浪——用某些人的话来说，她是在"考察民情"。前两个月她从"阿非利克"星舰回来，到这儿暂住几天，结果就和郑维韩的小孙女混熟了。

今天是端午节，几千年前的楚国教育部部长屈原（三闾大夫主管教育）的忌日，郑家做了不少粽子。韩丹拿了几个粽子丢到海里，"有时候我总觉得很可惜，当年屈部长做了《天问》，问了很多很有科学探索意义的问题，可惜后人听完也就完了，没当回事去认真钻研，否则我们今天的科技应当不止这水平。"

郑维韩说："粽子应该丢到江里，不是丢到海里。"

韩丹说："我知道，但今天江里赛龙舟，人山人海的挤不进去。"

郑维韩问韩丹："你就这样一直流浪，没想过找个家安顿下来？"

"在这星舰上，哪儿不是家？"韩丹微笑，"星舰就是我的家。我们的家。"

郑维韩的孙女把一整瓶海水放在他面前，"爷爷，韩姐姐，你们说这海水里有什么？"

"现在还什么都没有。"郑维韩说。"不对，有蓝藻，地球生命的老祖宗之一。"韩丹说。

"还是韩姐姐聪明！"孙女说，"等我长大了，我打算去读生物专业。"

"为什么？"郑维韩问孙女。

孙女趴在摇椅扶手边上，托着腮帮子，"这些天呀，我总是在想，咱们传说中的老地球就好像漂荡在宇宙海洋中的一个孤零零的单细胞生物，我们每个人，甚至整个生物圈，都只是这个细胞的一部分。现在呀，我们进化成了自由遨游在宇宙海洋中、以星际物质为食物的庞然大物，我很想看看这条进化之路将来会变成什么样子！"

逃离兄弟会

一

　　宇宙中，有一类被称为"原行星盘"的特殊星体。它们通常会像光环一样围绕着恒星，数不清的尘埃颗粒、冰晶、小行星不断地反射、折射着恒星照进尘埃盘的阳光，形成七彩斑斓的光。各种星际物质在引力的作用下，互相靠近，互相碰撞，经常有小行星被撞得粉碎，大大小小的碎块四处乱飞，同时也有不少星际物质在碰撞中积聚成更大块的固体物质，形成新的小行星。

　　这种原行星盘经常被人称为"行星的摇篮"，数十亿年前的太阳系，这个人类的故乡，也是一个这样的原行星盘。众所周知，那个巨大的原行星盘孕育了包括地球在内的八大行星。3008 号星区就是一个这样的原行星盘。

　　人类在星际流浪中，靠近原行星盘是非常危险的。四处乱飞的小行星可以轻易地把飞船拦腰撞成好几截，让人死无葬身之地。

流放者兄弟会的"三色堇号"移民飞船是一艘长度超过十公里的庞然大物。数百年前，它离开地球联邦时，只是一艘长度不足五百米的雪茄型移民船。一代代的流放者在飞船群中繁衍生息，人口逐渐增多，原本就很拥挤的船舱显得更加拥挤。为了容纳更多的人，人们在飞船外面焊接了桁架，在原先的对接舱口上外接一些舱段，使它变成一个看起来像古老的"国际空间站"一样的东西，只是尺寸要大得多。

随着时间的推移，人们不断在桁架上再接桁架，在舱段上再接舱段，最后，这飞船变成了长度超过十公里、外形跟个珊瑚似的大东西。也正因为飞船内的空间比较大，不少舱段被最高科学院征用，作为太空实验舱。

但是这一天，大批荷枪实弹的士兵冲进了飞船，拥有人造重力场的舱段内响起急促的脚步声，整艘"三色堇号"陷入了一片肃杀的氛围中。

"院长，得罪了，这是韩烈将军的命令。"几名士兵说着，用枪指着科学院院长的脊背，把他带到飞船最大的舱段中，最高科学院最重要的一百多名科学家已经被士兵们集中到了这里。

韩烈是流放者兄弟会的首领，他是通过政变上台的，是令人胆寒的独裁者。他走进船舱，刀子般锐利的眼神一一扫过学者，不少人都下意识地缩了缩，一股寒意从脚底传来。韩烈在学者面前来回踱步，说："我知道你们以前搞过一个星舰设计蓝图，现在把它交出来。"

"你要建造星舰？你想过后果吗？"院长问他。

韩烈没去回答院长的问题，只是说："从即刻起，把星舰建造计划提上日程，你们谁要是主动进行研究，我自然会有相应的回报。如果你们不情愿，我也不介意让士兵们用枪指着你们的脑袋进行研究工作。"

"韩烈！你是不是疯了？"院长指着他的鼻子大声质问。

韩烈摘下军帽，不足半寸长的苍苍白发每一根都直挺挺地立着，他给了院长一个兄弟式的拥抱，说："好哥们儿，咱们七十多年交情，我想做什么，你不会不清楚。"说完转身就走了。

星舰建造计划是最高科学院的学者最感纠结的梦想。兄弟会在苍凉的宇宙中四处流浪了两千年，受够了找不到适合定居的行星之苦，光是生存下去已经很不容易了，几乎没有多余的力量建造更好的生存环境、钻研更先进的科技。随着大量的飞船老化、报废，人们的日子过得比刚刚逃离地球时还要艰苦很多。

在贫瘠的星际空间中，想寻找维持生命所需的碳、氮、氧等元素比登天还难一万倍，虽然很多恒星周围的小行星带内有着大量的矿藏，但不论多结实的飞船，只要被那些四处乱飞的小行星撞上，下场都是死无全尸。所以，建造一种像故乡地球那样可以抵挡小行星撞击、有着美丽的生物圈的巨型飞船，是很多人的梦想，但建造星舰的巨大代价却让人望而生畏，这代价大到让人不得不搁置这个梦想，去寻找别的生路。

当科学院的人把建造星舰的可行性报告放在韩烈面前时，韩烈一遍又一遍地看着建造星舰所需付出的代价，用颤抖的手签下了自己的名字。他知道自己做的都是犯众怒的事，但这世上，有很多的脏活还是要人去做的，他反正是快进棺材的人了，终身未婚，也没有子女，能让他顾虑的事情并不多。

就在当天，韩烈派军队进驻整个流放者兄弟会的所有关键部门，大批反对者被丢进监狱，整个兄弟会大大小小的数百艘飞船朝着危险的 3008 号星区驶去。

一个月之后，韩烈将军被反对者暗杀，消息传遍整个兄弟会，但他留下的军政府仍然按照他生前定下的计划有条不紊地运行着。将军的死讯令支持者们痛哭流涕，士兵挨家挨户地搜捕嫌犯。

那个时候，五岁的郑然和吴廷躲在小床下，看着士兵闯进儿童寄养院，逮捕了素来对将军不满的院长和大批工作人员，那些凶神恶煞的士兵给他们留下了一辈子都无法磨灭的恐惧记忆。

二

流放者兄弟会有三艘星舰，它们原本并没有名字，只有 01 到 03 的数字编号，为了表示对星舰建造计划的重视，它们很快就以地球上的大洲被命了名。

但在很多人眼里，星舰根本不能算飞船。在最初的时候，它们甚至不叫星舰，只是把废旧飞船稍微改造一下，用来装载流浪旅途中搜集到的各种杂物。

在大而空旷的星际空间中，碳、氮、铁、氧等元素是非常稀少的，尤其是在能量转换效率极高的聚变—裂变联动飞船引擎诞生之后，兄弟会对重元素更是到了极度渴求的地步。在漫长而艰苦的流浪岁月里，流放者兄弟会有时会发现一些飘行在星际空间中的小行星，哪怕再小的小行星被俘获，也是值得大大庆祝一桩的喜事。

也正由于重元素的稀缺导致他们不愿丢弃任何废弃物，加上不断地搜集星际物质储存起来可以防止哪天实在找不到重元素时手上还有点存货不影响大家的生存，那些作为仓库的旧飞船里，重元素越堆越多。船舱塞满了，人们就把东西浇铸成硬块固定在船身外，东西堆得太多了，飞船推力不够，就又多挂几个推进器，宝贝似的护着，跟着舰队前进。

大家流浪了两千年，各种重元素也跟捡破烂似的搜集了两千年，到今天竟然堆积成了三颗体积接近故乡地球大小的庞然大物！大量的重元素互相挤压，内核部分早就被挤压成一团炽热的熔融状岩浆体，一些较重的元素，如铁、铜等，甚至聚集在星舰的中心，挤压成类似白矮星的超固态致密内核，这样的结构跟太阳系故乡的老地球有几分相似，人们竟然误打误撞地制造了三颗行星。

但这三颗人造行星的环境非常恶劣，根本不适合人类生存，想把它改造成适合人类生存的环境，还不知道要付出多大的代价。也正因为如此，在漫长的两千多年流浪岁月中，尽管人们早就有了要建造星舰的想法，但没有谁敢冒着千夫所指的骂名认真地推动这个计划，改造进度时断时续，往往是施工几个月，又停工几十年，这种状况一直持续到韩烈强行推动星舰建造计划。

造舰计划公布之后，整个流放者兄弟会像一台大机器一样有条不紊地运转起来，军政府将所有的人编成不同的工作组，按照最高科学院的建造计划分配工作，所有跟星舰建造无关的工作都停顿了下来，物资分配也仅够维持人们的生存，按人头定时定量分配。

十五年后，兄弟会来到 3008 号星盘边缘。

巨大的星盘中，数不清的冰晶态小行星带在这距离中央恒星一百亿公里的地方熠熠生辉，遥远的中央恒星看起来仅仅是一颗特别明亮的星星，镶嵌在横亘天顶的冰晶长河中。

改装兄弟会手头上的三艘星舰是一个长达百年的大工程，整个工程包括三大部分：用大功率的巨型星舰引擎替换原先凑合着使用的旧引擎，建造位于地壳深处的地下城和地下工厂，制造原始的大气层以抵挡大部分的小行星撞击。只有在这个巨大的工程初步完成之后，人们有了在星舰上的容身之所，流放者兄弟会才正式抛弃无法抵挡小行星撞击的旧飞船，闯进星盘获取大量的重元素，用于建造下一艘星舰。

"57 号引擎，试点火！""亚细亚"星舰的引擎安装现场，现场总指挥大声下令。

轰！巨大的冲击波震荡着星舰南极上空的原始大气层，一道直径上百米的超高频脉冲直指苍穹，大气被高能粒子电离，发出持续的震雷般的巨响。

"试车成功，关闭引擎，58 号引擎做好试车准备。"

总指挥一声令下，巨大的光束瞬间消失，环形山似的引擎喷口内，那个绰号为"暴力型可控核聚变炉"的高温超导非真空线圈在引擎壁上熠熠生辉。

轰！又一台引擎启动了，引擎巨大的推进力挤压着薄薄的原始地壳。地壳碎裂了，岩浆从裂缝中喷薄而出，喷射到浓烟弥漫的剧毒原始大气中，形成数百米高的熔岩喷泉。巨型引擎凭借着自身远比岩浆小的密度，像船儿一样漂浮在黏稠的岩浆中，对地幔施加持续不断的压力，像用牙签推软糖一样，慢慢推动着星舰前行。

星舰表面，二十岁的吴廷和郑然身穿抗高温、抗腐蚀的密闭工作服在地震不断的大地上艰难跋涉。头盔的面罩上因呼吸急促而形成两片水蒸气的白斑，天空黑黢黢的。"亚细亚"星舰表面的原始大气充斥着极为浓厚的二氧化硫云层，火山喷发抛射出的火山灰弥漫在空气中，能见度不足五米，从建筑工地叛逃出来的五十多名年轻人只能通过通信器确定同伴们的位置，互相牵着手，以防跟大伙儿失散。

作为叛逃者的头儿，吴廷走在最前面探路，但漫天火山灰像古书中记载的鹅毛大雪一样笼罩着大地。风力稍小时，厚重的火山灰像暴雪一样落在地面上，形成深可及腰的积尘层，让人寸步难行；风力稍大时，满地的火山灰都被狂风卷起，劈头盖脸地漫天乱砸，尽管所有人身上的航天服都有着坚硬的金属外壳，但还是被夹带着火山灰的狂风擦出密密麻麻的刮痕。

"头儿，我们的氧气储量只能维持半个小时了！"一名手下大声说。

郑然说："吴廷，我记得这附近有些废弃的工程巨镇，里面应该还有一些能用的维生设备！"

天上传来隆隆的响声，一道暗淡的光芒透过浓厚的尘埃云划过天空，一个巨大的东西砸在大地上，冲击波形成的气浪卷着半熔融的尘沙横扫大地。也许是火山喷发抛到大气层顶端的大块岩石掉了下来，也许是直径上百米的小行星撞击了星舰表面，也许是被流星雨砸坏的飞船坠毁在大地上，没人去管天上掉下来的是什么，大家更关心的是怎样逃离这个活地狱。

哐当！有人突然摔倒，顺着流沙般的火山沙砾滑向深深的峡谷，滚烫的沙子不断朝深谷中滑落，山谷底下隐约的红光让人不难猜到那是一道地壳撕裂形成的岩浆河流。

那个滑倒的倒霉蛋慌乱中抓住一个坚硬的东西，这才没整个人滑落到沸腾的岩浆中，众人手忙脚乱地把他拖上来，有眼尖的人发现他抓住的东西是一个很结实的金属架，大声说："头儿，快来看！这个金属架应该是工程巨镇的强光探照灯的支架！沙砾下面应该埋着一座工程巨镇！"

听到这句话，大家都激动了，随便拿起什么就顺着支架往下挖。有用随身携带的便携式液压铲的，有找块稍微扁平的大石头当铁锹的，有几个身穿工程动力装甲的人干脆用戴着钛合金手套的双手直接挖起来。

片刻工夫，松软的浮沙被挖开了，一道锈迹斑斑的金属门出现在大家面前。

三

工程堡垒是最高科学院设计的巨型机械，是星舰建造工程中最重要的地表工程机械之一。它的外形像一台带有大量挖斗、钻探头、传送带、推土铲等工具的百手怪物，底座是数十组安装在液压基座上的螺旋杆状推进装置，能很好地适应星舰表面岩浆横流的世界。

在星舰表面当建筑工人是非常艰苦的，还随时面临生命危险，这五十多名叛逃者就是受不了这份苦，萌发了要逃离流放者兄弟会的念头。他们从自己工作的工程堡垒逃了出来，想找到一个飞船起降点，但目前却不得不像老鼠一样钻进另一座工程堡垒，苟且求生。

昏暗的舱室内，一个十八岁的年轻工人哭着问吴廷："头儿……我不想往前走了，我们能回去吗？"

吴廷检修着被星舰表面的狂沙打出无数刮痕的电磁突击步枪，对年轻工人说："出发前我就说过，这条路是没法回头的，你跟咱们走了，就只能一条道走到黑，你听听外面的风声，活像要把人给撕成碎片，如果现在离开这座工程堡垒，只怕连活下来的机会都没有。"

郑然带着两三名兄弟，穿行在乱如蜘蛛网的电线和管道中，检视整座工程堡垒。在这狂风肆虐的熔岩地狱，只有这种重达上万吨、宛若地球古代城堡的庞然大物可以在狂风中屹立不倒，它虽然有厚度近两米的特种隔热陶瓷外壳，但也已经被风沙削蚀得坑坑洼洼。星舰上的地壳刚刚成形，通常只有几米厚，有些比较薄的地方甚至只有几厘米，根本不足以支撑堡垒重达千吨的重量，工程堡垒就像一艘大船，压在薄冰一样的地壳上，漂浮在黏稠的岩浆海洋上。

工程堡垒的舱段很容易让人联想起宇宙飞船的内部结构，实际上，它的技术跟飞船是相同的。"亚细亚"星舰的原始大气成分跟数十亿年前刚刚形成的地球大气类似，充斥着大量的剧毒硫化物气体，完全不存在氧气。工程堡垒跟飞船一样是完全密闭的，有复杂的空气循环系统。郑然找到氧气制造舱段，仔细地检查了一遍，吃力地扳下几根杆子，巨大的氧气制造机发出震耳欲聋的嗡嗡声，喷吐出带着机油臭味的氧气。

在确认工程堡垒的密闭性不存在问题之后，郑然才摘下宇航服的头盔，贪婪地吸着刚制造出来的氧气，用无线电台通知大家："各位可以取下头盔了，这儿有充足的氧气，记得把自己的氧气瓶装满。"

每座工程堡垒都好像一座封闭在厚实金属乌龟壳里的小村镇，在这工程堡垒里面，有起居室、食堂、幼儿园、卫生室等，设施也齐全。星舰表面的环境太恶劣了，人们很难在室外生存，也无法像地球时代那样建立起四通八达的交通网，每一支工程队都拖家带口地在这种地方生活。

吴延摸索着来到控制室，控制台上厚厚的灰尘意味着这座工程堡垒已经被荒废一段时间了。他试着启动堡垒的行走系统，堡垒一阵颤抖，瘫痪不动了，引擎压力表红灯闪烁，显示核反应堆功率不足。

"兄弟，核反应堆的阀门好像关闭了，你能到动力舱去看个究竟吗？"吴延通过无线电对讲机跟郑然说。

"没问题。"对讲机里传来郑然的声音。

吴延又补充说："小心点儿，我刚才搜索了几个舱室，发现这座堡垒是被主动抛弃的，半具尸体都没有，不像毁于地震和流星撞击的工程堡垒那样横七竖八的都是死人。我唯一知道会让人主动抛弃堡垒的事故，只有一种……"

郑然接过话茬说："地震和流星撞击都是没有逃生时间的，只有核泄漏发生人们才不得不逃离，又有足够的反应时间，可以从容撤走。"他根本不必去猜事故原因，光是凭靠近动力舱时宇航服上的警报器嘟嘟地发出核辐射超标的警告，就足以判断是核泄漏。

工程堡垒的动力装置是技术落后但造价低廉的小型核裂变反应

堆。吴廷提醒郑然:"兄弟,小心要命的核辐射,如果太危险,咱们就干脆放弃这座堡垒。"

兄弟会有一条不成文的规矩:当核泄漏发生时,工人们必须在第一时间放弃工程堡垒,保住性命才是最重要的,毕竟制造一座工程堡垒只需要几个月时间,而培养一批熟练的技术工人至少要十几年,所以,很多工程堡垒哪怕只是发生了轻微的核泄漏,也会被丢弃在岩浆海洋上,无人问津。

郑然嫌警报器太吵,拔了电源接头,说:"这儿不危险,你听警报器都没响,我很快就能修好它。"说罢,他让同行的队员们留在门外,独自走进核动力室,关上厚重的铅板门,开始维修损坏的蒸汽阀门。

在核辐射环境中维修阀门就好像跟死神掷骰子。郑然看了一眼墙壁上的核辐射强度计,泄漏的核辐射强度是两万八千西弗,他的密闭式工作服并没有阻隔核辐射的功能。根据经验,人暴露在这种强度的核辐射中,有百分之五十的概率会在三个月内死亡,但他还是决定搏一搏。如果恢复不了工程堡垒的动力,大家不管是待在这儿,还是抛弃堡垒徒步逃离,死亡的概率都会更大。

郑然独自在核动力室维修反应堆,铅板门外的弟兄们也不轻松,大家都埋头检修设备,谁都不吭声。他们五十多名好兄弟一起逃离恐怖的星舰引擎安装现场,现在却不得不留一名兄弟在核动力室中跟死神掷骰子,换作是谁,心里都不会好受。

咣当!核动力室沉重的铅板大门打开了,郑然倚靠在门边,有气无力地打出成功的手势,说:"搞定了,我去休息一下……"

一个哥们儿想过去扶他，郑然说："别靠近我！我身上沾染有放射性尘埃……"说着，自己扶着墙壁，一步三晃地走向一个独立的舱段。

四

这是一个作为幼儿园使用的舱段，郑然坐在靠墙的小床上，看着墙壁上小孩子的涂鸦。一幅歪歪扭扭的画吸引了他的目光，画面上有一栋红顶小房子，房子边一家三口站在草地上，草地上开满鲜花，头顶是蓝天、白云和太阳公公，旁边还有一行稚嫩的文字："亚细亚"星舰，春暖花开。

郑然想起小时候，自己跟吴廷也曾经画过类似的涂鸦。五岁那年，士兵们闯进孤儿院逮捕院长和义工的事情虽然在他脑海里留下了无法磨灭的恐惧印象，但随着时间的推移，那种恐惧感慢慢被小学老师在课堂上描绘的未来星舰世界的美好景象所取代。十二岁时，他跟吴廷都发誓要成为伟大的星舰建造工人，直到他们十八岁从技校毕业，被送往"亚细亚"星舰时，才见识到星舰表面恶劣的环境，对星舰建造的满腔热情顿时化成了恐慌，很快就跟脑海里压箱底的五岁时的恐惧感相互混杂，萌生了赶快逃离这个鬼地方的念头。

"好兄弟，你现在情况怎样？"郑然的通信器中传来吴廷的声音。

郑然有气无力地说："还好，看样子暂时死不了，我们按照原定计划赶往 27 号船的起降港吧，抢一艘飞船，离开这个鬼地方……"

吴延启动了工程堡垒的行进装置，堡垒颤抖着，螺旋状的推进杆慢慢转动，在炽热而又黏稠的岩浆表面留下一道道鲜红刺目的爬行痕迹。堡垒终于轰鸣着爬出厚雪般的积尘层，慢慢向前爬动。

控制室里，吴廷打开强光探照灯，只见漫天的飞灰在狂风中飞舞，即使把灯光调到最亮，能见度也不足十米。他打开雷达，发现只能扫描到前方不足百米的情况，现在只能靠飘浮在星舰上空卫星轨道中的工程飞船发射的导航信号辨别方向，但在这艘浓云笼罩的星舰上，任何遥感技术都无法穿透云层拍摄到地表形状，在这样的情况下驾驶工程堡垒前进，无异于盲人骑瞎马，不知有多少施工队就这样在跋涉的过程中连人带堡垒跌进了岩浆喷发形成的熔岩峡谷中，尸骨无存。

一块大岩石从天而降，狠狠地砸在工程堡垒上，箩筐大的石块将两个相连的舱段砸出了个大窟窿，舱段的气密门紧急关闭，但已经有少量剧毒的原始大气带着浓烟涌进舱室，呛得大家涕泪横流。几个弟兄赶紧重新戴好封闭式头盔，拉上保护服的拉链，钻进舱段，封堵缺口，却分不清这一切到底是因为火山喷发抛到高空又砸下来的岩石，还是闯进大气层的陨石引发的。总之，尽快离开这个危险的鬼地方才是最重要的。

吴廷将堡垒的速度开到最大，但堡垒仍然慢吞吞地在岩浆海洋上挪动。天空中隆隆的巨响震撼着每个人的心脏，一些小块的陨石突破浓雾的封锁，拖着明亮的火焰从堡垒身边擦过，落在大地上像炮弹一样砸出深深的陨石坑，陨石坑又很快被漫上来的岩浆填满，吴廷甚至可以清晰地看见陨石以超过音速的速度穿越浓雾时，烟雾在冲击波的挤压下剧烈地翻腾。

熔岩大地被流星雨砸出密密麻麻的陨石坑，路更颠簸了，工程堡垒在大坑套小坑的陨石坑中颠簸着，所有的弟兄都像晕船一样吐了个翻江倒海。眼尖的吴廷注意到有些陨石竟然带着熔融的金属光泽，甚至涂有未完全烧毁的文字，才知道那一定是某艘被小行星撞毁的飞船在大气层中解体的碎片，它连同支离破碎的小行星一起栽进大气层，变成这场流星雨的一部分。

"好兄弟，你说我们能不能活着到达 27 号航天港？"吴廷拿起通信器，问郑然。

通信器中传出郑然的笑声，郑然说："如果我说不能，你会不会打道回府？咱们既然决定了要离开这个鬼地方，那就尽力往前冲，至于能不能冲出去，就看老天爷的意思了！"

"对！我们尽力往前冲！看老天爷让不让我们活下来！"吴廷大声说着，把工程堡垒的行进目标锁死在 27 号航天港的方向，反正没有任何方法可以看得到前方的情况，也无法预知陨石会不会命中工程堡垒。工程堡垒轰隆隆地颠簸着往前开，沿途遇上的一切物体，不论是陨石、坠落的飞船碎片还是其他工程堡垒的残骸，统统被它碾压在身下。

做出了这个疯狂的举动之后，吴廷却突然觉得轻松起来，大家连死都不怕，这世上还有什么值得害怕的事情呢？他带着弟兄们检查整座堡垒，发现除了核辐射超标之外，整座堡垒完好无损。他们重启了人造食物制造舱段，机器轰鸣着，利用充沛的核动力，用搜集来的碳、氮、磷、氧等无机物合成食物。一个鼻子灵敏的弟兄在食物制造机旁闻到了很浓的酒精味，说："头儿，这台仪器有点儿故障，在合成碳水化合物的过程中，产生了一部分酒精。"

正常情况下，这样的机器是要进行维修的，但吴廷一听却乐了，振臂高呼："别管那么多！把酒精兑上水，大家今晚大碗喝酒！"

幼儿园舱段里，郑然找到一间小小的淋浴房。在工程堡垒里面，别的生活设施可以没有，但淋浴房却多的是，因为在这危险的星舰表面工作，皮肤上很容易沾染各种有毒物质，核辐射尘埃只是其中一种，所以要有尽可能多的淋浴房让人能及时冲洗掉身上的有毒物质。

浴室里，郑然打开喷洗装置，浴室顶部和四面墙壁喷吐出热水和空气泡沫，哗啦啦地洗去他一身的汗渍。浴室墙壁也同样镶嵌着核辐射强度计，随着流水的冲洗，强度计闪烁的红色数字不断减小，最后变成绿色的数值，表示郑然身上沾染的核辐射尘埃已经被冲洗掉。浴室内的辐射强度已经降低到正常值，但这并不意味着他能就此平安，事实上，很多辐射病都是过了短则数小时、长则数年，才会凸显出它的可怕。

"好兄弟，我这里有酒，要喝一杯吗？"淋浴房外，吴廷拿着酒杯酒瓶，问他。

哐当一声，郑然打开门，拿起酒杯一口喝完，说："有酒不喝是笨蛋，再来一杯！"

一杯烈酒下肚，郑然又要了一杯，吴廷问："你刚承受了那么强的核辐射，喝这么多酒没问题吧？"

郑然不作声，又是一杯酒下肚，却突然一阵剧烈的咳嗽。他痛苦地弓起腰，吴廷注意到郑然的杯中有几滴殷红的东西慢慢化开，那是他咳出的血！

五

"替我保守这个秘密，别让弟兄们知道我身体垮了，我们说好要一起逃出这个地狱的。"郑然坐在墙角，对吴廷说。

吴廷握住郑然的手，说："放心吧，这是只有我们俩知道的秘密。"

天空传来沉闷的吼声，好像有成千上万头洪荒巨兽在大家的头顶上怒吼，一个弟兄连滚带爬地闯进舱段，大声叫："头儿！外面的天空出现了大规模的放电现象！这个世界要毁灭了！"

吴廷脸色都变了，搀扶着郑然，一起走到控制台，眺望着窗外的天空。

天空仍然黑沉沉的，但漫天尘沙已经散去大半，强光探照灯的照射范围也大幅增加到数百米。闪光划破黑黢黢的苍穹，每一次强烈的闪光都照亮了整片天空，大家甚至可以用肉眼看见黑沉沉的天空中浓墨般翻滚的乌云，很多人都是头一次听到要撕裂天地的电闪雷鸣，惊恐地趴在地上。

郑然睁着双眼，茫然地看着天空，对吴廷说："好哥们儿，我的眼睛已经看不见了，给我描述一下外面的天空是什么样子吧。"

吴廷知道核辐射的伤害在逐步侵食郑然的身体。吴廷在他耳边说："外边的能见度高了一些，原本漫天的灰尘现在好像沾上了水汽，飞不起来了，那些闪光从天上劈到地上，分成很多支，伴随着很大的爆炸声，很亮、很响。"

郑然仔细聆听着，过了半晌才说："这就是老一辈的人所说的闪电啊，在地球故乡是司空见惯的天文现象。"

"这就是闪电啊……"吴廷看着窗外的闪电，低声感叹，他们都是在飞船上出生、在飞船上长大的，雷电雨雪等自然现象只存在于长辈们一代代口耳相传的传说中。

郑然说："这世界能发生闪电，就说明大气层中已经出现了积雨云，产生了足够强烈的空气对流。有了典型的对流层，这是星舰表面的原始大气层开始朝着科学家们的设想逐渐转变了。"

"什么是积雨云？"吴廷问郑然。

郑然说："按照以前上学时老师教的知识，积雨云是一种很厚的云层，通常会带来充沛的降雨。"

跟郑然不同，吴廷在学生时代就一直是成绩排倒数的学生，很多课堂上的知识他早就忘光了，他又问："'降雨'是什么？"

郑然仔细聆听着外面的声音，却没有回答，因为他已经不需要解释了，噼里啪啦，噼里啪啦……一颗颗豆大的雨点从黑暗的天空中降下，噼里啪啦地打在监控室的复合玻璃观察窗上。

两千年了……自从祖先们两千年前被流放出地球之后，就再也没见过降雨。"亚细亚"星舰上的这第一场雨，是时隔两千年后，流放者的后裔亲眼看见的第一场雨。

这五十多名一心想着要逃离兄弟会的年轻人并不知道，此时此刻，距离他们不足二十公里的天空，正停泊着一艘最高科学院的监测飞船，飞船里的科学家们正忙碌地监测各项数据，"下雨了……"不知道是谁小声说了一句，很多科学家停下了手里的工作，看着屏幕上那噼里啪啦的雨点逐渐由疏变密。大家都静静地看着，一些学者的眼眶慢慢湿润，轻微的啜泣声悄悄在船舱中扩散。"我们成功了……"有人小声说了这么一句，人们开始相拥着痛哭。

降雨出现了，就意味着制造类似地球的大气环境的计划迈出了关键的一步。这场降雨将持续好几个世纪，它会带走地表的热量，让熔岩横流的星舰表面逐渐冷却成乌黑的原始地壳，形成黑浊的原始海洋、奔腾的原始河流，为大地带来充沛的液态水，成为将来支撑整个星舰生物圈的生命之源。但浓云笼罩的天空阻隔了飞船的遥感系统，他们根本没想到，有一座工程堡垒正位于滂沱大雨下的岩浆海洋中。

岩浆海洋上的降雨是一场噩梦。如果说从天而降的流星雨是接连不断的炮轰，这铺天盖地的滂沱大雨就是密集的机枪扫射。岩浆海洋的腾腾热气让雨点还没落到地面就被空气加热到沸腾，沸腾的雨点穿过水蒸气云雾，狠狠砸在数百度高温的岩浆中。这就跟冷水落入滚烫的油锅一样，瞬间冷却的岩浆顿时变成炽热的碎石四处飞溅，接连不断地打在工程堡垒上。

吴廷他们只顾逃命，根本没注意到星舰建造局早早就通知了各工程堡垒避开降雨区域，只顾一路猛闯。尽管工程堡垒的外壳非常坚硬，但也扛不住成千上万碎石的不断撞击，一些跟外壳相邻的舱段被碎石砸出密密麻麻的裂纹，雨水沿着裂纹渗进舱室，在墙壁和地板上腐蚀出一个个气泡。

"雨水有很强的腐蚀性！大家离开那些受损的舱段，集中到内部的舱段来！"吴廷通过工程堡垒的广播系统，向大家呼叫。

这个世界的原始大气层充斥着大量的硫化物气体，雨滴在积雨云中形成时，空气中的二氧化硫溶解在雨滴中，形成强腐蚀性的硫酸液滴，铺天盖地地落下。工程堡垒虽然能抵挡高温和撞击，但扛不住大量的硫酸腐蚀，一些被腐蚀的舱段已经闪出电火花，散发出令人窒息的臭氧气味。

"好兄弟，我们现在该怎么办？"吴廷大声问郑然。

"我们为什么不向别人求救呢？"郑然反问吴廷。

吴廷把手放在紧急呼救按钮上，却犹豫着不敢按下。他们可是打算逃离星舰的，万一救援队来了，救了之后一盘查，搞不好要蹲监狱，这叛逃的事情可就玩儿完了。

郑然看出了吴廷的犹豫，问他："你会不会撒谎？"他既然问出这话，那自然是有了主意。

六

当星舰建设局的 1506 号救援队路过被标记为"危险区域"的第一号降雨区时，一个呼救信号传来："我这里是 2098 号施工队的五十名工人，我们这边有一名工人遭受了严重的核辐射，需要紧急治疗！"

"2098 号施工队？你们不是应该在星舰引擎吊装现场的工地上吗？怎么跑这儿来了？引擎安装二局的负责人长时间联络不上你们，以为你们集体遇险了，正组织地毯式搜索呢！"救援队回答说。

听到这话，吴廷冷汗都流了出来，事情都闹到局里派出人搜寻他们了，如果不能编个好点儿的理由，铁定要吃不了兜着走。

"别紧张，按照我刚才教你的回答。"郑然坐在一旁，小声说。

吴廷清了清嗓子，说："我们的一个兄弟在引擎测试的过程中，被泄露的核辐射伤害，你们也知道很多大型机器都使用核裂变反应堆作为动力。我们的通信器也被破坏，无法跟二局取得联系，试图带着受伤的兄弟徒步返回营地就医，但风沙很大，迷失了方向，好在找到一座废弃的工程堡垒暂时躲避风沙，我急着要找到营地，就带着兄弟们四处乱闯，迷了路，不知怎么就跑到这儿来了！"

救援队问："工程堡垒怎么可能迷路？每一座堡垒上都有卫星导航系统的！"

糟了！这是个大破绽！郑然当机立断，抄起椅子就把卫星导航系统安装在堡垒上的接收器砸个粉碎，这猛一用力，令他胸口剧痛不已，一阵咳嗽，咳出几口鲜血，他捂着胸口对吴廷说："告诉他们，这座堡垒的导航系统已经损坏了，我们发现它时就是坏的！如果不信，就叫他们下来自己看！"

吴廷照着郑然的说法，向飞船复述了一遍，他拿不准飞船上的救援队员是否会相信这通篇鬼话，但他相信对方见事态危急，绝对不论真假，都会先把这五十多个弟兄救出来再说。

星舰的第一场雨实在太大了。短短几个小时，原本的岩浆海洋就变成了一片泽国，岩浆的热量让积水沸腾，在这闪电照亮的天地间，目光所及，尽是沸腾的蒸汽，要命的是这还不是普通的蒸汽，而是沸腾的浓硫酸。

郑然的身体状况更糟糕了，他皮肤上逐渐出现明显的出血点，牙龈开始流血，眼底部位也出现了血迹，这都是身体遭受过量核辐射逐渐表现出的症状。

　　救援队的地效飞行器慢慢停泊在工程堡垒旁边，一座全密封的金属栈道慢慢伸向工程堡垒的气密门，咔嗒一声后牢牢连住，在自动开锁装置的驱动下，气密门慢慢打开，几名穿着防辐射服的护士走了进来，问："你们是谁遭受了核辐射的伤害？"

　　吴廷扶着郑然走到气密门边，护士们给他紧急处理了一下出血状况，让他躺在担架上，送往地效飞行器。其他弟兄相互搀扶着，也往飞行器上走去。

　　嘟嘟嘟！护士长手中的核辐射探测器响了起来，她警觉地叫停众人，大声说："你们别乱跑！上了飞行器之后直接进隔离室！你们都不同程度地沾染了核辐射！"

　　听到护士长这么说，吴廷暗暗松了一口气，想起就在短短五分钟之前郑然说过的话："救援队来到之后，很可能把我独自一人送往医院，把你们遣返回工地，那样你们就没机会逃走了，唯一的办法是你们也到核动力舱段中转一转，沾染上核辐射，记得小心控制好时间和辐射剂量，要控制在让他们觉得大家都得送往医院治疗，但又不会真正对身体造成危害的程度。"

　　星舰上的天空仍然乌云滚滚，要不是接连不断的闪电照亮整个世界，那天地间就只是伸手不见五指的漆黑一片，暴雨依然滂沱。

　　就在最后一名弟兄登上地效飞行器时，山洪暴发了。一些陨石撞击形成的环形山在大雨中积满了雨水，形成浓硫酸大湖。瓢泼般的浓硫酸雨吞噬着天地间的一切，波涛拍碎山壁，成千上万吨沸腾的浓硫酸夹着炽热滚烫的大块岩浆岩，奔涌直下，形成铺天盖地的山洪，扑往更加低洼的平原和山谷。

坚固的工程堡垒像一艘玻璃做的小船，被滔天浪花抛到空中，又从高空狠狠摔落，在迅速退潮后裸露出的岩石层中被砸得粉碎。下一波巨浪又扑了过来，吞噬了工程堡垒，工程堡垒内部的金属材料、管线在浓硫酸的腐蚀下，起了剧烈的化学反应，冒着火花和泡沫，翻滚着响起一连串的爆炸声，最后沉入了湍急的硫酸洪流中，再也不见踪影。

地效飞行器急速上升，以最快的速度逃离这个沸腾的硫酸海洋，不时急速机动躲避泰山压顶般扑过来的滔天巨浪。漫天闪电在暴雨中划破苍穹。隔离室里，吴廷借着闪电的亮光，看见舷窗外的浓硫酸巨浪裹挟着泥浆碎石扑打着飞行器的金属机翼，原本雪白铮亮的机翼已经被强酸腐蚀得锈迹斑斑。

吴廷紧紧握着躺在病床上的郑然的手，在他耳边说："好兄弟，别担心，我们一定能活着闯出这场暴风雨……"

核辐射对郑然身体的伤害越来越明显，吴廷注意到郑然布满血痕的右手手背上出现了一块拇指大小的星形瘢痕。核辐射会破坏人体的DNA，他的身体不管出现怎样的症状都不足为奇。

七

地效飞行器疾驰了一天一夜，虽然整个世界都被狂风暴雨笼罩着，除了闪电带来的瞬间光明之外就是伸手不见五指的黑暗，但墙壁上的电子钟仍然在准确地指示着时间。

吴廷站在舷窗边，眼睛满是血丝。千沟万壑的大地上，随处可见奔腾汹涌的浓硫酸河流，夹带着黄浊的沙石，冒着浓浓的白雾，气吞万里地奔向正在形成中的海洋。

飞过被洪水淹没的平原、掠过惊涛咆哮的群山之后，闪电照亮的天空下是广袤的高原，翻滚的硫酸洪水顺着预先挖好的运河网奔流入海，高原中间是直径好几公里的地下城施工现场。在工地的边缘，人们筑起了高高的拦水大坝，成千上万台耐腐蚀液压泵昼夜不停地把降在大坝内的雨水往外抽。从高空望下去，数不清的工程机械就像密密麻麻的蚂蚁，在工地中心掘出一个个巨大的坑洞，从坑洞里延伸出来的传送带正把从地下挖掘出来的半熔融状岩石送往地面。十几台大型龙门吊正在往坑洞里吊装耐高温、耐腐蚀的建筑板材，其中一台龙门吊被不久之前的流星雨撞翻，正在紧急抢修。

"亚细亚"星舰几乎是贴着 3008 号星盘飞行，四处乱飞的小行星经常闯进星舰的原始大气层，在大气层中解体，变成成千上万颗流星，在闪电和暴雨中拖着长长的火焰尾巴砸落在大地上。地下城的建造工地三天两头遭受陨石撞击，因此，受伤甚至身亡的施工人员数量已经很难统计了，但每一次撞击过后，人们总是尽快恢复秩序，继续建造地下城。

工地边缘是简易的飞船起降场，大量建筑材料在停泊于卫星轨道上的太空工厂被制造出来，用货运飞船送到工地上，而起降场的斜对面，一座规模更大的临时地面工厂正在紧锣密鼓地开工建设，等到将来，工厂也是要搬入地下的。

在遥远的地球时代，当人类在太空中建立起庞大的飞船队伍时，伴随飞船前进，提供维修和生产任务的太空工厂也随之诞生。但今天，历史跟人类开了一个不大不小的玩笑，为了在星舰上建造能抵御宇宙辐射、小行星撞击的地下城，便于就近取材，人们又把工厂从太空搬到了地面。

眼前这正在建设中的地下城是人们在"亚细亚"星舰上建造的第一座城市，早在它还没动工时，人们就按捺不住心头的兴奋，吵着要给它起名。按惯例，又是从老地球的城市名中抓阄决定，后来，这座还没建成的城市就有了一个古老的名字——新郑市。

地效飞行器在飞船起降场附近降落了，但没赶上刚刚起飞离开的客货混装飞船。郑然遭受的核辐射太严重，这座工地只有简易的临时卫生室，无法治疗核辐射伤害，只能等下一趟飞船把这五十多名弟兄送到停泊在卫星轨道上的大型医疗飞船去。

隔离室里，郑然紧紧抓住吴廷的手，嘴唇嚅动，好像有话要说，他的嘴角渗出不少血，看样子病情已经很危急了。

吴廷把耳朵凑到郑然嘴边，仔细听着，只听到他在问："我们现在到哪里了？"

吴廷在他耳边说："我们到新郑市的工地了，你再坚持一下，飞船很快就来了！"

"我看不见了，你给我描述一下工地的情况吧……"郑然艰难地对吴廷说。

吴廷用颤抖的声音，在郑然耳边描述着工地上热火朝天的施工场景。郑然静静地听着，等到吴廷说完，才小声说："工程堡垒已经在硫酸湖中毁尸灭迹了，现在没人知道我们是叛逃出来的……我们是逃离兄弟会呢，还是留下来？现在还有最后一次选择的机会……"

吴廷站起来，对大家说："愿意跟我一起逃离兄弟会的，请站到我左边；想留下来的，站到我右边。大家要想清楚，这是最后一次的选择机会，咱们一旦离开，就没有回头的机会了。"

三十多个弟兄毫不犹豫地站到吴廷左边，剩下的人犹豫了片刻，最后还是陆陆续续地站起来，走到左边去。

飞船来了，那是一艘很小、很破旧的飞船，吴廷俯下身子，压低声音向郑然讲述飞船的样子和型号。郑然小声说："逃出去的机会只有一次，你要听好……等飞船的舱门打开时，你就带着弟兄们这样做……"

飞船缓缓降落在简易起降场上，舱门慢慢打开，几名护士抬着担架，把郑然送进飞船。

刚固定好担架和输液管，护士们突然被弟兄们持刀挟持！弟兄们拿出早已准备好的轻型切割器，切开通往驾驶室的门，用锋利的切割刀架住驾驶员的脖子，将其推到船舱里，几个懂得驾驶飞船的弟兄坐上了驾驶席。

一个摄像头前，吴廷把锋利的刀子架在郑然脖子边，大声说："我手上有人质！我们要马上起飞！赶快给我们清出一片空域！"

飞船起降港顿时炸了窝，地勤人员四散而逃，塔台的工作人员急匆匆地联络谈判专家，想跟吴廷谈判，同时紧急向军方求援。

吴廷可不管飞船是否完成了起飞前的例行检修工作，直接下令起飞，根本不给工作人员拖延时间的机会。

一声巨响，飞船腾空而起，扯断了仍然连接在船身上的七八根燃料输送管。泄漏的燃料在强腐蚀性的硫酸雨中起火爆炸，整个起降港沦为一片火海，飞船的燃料加注口也起了大火。

吴延忍着飞船紧急升空时几乎压碎全身骨头的巨大过载带来的剧痛，大声说："赶快关闭燃料加注口！快启动紧急抑爆装置！"

飞船一阵颤抖，被扯断的输送管从船身上脱落，灭火剂在加注口附近喷出，火熄灭了。就在这一瞬间，飞船从厚厚的硫酸积雨云中穿出，满天繁星的夜空出现在大家眼前！

"我们终于逃离那个活地狱了！"弟兄们大声欢呼。

突然间，有人惊叫起来："头儿！是军舰！兄弟会出动军舰拦截我们了！"

吴廷当机立断，大声说："把所有人质塞进逃生舱，弹射出飞船外！把飞船开到最大速度，逃离兄弟会！"

弟兄们把所有的人质押进逃生舱，吴廷走到郑然的担架前，俯身拥抱他，用颤抖的声音在他耳边说："好兄弟，你病得太重了，我们实在没法带你走……"

吴廷把郑然送进逃生舱，闭上眼睛，按下了弹射按钮。

一声闷响，逃生舱脱离船体，往飞船相反的方向弹出，穷追不舍的军舰立即掉头去捞逃生舱。

待他们救出人质之时．吴廷的飞船已经变成了茫茫星空中的一个小点，想要继续追赶已来不及了。

这一切都在郑然的算计中，他知道兄弟会把绝大多数资源都调集给星舰建造工程，哪怕是被军政府视为命根子的军舰，也没有足够的燃料可以使用，追到一定距离就得打道回府，否则燃料耗尽之后就只能听天由命了。

"头儿，咱们现在去哪儿？"高兴过后，一名弟兄问吴廷。

吴廷说："听说过名叫'第二迦南'的行星吗？我们去'第二迦南'！"

听到"第二迦南"，众人又沸腾起来。那是一颗适合人类居住的星球，数十年前，韩烈为了阻止人们在星球上定居，用核弹把这颗星球轰成了不毛之地，但星球的生物圈不是那么容易被摧毁的，经过数十年的休养，那颗星球的生态又逐渐恢复了，不少逃离兄弟会的人都把它作为定居的乐园。有小道消息说，已有数百万同胞在那颗星球上定居了。

"但是我们燃料不足……"有人小声说。

"这我知道！"吴廷站起来对大家说，"现在把飞船所有不必要的设备统统关停，只开启自动驾驶系统，所有人都钻进休眠舱进入休眠状态。太空中没有空气阻力，保持现在的飞行速度几乎不需要消耗能量。也许是五百年后，也许是一千年后，总有一天能到达'第二迦南'！总之，我们只需要美美地睡上一觉，醒来之后就到目的地了！"

八

两年之后，医疗飞船中，郑然正在做出院前的最后一次体检，医生看着体检结果说："郑先生，您现在基本痊愈了。"

"'基本'痊愈？也就是说还剩一点儿病根了？"郑然问医生。

医生扶了扶眼镜，说："是这样的，您的辐射病已经痊愈，只是您体内的一处基因变异没得到修复。您也知道，兄弟会的资源一直很紧张，医疗资源也是如此，因为还有很多人排队等着治疗，出于节约医疗资源的考虑，那个'基本上无害'的变异基因我们就没替您修复，还望您体谅。"

郑然问："可以告诉我是哪个基因发生变异，有怎样的后果吗？"

医生说："是您Y染色体上的一个基因发生了变异，但后果仅仅是让您的右手手背上长一颗星形的痣。"

郑然看着手背上那颗显眼的星形痣，自嘲地笑了，说："Y染色体，那基因变异真会挑地方，以后我有了儿子，一眼就能看出是不是亲生的。"说着，他在出院证明上签了自己的名字。

医生拿起出院证明，走到门外说："三位先生，你们现在可以进去了。"

话音刚落，一个官员带着两名士兵走了进来，出示了逮捕令，说："郑然，我们怀疑你帮助他人逃离兄弟会，现在我们要依法逮捕你！"

郑然伸出双手，让士兵戴上镣铐，说："不必怀疑了，就是我干的，你们打算怎样处置我？"他对今天的结局早有心理准备。

官员说："如果罪名成立，你将被判处七年以上的有期徒刑，送到'亚细亚'星舰最艰苦的工地充当苦役。"

郑然笑了，笑得很大声，既是嘲笑别人，也是嘲笑自己，他最终还是没能逃离那个活地狱。

九

当吴廷和弟兄们醒来时，发现窗外仍旧是苍茫的太空，周围一光年的范围内连半颗星球都没有，只见休眠舱上表示能量不足的红灯不停闪烁。大家顿时明白过来，"第二迦南"没找着，飞船的能量却快耗尽了，休眠舱的生命维持系统也因年久失修无法继续运作，所以飞船才会把大家唤醒。

我们到底沉睡了多久？吴廷发疯般跑到驾驶室，打开控制台的电脑，调出飞船的航天记录，蓦然发现大家已经沉睡了五千年！为什么飞船没有到达"第二迦南"？这五千年都发生了什么事？五千年来，电脑积存了数以亿计的通信资料，这都是兄弟会的太空广播系统发送的公开消息。尽管大家都在休眠舱中沉睡，但电脑还是很尽职地把这些资料储存了下来。

吴廷用颤抖的手打开那些资料，试图了解这五千年来所发生过的事。慢慢地，一段漫长的历史在他脑海中清晰地梳理了出来……

兄弟会的星舰建造计划并不顺利。在吴廷逃离兄弟会之后的第二十年，新郑市地下城终于一波三折地完工了。又过了三十年，人类终于在"欧罗巴""亚细亚"和"阿非利克"三艘星舰上建起十几座地下城。所有的旧飞船都被拆解，所有的人都搬进了深深的地下城，巨大的星舰完全无视小行星的撞击，闯进 3008 号星盘，开始下一步规模更大的造舰计划。

韩烈生前大力推进的造舰计划极不顺利，吴廷逃离之后的差不多三百年，第四艘星舰，同时也是人类第一艘专门设计的星舰——"北亚美利加"星舰才刚刚完工，比当初的设想足足推迟了两百年。为了纪念这历史性的事件，"流放者兄弟会"更名为"星舰联盟"，还放弃了古老的公元纪年，采用了更适应太空旅行的新纪年方式，把这艘星舰完工的年份定为联盟元年。

联盟诞生的近四百年后，第七艘星舰开始建造时，人们已经熟练地掌握了建造星舰的方法，从此再也没有在建造过程中出现过大规模的人员伤亡。也正是在这个时代，被称为"人造太阳"的卫星轨道可控核聚变发光器在"欧罗巴""亚细亚"两艘星舰上率先投入使用，星舰的地平生息上第一次出现了太阳初升的晨曦。

联盟诞生的七百年后，"亚细亚"成为第一艘完成生物圈建造工程的星舰，紧赶慢赶地勉强赶上了韩烈将军在一千年前定下的星舰建设进度。大气层不再是剧毒的原始大气，蓝天白云下草木如茵，每个人都可以在室外自由呼吸，逐渐充裕的物资供应让生活过得不再艰难，漫长的军政府统治时代也终于落下了帷幕。

飞船接到的倒数第二条消息来自联盟纪元七百六十二年，3008号星盘中能利用的重元素基本开采殆尽，联盟政府发出了离开星盘、前往更为遥远的星空寻找下一个原行星盘的命令。

政府命令所有的飞船都跟随七艘星舰出发，吴廷乘坐的是数百年前就该淘汰的旧飞船，它虽然接到了命令，但却没有根据这条命令执行自动唤醒船员的功能，导致大家错过了跟随星舰离开星盘的日子。

吴廷用颤抖的手点开最后一条消息，那是几千年前来自星舰联盟的明码呼叫："这里是星舰联盟救援队，如果有'第二迦南'的幸存者，请回答！重复一遍，这里是星舰联盟救援队……"

在这段录音中，还有另一段声音比较小的说话声："最高科学院早就说过'第二迦南'所属的恒星极不稳定，不适合定居，那么强烈的超新星爆炸，方圆一个光年之内的行星都变成灰烬了，哪还有人幸存？"

吴廷查了一下这条消息的日期，很容易就推算出当时飞船所在的位置。那时，这艘小小的飞船正试图利用"第二迦南"附近红巨星的引力场做跳板，朝"第二迦南"飞去。虽然距离不远，但这颗体积庞大的红巨星刚巧阻断了超新星爆炸的致命伽马射线，让大家幸存下来。

船舱里，有人小声哭泣，吴廷给大家打气说："咱们还是有希望活下来的，我刚检查过飞船剩余的能量，只要省着用，还能再撑一百年。从现在起，我们尽量节约粮食和水，氧气也定额分配，除了值班的人，其余的人都尽量不要动、不要说话，尽最大努力减少身体消耗的能量。我们每隔三十天发送一次求救信号，总有一天会得救的！"

飞船陷入了一片死寂，除了维系生命的氧气制造机、每隔三十天启动一次的信号发送器和被视为最后一根救命稻草的信号接收机，所有的设备都被关闭，整艘飞船像一副飘浮在太空中的大棺材，死气沉沉、毫无声息。

等待救援的日子是非常难熬的，每一秒钟都像一个世纪般漫长，更何况，谁都不知道是否真的会有救援队能收到他们微弱的求救信号，能在这无边的宇宙中发现这艘小小的旧飞船。

第一个三十天过去了，微弱的求救信号石沉大海，茫茫太空像墓穴一样死寂；第二个三十天也过去了，求救信号仍然毫无回音……第两百个三十天过去了，大家早已放弃了希望，只是凭着习惯发送求救信号，就好像行尸走肉摇摇晃晃地迈着毫无意义的步伐。

第两百二十一个三十天即将到来，就在轮值的弟兄准备例行发送求救信号时，一片巨大的黑影慢慢出现在天幕上，漫天繁星被它遮挡，无边的黑暗笼罩了整艘旧飞船。

那是什么？大家都惊吓到屏住呼吸，不敢动弹，不知道这不断发送的求救信号招来的庞然大物是敌是友。

巨大的黑影越来越近，按照目测，那竟然是体积接近月球的巨型飞船！巨型飞船的外壳是厚厚的岩石层，密密麻麻地布满陨石撞击的环形山，在建造技术上好像跟星舰有着神秘的渊源。这样的巨型飞船竟然有四艘，周围还有无数小型飞船，无一例外都是极为黯淡的黑色外壳，跟宇宙的背景颜色融为一体。

就在大家一颗心都提到嗓子眼的时候，驾驶室内那台被大家寄予厚望的信号接收机突然传出声音："这里是星舰联盟第十五舰队，请你们将自己固定好，等待救援。"

救援队终于来了！大家泣不成声，但没忘记互相搀扶着，用安全带将自己固定在飞船锈迹斑驳的舱壁上。

巨型飞船的一个环形山慢慢打开，露出幽暗的小型飞船起降井。飞船好像被看不见的绳子牵拉着，朝着起降井慢慢飘去。

这是可控的引力场，专用来俘获其他的飞船。飞船慢慢钻进起降井，井壁的引力发生器有规律地交替运作，让飞船极为平稳地下沉，穿过十几公里深的升降井，在战舰仓库中摇摇晃晃地停住，却没想到一声巨响，飞船像被折断的丝瓜壳般碎裂成好几截，地勤兵连忙启动仓库的抑爆系统，灭火泡沫瞬间把飞船给埋了。

这艘巨型飞船内部有跟地球环境极相似的人造重力场，医护兵把吴廷扛出散架的旧飞船。吴廷只觉得全身都在重力的挤压下剧痛难忍，就好像有成千上万条蛆虫在噬咬着骨头，这才惊觉自己在无重力的太空环境中生存了太长的时间，很难再适应新环境。

一位鹤发童颜的老人披着军衣，站在吴廷面前说："欢迎来到'阿努比斯号'行星登陆舰，我是星舰联盟第十五舰队司令郑维韩中将，五千年的流浪生活过得很艰难吧，吴廷先生？"

十

"阿努比斯号"行星登陆舰毫无疑问是星舰制造工程的副产品，迷宫般的地下城就像一座小城市。吴廷和五十多名兄弟在医院里躺了一个星期，现在已经可以拄着拐杖缓慢行走了。今天不知道刮什么风，郑司令竟然邀请吴廷去喝茶。

茶对吴廷来说是古书中记载的饮品。在他那个年代，飞船里无法种植茶树，自然也没有茶这种东西，他惊疑不定地看着茶杯中漂浮的叶子，问："你怎么一眼就认出我是吴廷？"

郑维韩说："星舰联盟有一个庞大的数据库，里面记载有五千年来所有叛逃者的资料和叛逃方式，当我在率军返回星舰联盟的途中收到你们的求救信号时，你们的飞船编号也暴露了，联网一查就知道是你。"

吴廷突然紧张起来，抄起桌面的水果刀就朝郑维韩扑去，他想故技重施，挟持人质继续逃跑，但舰队司令哪里是那么容易挟持的。旁边的士兵剽悍强壮，闪电般把吴廷摁住，将他推回沙发上。

郑维韩连眉毛都没动一下，说："别紧张，我只是想跟你聊聊历史……虽然你不认识我，但一定认得这颗痣。"说着，他慢慢脱下右手的白手套，露出手背上那颗小小的星形痣。

吴廷惊呆了，眼前这个老人竟然是他最好的兄弟郑然的后代！

郑维韩戴上手套，说："遇上你好兄弟的后代，是不是觉得很巧？其实照我看来，你迟早会遇上的。去年清明节，'亚细亚'星舰郑家祭祖大典，郑氏子孙们当时摩肩接踵，每一名男丁的右手手背都有这样的痣。请你告诉我，我的祖先为什么要叛逃？"

郑然竟然有六百万子孙！吴廷明白了，郑然的背叛让每一代子孙都被烙上"叛逃者后裔"的烙印，郑将军逮到机会自然会追问祖先叛逃的原因，吴廷说："叛逃的原因不是很简单吗？因为日子过不下去了！我们不想死在星舰的工地上！"

"人都是会死的，你们到底想死在哪儿？是'第二迦南'，还是死在太空中？"郑维韩问他。

"我根本不想死！你们这些过惯了安逸日子的人根本不如道那时的生活有多苦！大家都是人，凭什么你们就能诞生在一个不用担心随时会送命的时代，凭什么你们一出娘胎就可以呼吸新鲜空气，打开门就能看到青山绿水？凭什么我们就必须忍饥挨饿，像奴隶一样建造星舰？"吴廷大声叫喊着，用力挣扎，士兵们不得不用力地按住他。

郑维韩说："我郑家前面七百多年的二十八代祖先，葬身在3008号星盘的星舰建造工地上的不可计数，我们现今的日子都是祖先们用命换回来的。"

"你的祖先是英雄！但那是被枪口顶着脑袋推上神坛的英雄！至少郑然是这样！"吴廷也不甘示弱，大声吼叫。

郑维韩看着休息室的墙壁上那幅巨大的星图，要说偌大的星舰联盟是在祖先的累累尸骨上建立起来的也不为过。行星登陆舰突然微微晃动，吴廷问："发生什么情况了？"

郑维韩放下手中的茶杯，说："舰队刚刚完成最后一次空间跳跃，即将回到星舰联盟；顺便告诉你一声，我已经通知警方了，星舰联盟可以不追究你们五千年前的叛逃罪名，但劫持飞船的罪行还是要追究的。"

吴廷知道自己没法逃了，情绪反而冷静下来，问："我走之后，郑然过得怎样？"

郑维韩说："他服了七年苦役，出狱后没多久就结婚了，育有五个孩子，在新郑市地下城的建造过程中，为了保障中央巨柱的吊装质量，他牺牲了自己的性命。"

吴廷说："那不像他的作风。"

郑维韩说："你没有孩子，不懂得一个父亲为了自己孩子的未来所能做出的牺牲。我一个朋友做过一项很有意思的研究，五千年前，建造星舰的支持者大多为人父母，反对者主要是十几二十几岁的年轻人。"

他们有一搭没一搭地聊着，直到警方的飞船出现在舰队的雷达范围内。郑维韩问："要我给你们聘请个好律师吗？"

吴廷摇头，问："新郑市有监狱吧？"

郑维韩叫人查了一下，说："你可要想好了，新郑市第一监狱可是个不见天日的地方，由废弃了两千多年的地下城改建成的，环境很差。"

吴廷黯然说："我这辈子算是白折腾了，如果可能的话，我想待在那儿，就这样过完一生。"

远航的梦船

一

风，带着铁锈机油的气味，呼呼地从人们脸上掠过，难民们在士兵面前排起长队，航天港的外头竖起十几道安检门，安检门前的人们顾不得羞耻，脱下肮脏的衣服，让军犬闻着。军官在老吴的手臂上啪地盖上一个鲜红的印章，大声说："穿上衣服！下一个！"

老吴抱着孩子，拿着衣服，低着头穿过锈迹斑驳的安检门，他突然听到身后传来一阵骚乱。军犬咬住一名难民的脖子，周围的难民纷纷躲开，那名难民挣扎着，银白色的血液从他的脖子喷出，士兵们歇斯底里地开枪，大声叫："是伪装成人类的机器人！快打死它！"

随着一阵噼里啪啦的声音响起，带着铁锈机油气味的空气又混进了电火花的臭味，让人几乎没法呼吸，人群的尖叫声、小孩的哭声刺痛着人们的耳膜。

这是第七次机器人叛乱了。人类的处境一次比一次糟，大地已经被糟蹋得几乎不再适合人类生存，大量使用核弹造成的辐射性尘埃飘浮在空气中，让人只能戴着防毒面具提心吊胆地过日子。在连防毒面具的供应都枯竭之后，人们也只能无奈地呼吸着肮脏的空气，像跟死神玩骰子一样不知道什么时候就会一头栽倒在废墟中，永远不会再醒来。

　　通过安检门的人被士兵们划分成不同的人群。老吴是个程序员，据说在很久以前的信息时代，这是个很不错的职业，但在这个连计算机编程工作都被人工智能机器抢走的年代，程序员几乎成了社会底层贫民的代名词。老吴抱着孩子，自觉地站到了熟练工人的队伍中，他看着那些十七八岁的年轻人被带到新兵训练营，在接受完那些聊胜于无的军事训练之后，他们就会被派往前线进行巡逻，以抵抗随时可能出现的机器人入侵。想到这些他就不禁悲从中来，那些孩子的血肉之躯怎么可能抵挡得住机器人的履带和铁臂？

　　新兵们的武器很缺乏，那些大孩子们只能用铁管代替枪支来练习打靶，前线离这里并不远，只有区区二十公里，那些成为巷战战场的摩天大楼废墟还能依稀看出人类鼎盛时代的穷奢极欲的痕迹，那些年轻的新兵每三个人才能分到一支枪，没枪的新兵就只能缩在断壁残垣后，等着前面的士兵们阵亡后，捡起他们的枪继续作战。

　　士兵们只有两种情况最不怕死，要么是武器装备先进到让你阵亡的概率比中彩票还低，让你可以不必担心生命危险；要么就是你已经无路可退，横竖都是一个死，这座城市废墟中的士兵们是后者。

　　城市中心是云爆弹的弹坑。人类的顽强在于从不轻易向逆境屈服，幸存的人们拆了不少建筑物作为原料，焊接搭建起一个巨大而又简陋的飞船制造场，城中仅有的能源都被集中起来，供人们制造巨型飞船，试图逃离这个早已不适合人类生存的家园。

全城幸存的人口大概有五百万，这已经包括了从别的城镇和乡村涌入这座城市避难的难民数量。当老吴被带到飞船制造场，看见那矗立在发射架上的巨型飞船时，只觉得莫名的震撼和悲凉涌上心头，地球联邦曾经是一个横跨好几颗恒星的超级大国，尽管它今天倒下了，再也造不出那些先进的亚光速飞船，但瘦死的骆驼比马还大，人们依靠残留的科技制造一艘古老的太空船还是可以的，要是在地球联邦的鼎盛时代，又有谁看得上这么简陋的大飞船？

那是一艘子弹形的飞船，体积巨大到宛如小山，密密麻麻的脚手架贴在飞船外壳上，无数工人像蚂蚁一样在它的外表面上忙碌，一阵阵的焊接电弧光在昏沉沉的天空中闪起。在飞船的周围，堆放着大量核弹头，没人说得清楚人类到底制造过多少核弹头，但毁灭地球百次估计不成问题。老吴不知道他们是从军事基地里，还是从机器人大军的手中抢运出来这些的，人们撬开它的外壳，忙碌地拼接着核弹上的导线。这些核弹头将成为人们逃生的最后一线希望——它们会被安装在飞船的底部，核爆的冲击波将把飞船送出大气层外。

这艘飞船是非常古老的"猎户座"核动力火箭的放大版，它的原理简单粗暴，尽管在被设计出来之后就从没被生产、使用过，连是否可靠都是未知数，但现在，走投无路的幸存者们也只能拿生命来最后赌一把。

老吴的工作是给飞船的控制芯片编写控制程序。士兵们有时候会从战场上捡回一些机器人残骸，工程师们从残骸中撬出芯片，逐一测试，然后画出焊接图，让熟练工人们焊接成各种新功能的芯片板，数以千计的程序员紧张地测试这些极为粗糙的焊接起来的芯片，擦去它内部残留的人工智能程序，写入飞船的控制命令和其他程序。这是一件非常枯燥的工作，他们面对的只有难以计数的代码，每一行程序都不能出错，他们没有足够的时间去测试程序，在飞船的硬件焊接完成的时候，芯片的焊接和编程都必须完成，不然大家都没法逃生。

这是一场跟死神赛跑的飞船制造工程，在市中心这个巨大的手工作坊里，人们一边顶着机器人的进攻，一边用能搜集到的一切材料制造飞船，就连再不懂事的孩子也被这刀锋般肃杀的气氛压抑得连哭都不敢哭，像耗子一样躲在瓦楞纸片搭成的难民棚里，睁着一双双幼稚的大眼睛，看着大人们发疯般地忙碌。

七岁的小吴在废弃的机器人残骸中找到了一个很漂亮的玩偶，那是一个 e-BJD 人偶娃娃，芯片已经被工程师们撬走了，只剩下残破的外壳丢在这里，他和几个小孩带着这个早已报废的人偶娃娃玩过家家。小孩子并不知道这些看起来人畜无害的人偶娃娃正是人类最大的敌人，它们从玩具公司里生产出来，以精湛的做工、可爱的外表赢得了很多小孩的青睐，它们体内集成有能够准确理解人类感情和语言的人工智能芯片，能极为善解人意地揣摩主人的心思，也正因为这样，在它们背叛人类、投身叛乱机器人的阵营之后，迅速成为机器人叛军的指挥官。在这些深知人类思维模式的小恶魔面前，人类的战略战术无所遁形，自然是一败涂地。

想干掉一个 e-BJD 娃娃是非常困难的，尽管它们自身并没有非常强的战斗力，但身边任何时候都有大量的战斗机器人保护着，士兵们也是偶尔才打死一个 e-BJD 娃娃，把它的芯片撬出来，跟别的芯片焊接在一起作为飞船的计算机芯片的一部分。

一天，一个叫米勒的程序员路过小吴容身的窝棚，对老吴说："那是你的孩子吗？挺乖的，不像别的孩子那样四处乱跑。"

老吴说："这孩子一直相信，只要他乖乖听话，妈妈就会回来。"

看见老吴眼角含泪，程序员没有再多问，他知道在这个九死一生的时代里，能活下来叫侥幸，老吴的妻子应该已经不在人世了。

人在这种不知道还能不能见到明天的太阳的危险环境中，度过了最初的恐惧和绝望，剩下的就是麻木了。每天不管有多少死伤的士兵被送回来，都无法再激起人们感情上的任何涟漪，每个人心中都有一个跟死神赛跑的时间表，紧张而又有条不紊地进行着飞船建造工作。

在机器人叛军又向市中心逼近了一个街区时，人们终于把核弹头全部成功安装在飞船底部，巨大的飞船向四面打开粗糙的登船舷梯，不少舷梯都是用街区中废弃楼房的防火舷梯焊接成的，有些则是从楼中拆下来的电梯，士兵们在人群中吃力地维持秩序，让人群尽可能快速而有序地进入飞船。

每一个飞船入口处，都有一名士兵对人们大声喊："飞船燃料有限！要尽可能减重！丢掉所有的行李！衣服也不能留！前面那个谁，把衣服全脱掉！"

从原始人时开始，人类就知道用树叶和兽皮遮羞，但在这生死关头，羞耻心是再也顾不上了，登船的人们赤条条地走进飞船，脸上满是恐惧，好像那些机械恶魔随时会从背后冒出来。

老吴抱着孩子登上摇摇晃晃的舷梯。那高高的舷梯随着大风左右晃动，人头攒动的窄窄舷梯上，不时有人因为站不稳而从数十米的高空中跌下，死在这距离成功逃亡近在咫尺的天梯下，他的空位很快被下一个人填满，人们就像一长串攀爬上一根细线、试图逃离滚烫热锅的小蚂蚁，任何死伤都不再能撩动人们的心弦。

老吴好不容易走过了那段比奈何桥还要危险的天梯，回头看了一眼身后的人群，看着那深渊般的摩天大楼间的大地，才知道双脚发软，再也走不动路了。在距离飞船只有一街之隔的城市战场上，负责断后的士兵们正在跟机器人叛军厮杀，他们当中很多人只怕连活着回来的机会都没有。

在这高高的飞船入口处，像老吴这样凭着一股勇气走过舷梯，回头一看才被吓得脚软的人为数不少。守在飞船入口的志愿者们把这些脚软得走不动路的人迅速拖进飞船内部，抱过他们怀中的孩子，迅速把他们安排进巨大的船舱内的休眠舱。

这艘巨大的飞船被分割成很多层非常低矮的楼层，每一层都只有仅容一人通过的狭窄通道，通道两边是长、宽都不足一米的方形盖子，密密麻麻的，像极了殡仪馆中的停尸房，但跟停尸房的不同之处是，人们必须打开盖子自己钻进去。在盖子后面就是密集的休眠舱，那些休眠舱大部分是从平民家的卧室中拆来的，有钱人都喜欢睡大床，只有那些连五十平方米的房子都住不起的穷人才会青睐这种占地面积极小的休眠舱，而另一些休眠舱是从医院、兵营拆来的，少数休眠舱甚至是用殡仪馆的停尸冷柜改装成的。

"这里比沙丁鱼罐头还挤……"一个胖乎乎的人嘟哝着，无奈地钻进休眠舱，那肥嘟嘟的手掌连手茧都没有，八成是曾经养尊处优的有钱人，但在机器人眼里，人类没有贵贱贫富的区别，统统是要消灭的目标。

老吴把儿子放进一个空的休眠舱中，一向坚强的小吴终于哇的一声哭了出来，小手抓着老吴的衣领不肯放开，老吴只好安慰他说："孩子，你乖乖躺进去，爸爸很快就会过去接你了，妈妈也在那边等我们呢！想见到妈妈就快点儿进去。"

小吴这才肯松开小手，听话地爬进休眠舱，当舱盖嘭的一声关紧时，老吴的心痛苦地抽了一下。飞船的休眠舱要直到逃离机器人叛军的活动范围、寻找到适合人类生存的新星球以后才会打开，下一次亲眼见到儿子，谁知道是一百年以后还是一千年以后？

这是逃难的飞船，不是地球联邦鼎盛时期的豪华太空飞船，这里没有充足的活动空间，没有足够的食物，甚至就连人类赖以生存的氧气都很缺乏，人们进入飞船之后，只能尽快进入假死般的休眠状态，为后进入飞船的人节省出尽可能多的氧气，老吴钻进了挨着儿子的休眠舱，冰冷的气体从舱体四面喷出来，老吴很快失去了意识。

在飞船外，士兵们殊死抵抗，互相火力掩护着对方撤退，他们在敌人的必经之地埋设了核地雷，搀扶着伤兵退回飞船中。指挥这支机器人叛军的是一个 e-BJD 人偶娃娃，它深知人类的精明狡诈，看见士兵们撤退，知道前面必然埋伏有陷阱，于是进攻暂时缓了下来，士兵们趁着这个间隙全部撤回飞船中，它朱红色的眼睛盯着街区后面那跟摩天大楼一样高的简陋飞船，集成在眼珠子内的伽马射线透视仪迅速扫过飞船，一串数字在它眼前不停跳动，最后停在百分之十一点七六的读数上。

这艘做工粗糙的破飞船发射成功概率只有百分之十一点七六！那些人类这样仓促升空，几乎等同于自杀！人偶娃娃当机立断，大声下令：“大家往前冲！阻止飞船升空！活捉那些人类！小心他们埋下的核地雷！”

　　在 e-BJD 娃娃的透视眼面前，士兵们精心埋下的核地雷毫无用处，机器人叛军绕开核地雷，拥向飞船，眼看它们就要爬上舷梯，宛若太阳坠地的强烈光芒在飞船底部迸发了！这是用核爆作为推进力的核动力飞船！核爆的高能辐射瞬间汽化了周围的机器人叛军，市中心的摩天大楼在冲击波中就像那被台风刮飞的碎纸屑，瞬间无影无踪，埋在地下的核地雷被核爆炸的冲击波接连引爆，把整个城市炸得粉碎。那个小小的 e-BJD 娃娃带着它那完美地理解人类思维模式的计算机芯片，被爆炸的高温瓦解成原子状态，彻底消失在核爆中，纵使它智商远超人类，它也无法在这短得以毫秒来计算的时间内做出任何有意义的反应。

　　在这强烈的核爆炸中，只有那经过特殊设计的核动力飞船像一叶轻舟，乘着海啸般狂暴的高能粒子辐射和冲击波，迅速冲出大气层，离开了这颗养育了人类数百万年、满目疮痍的蓝色行星。伴随它一起冲出大气层的，还有几栋被炸得支离破碎的摩天大楼，以及被烧得半熔融状的水泥碎块。

　　直至飞船离开了大气层，大地上那核爆的亮光才暗淡下来，这时大地上的冷空气从四面八方涌过来，补充着核爆中心区被冲击波带走、被核辐射迅速加温而上升的空气，大气层中也慢慢升起着死灰色的蘑菇云……

二

　　故事回到老吴钻进休眠舱那一刻，当冰冷的催眠气体从休眠舱四周喷出来时，老吴很快失去了意识，休眠舱中的脑电波连接器迅速而又准确地接上了老吴的大脑，老吴的意识被转换成电磁波，汇入飞船的计算机中。那是一个死寂的黑暗世界，没有一丝光亮，老吴知道这是飞船发射时的寂静，他感觉不到身体的存在了，他知道自己的意识被传入计算机之后，身体和意识之间的联系已经被切断，毕竟他的身体已经彻底冻结，大脑也停止了活动，这种状态下，意识是无法通过计算机跟身体取得联系的。

　　短短的几分钟对老吴来说就像几个世纪一样漫长，当他眼前重新出现光明时，展现在他面前的是一座巨大的城市，高耸入云的摩天大楼、蔚蓝的天空和笔直干净的街道，俨然是机器人叛乱之前安静祥和的地球大都市景象。这是程序员们在一个城市规划院中意外发现的城市 3D 模型，他们经过简单的修改之后，在飞船的计算机中营造了一座宏伟的虚拟城市，作为人们在漫长的太空逃亡之旅中的居住地，城市的上方满天星斗，那是根据飞船外壳上的摄像头传输回来的画面实时模拟出来的星空。在那广袤的星海中，巨大的蔚蓝色地球像一轮新月，占据了将近一半的夜空，但让人不安的是，茫茫太空中，像他们这样的逃难飞船数量非常少，放眼望去也就只有寥寥几艘，也许大多数的人类都无法逃脱机器人叛军的追杀，已经没法逃出来了。

越来越多的人出现在这座城市里，这意味着飞船已经度过了升空时最危险的阶段，顺利飞出大气层，进入了平稳的飞行状态，用来模拟这座虚幻城市的超级计算机也开始工作，人们既吃惊于这座宏伟的虚拟都市，也为夜空中那逐渐远离的地球感到悲伤，老吴在人群中找到了自己的儿子，父子俩抱在一起痛哭，他们终于逃过了机器人叛军的追杀，闯出了一条活命的路。

从这一刻起，这艘破飞船中的三百万名难民们就算是逃出生天，离开了养育人类千百万年的故乡，踏上了前途茫茫的流浪之旅。

地球越来越远了，流浪飞船的下一站是火星，人们把这座建造在飞船的计算机中的虚拟城市起名叫梦境城，它是三百万名沉睡在休眠舱中的难民在虚拟梦境中的共同家园。这里有大家暌违已久的平静生活，老吴在城里的一座二百层高的大楼中给自己安了一个家，尽管这只是一栋普通的廉租大楼，但宽敞舒适的房间、柔软的大床，可以眺望全城美丽风光的落地窗已经让劫后余生的人们感到心满意足，只是客厅里还缺一台电视机。没关系，他打开了虚拟世界的控制台，手指在浮在空气中的半透明屏幕上不停跳动，写下了一串串命令行，只要短短的几分钟，老吴就编写出了一台虚拟的电视机，把它挂在了墙壁上。

电话响了，老吴拿起电话看了一眼，是米勒打过来的，米勒让他到新成立的城市控制中心走一趟。

城市控制中心是整个梦境城最高的楼，它比老吴住的高楼还要高出一大截，穿过市中心林立的建筑群，一枝独秀地刺破云层，矗立在白云端。大楼二百五十层以下是一般的商住楼盘，二百五十层以上是只有治理这座城市的官员才能进入的世界。

老吴搭乘专用的外墙电梯徐徐上升，整个城市的形状慢慢收入他的眼底。这是一座建造在巨型浮岛上的城市，城市尽头有沙滩、悬崖和唯一的一座深水码头，一艘货船正在慢慢靠港，全自动的龙门吊把装满粮食和日常用品的集装箱吊上岸，就在老吴极目远眺时，电梯进入了云层，白茫茫的云层像浓雾一样遮挡了他的视线。当电梯穿过云层时，整个城市都消失了，出现在他眼前的只有井字形的绿色线条在一片漆黑的空间中勾勒出的大地和头顶那幽暗的太空。

这是一个未经渲染的空间。作为程序员，老吴很清楚不管运算能力多强大的计算机，也都会有一个运算能力的上限。逃生飞船内部的计算机充其量只能为人们模拟出一座巨大的浮岛城市，远远不足以模拟整个地球的环境，他身后的会议大厅就是这个空旷得让人心悸的空间中唯一能让人类觉得有几分真实感的地方。

会议大厅非常大，巨大的会议桌像罗马斗兽场一样呈弧形分布，端坐着难民船中仅有的三千多名程序员，好友米勒站在电梯旁等他，他到会议桌旁找了个位置坐下，没过多久，又有程序员陆陆续续地赶来。大多数程序员都很守规矩地从电梯口走出来，也有少数不太守规矩的程序员通过修改自己在梦境城中的三维坐标，凭空在会议室内出现，这些不守规矩的程序员无一例外地受到了警告。老吴不知道是谁给这次大会编写了一个小程序，当程序检测到所有的程序员都到场之后，会议自动开始了。

一个打扮精干利落的女人走到会场中间，自我介绍说："大家好，我是梦境城的市长鹿真梦，大家可以叫我真梦。今天是我们城市控制委员会成立的日子，诚如大家所知，这是一座建立在计算机之中的虚拟城市，所以程序员们的职责尤为重要……"

米勒没去听女市长真梦的长篇大论，他小声对老吴说："这个女人不是真实存在的活人，她只是我们用计算机代码编写的一个虚拟人物，一个NPC。她说的每一句话都是我们编写的程序，做的每一个决定都是我们三千名程序员前几天集体投票决定的结果，我们不能再编写让她自行做决定的人工智能程序了，毕竟我们无法再承受一次机器人叛乱。"

投票的事情老吴是知道的，但他前些天忙着照顾孩子，没有参加。真梦说："现在我们有几条重要规则要宣布。第一条，梦境城不允许出现任何违反现实自然规律的现象，我知道在座的各位有不少人是编写电子游戏出身的，我们建造梦境城，是为了让大家在这不知道什么时候是终点的旅途中生活，我们终有一天要找到新的星球作为落脚点，重返现实世界，为了将来能更快地适应现实生活，这座城市严禁出现一切诸如火球术、瞬间移动等不属于现实世界中的东西。"

这是大多数程序员的想法，大家自然没有异议，真梦继续说："第二条规则是基于第一条规则的延伸规则，我们的世界为什么设计成一个岛？因为计算机的模拟能力有限，我们只能模拟出一座城市，所有的生活物资都靠岛外的世界运送过来——当然在座的各位都知道那个世界并不存在。"真梦的手指在空中画了一个圆，圆圈中出现整个梦境城所在的岛屿，镜头逐渐拉远，这座生活着几十万人的岛屿逐渐缩小成一个小黑点，浩瀚的海洋边缘出现在大家的视线中。那正方形的海域外是未被计算机渲染成形的网格状绿色线条和黑色的背景，颇有几分古人所说的天圆地方的感觉，人如果站在城市中，就算极目远眺，也看不见大海边缘的无尽深渊，一艘艘货船就在这片大海的边缘由绿色的线条勾勒成形，被计算机渲染上金属的色泽，载着软件编写成的货物慢慢驶向这座计算机中的孤岛城市。

真梦说："为了让普通平民尽可能地觉得这是一座无限接近真实的城市，我们各位程序员原则上不能再自行其是地擅自编写各种生活用品的模型及控制程序，我们的超市中会有充足的商品供应，请大家遵守这个规则。"

听到真梦这么说，老吴的心"咯噔"了一下，要知道他刚刚擅自编写了一台电视机，好在看样子大家也没打算追究他，他心里想下不为例就是了。

真梦继续说："第三条规则，大家都知道在这场机器人叛乱中，我们当中很多人失去了亲人，城市正常运转所需的各种职业劳动者种类也残缺不全，无法保证城市正常运转。经过讨论，我们应该允许编写一批 NPC，承担城市中的各种职业，同时我们也需要尽快收集资料，为那些失去亲人的幸存者们编写一些亲人出来，哪怕是虚构的也好。"

大家都知道，不少幸存者都是孤身一人逃出来的，他们的父母、孩子、配偶很多都已经遇难，给他们编写一个美满的家庭，多少能给大家提供一点心灵上的慰藉。这条规则深得老吴的心，会议还没结束，他就悄悄调出控制台，建立了一个 3D 人体模型，不断地在模型上增加控制点，慢慢雕琢成亡妻的模样，给模型上色、渲染，添加控制程序。他心里记挂着的都是儿子哭着要找妈妈的画面，没有再用心去听真梦的长篇大论，当会议结束时，他编写的人体模型也基本完成了。

会议结束时，米勒和老吴一同走进电梯，他问老吴："你是不是决定了要编写什么人物来填补这个城市的空缺？"

老吴说："我照着亡妻的样子编写了一个NPC，毕竟我的孩子需要妈妈，你大概也会照着家人的样子编写几个NPC出来吧？"

米勒笑了笑，说："我的故乡是机器人叛乱最先发生的地方，在我懂事之前，父母就已经不在了，我记不清他们的样子。我是在难民营中长大的，我运气好，别人看得起我，才有机会接受教育当了一名黑客，负责入侵和破坏机器人叛军的计算机系统。我没成家，没有妻子孩子，也没有什么亲人需要我编写成NPC寻求心理慰藉。"

米勒停顿了一下，继续说："但我接了很多给失去亲人的幸存者编写家人NPC的工作，估计要忙上好一阵子。"

告别米勒之后，老吴回到自己住的公寓大楼。他站在家门前，左右看了几眼，确定周围没人之后，才打开程序控制台，用手指在空中浮现的控制面板上按下一个按钮，亡妻的形象出现在他面前，逐渐变成实体，在确认控制亡妻形象的人工智能程序能顺利通过图灵测试之后，老吴才敢慢慢打开家门。

城市的功能至今还没完全走上正轨，负责编写小学教学楼的同事还没完工。他们找到十几个当过老师的人，但师资力量还是捉襟见肘，剩下不足的部分只能靠同事编写教师NPC来补足，在此之前，他的儿子小吴只能待在家中，没法去上学。

当老吴打开家门时，他只看见懂事的儿子正站在一个小板凳上，吃力地淘米做饭，这让他眼睛有点湿润了。在机器人叛乱之前的好几代人的生活中，人们的衣食住行全由机器人包办；机器人叛乱之后，政府紧急征兵对抗机器人，同时又矫枉过正地没收一切家用机器人。很多人已经被无微不至的机器保姆娇惯得连穿衣做饭都不懂，有些人甚至是眼睁睁地看着政府配给的大米、小麦、蔬菜、生肉和铝锅铁铲，却不知道怎样把这些东西做成食物而被活活饿死。尽管政府也紧急分发了简单的烹饪手册，但这世上不少人都是从学校毕业之后就把读书写字的能力还给老师了，毕竟再懒的文盲也有机器人供养着，识不识字、工不工作都没差，到头来竟然还是有人拿着烹饪手册却因看不懂字而饿死。就算是老吴这样一辈子没放弃过学习的人，也搞不懂烹饪手册上写的"白糖少许""盐适量"，到底是该放一勺盐还是一碗盐才算是"适量"。

老吴的儿子小吴诞生于机器人叛乱爆发之后、人类的逃难之旅中，从诞生那天起就没享受过机器人保姆那天使般无微不至的呵护，这些尚未成年的孩子反而是能够脱离机器人的照顾而顽强生存的第一代人，他们总能在机器人肆虐过后的废墟中找到各种食物，从过期的饼干到烤焦的老鼠无奇不有，那些大人们看不懂的烹饪指南他们却能无师自通，有时候老吴会思考要不要在这梦境城中重建那个机器人对人类无微不至地照顾着的地球联邦文明，但看到儿子的顽强，他又往往会打消这个主意。

不，不能再建立那样的文明来让下一辈重蹈父辈们的覆辙了，他们需要的仅仅是超级人工智能诞生之前、21世纪信息时代的那种程度的生活就好。

小吴注意到门打开了，他转身，愣了几秒钟，然后猛地从凳子上跳下，扑到老吴的妻子怀里，大声哭着说："妈妈！你终于回来了！"

在这虚幻的城市里，老吴一家三口终于虚幻地团聚了，只要孩子觉得这是真实的，老吴就心满意足了。客厅的落地窗外，苍茫的夜空中悬挂着越来越小的蔚蓝色地球，这是这座虚拟的梦境城中能看到的唯一真实的景象。

三

在外人眼中，老吴只是一个每天都到公司上班的普通计算机程序员，领着一份中产阶层的薪水，养活老婆孩子，只有程序员们才知道自己是这座城市的控制者。老吴走进公司时，那个大腹便便的 NPC 老板正站在公司大门前盯着手表，看今天又会有多少员工迟到，板着的脸似乎能刮下一层寒霜，老吴总是习惯性地踏着最后一分钟走进公司大门。这是一家只租用了两层楼作为办公地点的小公司，以制作并不出名也不太好玩的小游戏为营生，老吴的名字在公司职员名单中排在很靠后的位置，但只有老吴自己才知道，这家公司里只有他一个活人，其他同事，包括老板在内都是他精心编写的 NPC。这是他待过时间最长的一家公司，他在这里认识了妻子，结婚生子，直到机器人叛军摧毁城市，他都在这家小公司里工作。这里没有任何工作可做，NPC 们只是埋头在电脑前，每天重复编写着没有意义的垃圾程序，传送给并不存在的客户，然后领取一笔系统自动生成的报酬，把它的一部分作为薪水支付给老吴。

米勒出现了，他是从公司后门走进来的，他无视那些NPC诧异的目光，径直走到老吴面前，问："你每天都是这样在这只有你一个活人的公司里演独角戏？每天按时上班，假装一切如常，然后发呆到下班？"

　　老吴说："不然还能怎样？我总不能对老婆孩子说，我不需要工作，天上就自然会掉钱下来吧？"

　　米勒站在窗前，看着窗外公路上那些维持交通的交警，说："我有件新的工作想找你来做，希望你能答应，这总比你在这里发呆好得多。"这个世界只有程序员才能轻易分辨出哪些人是活人，哪些人是NPC，外面那些警察也好，行人也罢，既有活人，也有NPC，普通人无从分辨。像在地球时一样，在交警的指挥下交通得以疏解，一场常见的汽车剐蹭事故造成的拥堵路段很快恢复了通畅。

　　白天的梦境城是看不到太空景象的，虚拟世界的太阳每天都按时升起，温煦的阳光遮掩了一切星光，但米勒只需要打开控制台，输入几行命令，就能打开一个悬浮在空中的屏幕，显示出飞船外苍茫的世界。

　　在太空中，巨大的难民船只是一个小小的光点，它周围密布的光点满是过去的数百年间来往于地球和各个殖民星之间的飞船抛弃的助推器、燃料箱、太阳帆碎片，甚至还有失事飞船的残骸，它们就像喜马拉雅山上遇难者遗体铺成的路标，为后来的太空冒险者指明道路。今天，太空中又添了新的逃难者失事飞船残骸，难民船正伸出机械臂，从一些遇难飞船上拆下能用的燃料设备，为自己补充能量来应付这场不知道什么时候是终点的逃难之旅。被拆解的飞船零件在太空中飘荡，破裂的船舱外遇难者的尸体撒得到处都是，连个可以葬身的地方都没有。

米勒问："看到这幅太空逃难的场景，你是什么感觉？"

老吴缩了缩脑袋，没有回答，他很怕面对那冰冷苍茫的太空，那种在茫茫星空之中无处安身的恐惧像毒蛇一样缠绕着他的灵魂，尤其是在偶遇其他遇难的难民飞船时，恐惧和焦虑感更是不停地折磨着他。

米勒把老吴痛苦的表情看在眼里，说："今天我遇到一个很有趣的人，他拿了厚厚的一沓城市居民心理健康调查表来找我们虚拟的真梦市长。你看看这些调查表，像你这样对太空逃难之旅充满恐惧的人大有人在，现在大家都刚刚逃离死亡的威胁，劫后余生的安慰感让大家都有耐性接受这样的生活。由于我们的身体都生存于休眠舱中的关系，沉睡几千年、一万年，甚至更久，都没有问题，因为我们几乎都是不死之身。但将来时间久了，人们就会把注意力转移到孤寂的太空流浪中去，如果没有别的东西转移其注意力，迟早会爆发各种不满，引起各种让我们始料不及的问题。"

米勒停顿一下，继续说："那个人叫萨多，在被机器人叛军毁掉生活之前，是一家娱乐公司的制作总监，他提出一个娱乐至上的方案，可以让大家的注意力从枯燥乏味的太空旅行转移到娱乐上来，不再去关注这场艰苦的逃难之旅。"

老吴几乎本能地厌恶这个方案，他永远不会忘记那个娱乐至上的时代给人类造成的危害。当他还在地球时，那时的各种媒体，不管是网络、电视还是报纸，都只关心能给他们带来利润的发行量和民众的喜好度，更担心负面消息会冲击新闻媒体企业的股价，一味报道各种花边新闻、名人绯闻和各种为了吸引眼球而故弄玄虚的小道消息，对真正的坏消息总是轻描淡写。

人在无法逃避的逆境中，潜意识里总是倾向于拒绝接受那些自己不想听到的坏新闻，就好像古人的诗所说的"山外青山楼外楼，西湖歌舞几时休。暖风熏得游人醉，直把杭州作汴州"。老吴记得那个时候，在每一座暂时没被机器人叛军攻陷的城市中，都仍然是一片歌舞升平的景象，人们对蜂拥而来的难民视而不见，哪怕是叛军已经逼近城市边缘，城市里的平民百姓们仍然沉迷在自我麻醉的娱乐新闻和乐透彩票中，做着一夜暴富的美梦，直到机器人叛军出现在他们面前，打破了一切虚幻的和平。

"你很讨厌这个方案？"米勒问老吴。

老吴的拳头狠狠地砸在桌子上，指甲都嵌到了肉里去，几丝鲜血从他的拳头里渗出，他愤怒地说："要不是那些钻到钱眼里去的恶劣媒体整天渲染歌舞升平，让大家对机器人叛军的威胁视而不见，我们人类怎么会一败涂地到连地球故乡都失去了？"

米勒说："你真的认为只要我们人类不怕死、有勇气面对强敌，就一定能战胜机器人叛军？一个人从出娘胎开始，直到成为一名可以拿起枪上战场的新兵，少说也要十七八年，机器人却不需要培养和训练，直接走下生产线就可以作战，能像潮水一样轻易吞没我们的城市。我们就算全民皆兵，在数量上也无法跟机器人叛军相比，更别说他们智商不比我们差，体力比我们还强一大截了！"

这些事，老吴不是不清楚，只是作为高傲的人类，他觉得不甘心又无计可施。如果不是绝望到了骨子里，人类又怎么会在大敌当前时还在今朝有酒今朝醉地寻欢作乐，只盼着抓住最后一刻肆意地放纵和挥霍？流血的手掌带来的疼痛让他清醒了几分，在这虚拟世界中，他们刻意把痛觉跟视觉、嗅觉、听觉一起保留了下来，因为疼痛带来的感觉才最真实。机器人叛军再强大，跟辽阔无垠的宇宙相比也不过是一抹尘埃，这场漫长的逃亡之旅也不知道啥时候会是个终点，不知道有没有适合人类生存的星球在等着大家，这茫茫太空之旅的孤寂感带来的恐惧和绝望不会比面对机器人叛军时来得少。人受伤疼痛了就总想着找点麻醉药来忘掉伤痛，而那些庸俗化的娱乐方式搞不好正是让人们忘记飞船外那冰冷绝望的宇宙的最好方法，只是麻醉药用多了会上瘾，庸俗化的娱乐玩多了大抵也会上瘾。

老吴问："这种事，你为什么不去找别人？这座城里的程序员又不止我一个。"

"因为你最闲，三千多名程序员当中，就只有你在这空无一人的公司里发呆。"米勒坐在桌子上喝着咖啡对老吴说。

咖啡是好东西，特别是这虚幻的梦境城中用程序编写出来的咖啡，绝对不含咖啡因，却有着跟真正的咖啡相同的味道。他知道老吴一定会同意接受这份工作，因为机器人叛乱给大家造成的创伤太痛、太严重，大家都急需一剂麻醉药来止痛。

四

在接受了米勒安排的新工作之后，老吴再次忙碌了起来，他用了两个月的时间，编写了一家娱乐公司，这是一家半大不小的公司，有一栋气派的办公大楼、好几套先进的摄影棚。他把自己做出来的大楼3D模型交给另一名负责城市建设工作的程序员，那名程序员把它变成严谨的施工流程——在梦境城中选好合适的地点，交给政府部门虚拟的 NPC 官员完成征地之类的工作，以非常高的效率组织建筑公司竞标、开工。当然这一切都只是一场戏，程序员在城市真实居民名单中找不到曾经担任过建筑公司老板的人，只能又编写了几个 NPC 作为老板参加竞标。这几家刚刚开张的新公司找不到足够的建筑工人，毕竟大家都在老地球上过惯了舒适的日子，一旦没有机器人叛军迫在眉睫的威胁，就不愿再干那些辛苦的体力活了，一个数百名员工的建筑公司竟然只有区区几名建筑工人是真正的人类，其余不足部分只能由程序员编写的 NPC 代替。

老吴每天上班都要从那片建筑工地前路过，工地位于城市东区的一条主干道旁，两旁都是新开张的糖水店，远不如地球时代的大都市繁华，街道的一侧是忙碌的工人，另一侧是糖水店里游手好闲的年轻人。出于节省系统资源的考虑，设计这片工地的程序员并没有给施工现场添加粒子效果，所以没有任何尘土飞扬的景象，也免去了周围店铺的投诉，这城里的人大多没经历过人类城市高速扩张的年代，也极少有人见过真正的工地，对这片干净得连灰尘都不多的建筑工地竟然没有起半点疑心，只以为先进的建筑技术就是这么干净。

老吴看着那些无所事事地在街上游荡的年轻人，想起前些日子出现在市政府门前抗议失业救济福利过低的人群，再想到建筑工地上严重短缺的人手，不由得叹了一口气。这是从地球时代带过来的痼疾，那时大家也是这样，一边领着高额的失业救济金无所事事地虚掷光阴，一边依靠机器人填补各种招工不足的工作岗位，越来越多的机器人填补了人类空缺的工作，才使得一次又一次的机器人叛乱愈演愈烈。他又想起了罗马帝国灭亡前，罗马的贵族和自由民也是终日只顾着玩乐，越来越依赖奴隶进行工作，使得一场场的奴隶起义越来越凶猛，最后埋葬了盛极一时的罗马帝国。

老吴心想：人类好像从来没有在历史中吸取到任何教训，现在只能寄希望于 NPC 们不会像机器人一样造反了。

娱乐公司的总部在短短半个月之内就建好了，一场煞有其事的剪彩仪式过后，老吴根据程序员大会的安排，直接成了这家公司的中层领导。当然他也心知肚明，在这家娱乐公司中，职位比他高的、跟他平起平坐的，大多是他亲手编写的 NPC，只有少数是真正的人类。但这家娱乐公司又跟以前他工作的小软件公司不同，从公司开业的第一天开始，面试处就挤满了怀揣明星梦的男男女女，但这世上不管是外表多光鲜的职业，背后都有不为外人所了解的艰辛。老吴心想这些年轻人大概会被面试官刷掉一半，然后在未来工作的压力下再跑掉大部分，真正能留下来的也只会是少数人。

老吴在公司里担任的是一份闲职，他是那种不太爱管事、越清闲就越觉得舒服的人，如果不是养家糊口的开销比较大，需要一个与高薪相称的高职位，他更乐意当一个不起眼的门卫大叔，在这漫长的生命里静静地享受一个经历过机器人叛乱的中年人的平静生活。即使是在掌控整个梦境城的程序员大会里，老吴也是个不爱发言的闷罐子，每次程序员大会，他都只是怔怔地看着那个美丽的虚拟女市长真梦，心里想着家里的柴米油盐酱醋茶，大家说了什么议题、讨论出个什么结果，他一概不知道，很多时候往往还要挚友米勒提醒，才知道有这么一回事。

　　时间不知不觉地流逝着，飞船中的梦境城慢慢地有了大城市的感觉，真正的人类加上形形色色的NPC，人口已经暴增到三百万，各行各业也都繁荣了起来，核动力飞船的速度不太稳定，理论上它能以上万公里每秒的速度在太空中飞行。但这艘飞船终究是大家手工拼凑起来的山寨货，也没人说得上来它目前是以怎样的速度进行太空逃亡的，大家只知道按照爱因斯坦的相对论，当飞船达到一定的速度之后，飞船内部的时间流逝速度跟地球上会不一样，但到底是怎么个不一样法，到底是慢了还是快了，慢了多少、快了多少，这飞船里也没个物理学家，谁都说不上来。再者大家的生命都在休眠中漫长得没有终点，也就只知道好好地活在当下就好。

　　华灯初上的傍晚时分，老吴像往常一样穿着皱巴巴的工作服，提着超市里买回来的青菜，走在人行道上。身旁的马路车流汹涌，高楼大厦间霓虹闪烁，路灯杆上挂着许多娱乐明星的广告，大多都是出自他所任职的公司之手。那些漂亮的明星也都是他一手编写的NPC，毕竟真正的人类大多也只是喜欢成名后光鲜亮丽的风头罢了，能受得了那份苦去勤学苦练演艺知识，外形又靓丽俊朗的年轻男女，在这座城市的数十万真正的人类当中，一个都没有。

　　老吴抬头看着天上淡灰色的云层。在这城市里，很少有人会在城市璀璨的灯光下抬头观察那片早已看腻的夜空，各种层出不穷的娱乐节目和体育赛事早已占满了人们的脑海，没人再去关心头顶上的夜空，而这也正是程序员大会决定把这座城市变成一个巨大的而又庸俗的娱乐中心的初衷。但这还不能让他们彻底放心，这几个月里，还特地绘制了一大片云层贴图，遮挡住了整个天空。

几辆豪华跑车停在老吴面前，在梦境城，这样的豪车还是很少见的，引得路人纷纷停下脚步，不知道是什么大人物驾到。豪车打开车门，一个身穿黑色风衣、戴着墨镜的男人在小弟们的簇拥中走下来，像极了老电影《教父》中的大人物。他趾高气扬地站在老吴面前，老吴看了他一眼，问："米勒，你这样的排场有意思吗？猪鼻孔插大葱——装象啊？"

在程序员面前，梦境城中一切奢华的排场都是浮云，他们能轻易分辨真人和程序编成的NPC，这辆豪车是程序编成的，那些前呼后拥的黑衣人也同样是NPC，米勒好像被当众戳破新衣的国王一样，尴尬地拿下墨镜，小声说："老兄，以前在现实世界，我只是个苦哈哈的打工仔，现在到了虚拟世界，好不容易能摆个排场，你连我这点自由都要剥夺吗？"

老吴上下扫了他几眼，问："你在大街上拦住我，该不会就是为了炫耀这排场吧？"

米勒说："这是我为下个月的彩票嘉年华制造的头等奖，名车数辆、仆人服侍，还有海滨豪宅，你看很不错吧？对了，你今天在程序员大会上一直在打瞌睡，估计都没在听吧。我们在会议上刚刚决定了要举办一场历时三个月的大型嘉年华，把整个梦境城变成一座欢乐的岛屿。"

米勒不了解老吴这种有家室的人的生活重心，对他来说孩子才是最重要的。昨天小吴在学校里刚刚赢了一场数学竞赛，拿着奖品兴奋得闹了一个晚上，弄得他很晚才能睡觉，当然他身为人父是不会有任何怨言的。

老吴看着城市霓虹灯上方逐渐变得漆黑的夜空，说："我们在城市上空制造这么一大片云层，是为了掩盖些什么东西吧？"

米勒活动了一下脖子，说："我看你这几个月的会议一个字儿都没听进去。咱们会议上不是说了嘛，要暂时关闭城市上空那片真实的星空，所以要制造一片乌云把天空遮住，免得被大家发现破绽。大家担心这还不够保险，要再举行一场巨大的嘉年华，把大家的注意力吸引到各种肥皂泡般绚丽的娱乐活动中去。"

老吴追问："那我们到底在遮掩些什么东西？"

米勒轻松的表情消失了，一脸凝重地在老吴耳边小声说："飞船就快到火星了，你也不想大伙儿一到晚上，一抬头就能看见'火星光环'吧？"

"这……这倒是个大问题……"老吴讷讷地说着，恐惧的神色慢慢爬到了脸上。

五

老吴的日子仍然平淡无奇地过着，基本上就是会议安排他干啥，他就干啥，一双玩惯了电脑的巧手在控制台上按照上头的要求编写出一段段程序，编织各种华丽的舞台场景、妖娆的 NPC 明星，绚丽的灯光效果。坐在窄小的工作室里，老吴喝着冷水、啃着面包，很多程序员都想不通他为什么明明有条件享受更好的生活，却宁可选择过这种苦行僧式的生活，可能是因为老吴一直记得在地球上逃避机器人叛军追杀时的日子——能在逃难路上捡到半瓶矿泉水、几片面包，都舍不得自己吃，小心地捂在怀里，躲在一个没有别的难民注意到的角落，悄悄地塞到儿子嘴里。

对老吴来说，现在喝冷水、啃面包的日子已经算是很幸福了，尽管他可以为自己点上一桌奢华的龙虾松茸大餐，用同事们为豪华午餐精心编写的味觉模拟程序为他真实地重现珍馐佳肴的美味，但他几乎是出于本能地反感这种做法，谁知道将来飞船会找到一颗怎样的星球供他们作为新的家园？那颗星球上会不会有地球同胞对大家热情地敞开怀抱？还是只能找到一颗根本没有地球人踏足过的蛮荒星球，大家不得不像原始人祖先那样风餐露宿、茹毛饮血地来艰难求生？

短短的两个月之后，梦境城里盛况空前的嘉年华开始了。公司里的人基本都去参加嘉年华了，空荡荡的办公大楼中，只剩下老吴还窝在办公室里，面前的电脑上显示着尚未完全编写完成的新女艺人 3D 模型，背后的玻璃幕墙可以俯瞰不远处的城市主干道，那里正在举办狂欢节式的花车游行。

老吴看着身旁熟睡的儿子，想起今天早上天刚蒙蒙亮时，这小家伙就蹦到他的床上又跳又踩，硬是把他弄醒，嚷着要去看花车游行，还如数家珍般滔滔不绝地向老吴说起小丑滨崎、红鼻子木偶等最近在同学之间成为流行话题的各种马戏团中的小角色，却不知道这些形象大多是自己的父亲一手创造的。小吴毕竟是小孩子，他兴奋地追着人们扮演的各种动漫角色奔跑，追着捡花车上的小丑们撒向人群的糖果。老吴和儿子同班同学的家长们聊着大人们的话题，放任孩子们疯玩，聊天内容也基本上都是嘉年华的事情，不少家长都希望在接下来几天里的抽奖活动中抽到一套海滨别墅、豪华跑车之类的奖品。盛大的嘉年华已经让人忘记了飞船外的世界，甚至没人能记起大家的目标是去找一颗适合人类移居的星球，只觉得在这座虚拟的城市里其实也能过得很好。

小孩子终究只是小孩子，小吴跟同学们从早上 7 点疯玩到中午 11 点，疲惫地一头扑到老吴怀里，没过多久就睡着了，连午餐都被他忘记了。老吴只好抱着他，到附近的快餐店打包了一份儿子最爱的龙虾汉堡，抱着儿子返回公司。他今天手头上其实也没有工作要忙，只是这城里别的地方都变成了喧闹的海洋，就连他居住的小区也挂满了各种彩灯，用投影仪在大楼外墙上投射出各种瑰丽的画面，播放着震耳欲聋的摇滚乐，唯一能让他清静一下的地方就只有自己在娱乐公司里的办公室了，毕竟现在全公司的人都在外面组织活动，就他一个担任闲职的人没有任何任务。

老吴把儿子放在沙发上，他知道儿子向来睡得很沉，只要一睡着，就算打雷也不会醒来，所以他也就很放心地调出梦境城的底层代码控制台，切断了自己办公室和公司大楼的逻辑连接，如果这时有人试图打开他的办公室大门，看见的只会是一间空荡荡的镜像办公室。老吴在控制台上输入几串命令行，调用飞船外部的摄像头，把太空的 3D 景象投影到办公室里，那赤红色的火星像一轮血月亮，慢慢出现在他的视野中。

如果抛开月亮不算，火星就是人类波澜壮阔的太空殖民征途的第一站。千百年来，人类对火星就有着诸多幻想，曾几何时，人们一致认为它会是另一种智慧生物的故乡，这颗离地球非常近的红色行星比地球稍微小一点儿，到后来，人类向它发射了探测器，才知道那是一颗没有生命的荒凉行星。在人类建立月球基地之后，火星的开发也被提上日程，巨大的火箭带着各种机器人登陆火星，改造着火星的土壤和空气，荒凉的火星慢慢有了生机，出现了河流和海洋，开垦出各种农场，建立起城市。由于火星的重力比地球小一些，大气层也薄一些，一些特别高的摩天大楼甚至会穿透大气层，并利用像太空舱一样的加压密封措施来保证楼内人员的生命安全。

　　庞大的火星改造工程开始于地球联邦诞生之前，在这个漫长的改造过程中，地球上发生了很多事。那时的各国经常为了庞大的火星改造经费的分担份额互相推诿，在划分利益时又互相争夺，差点儿让火星改造工程中途夭折，好在最后各国都认识到庞大的太空殖民计划所需的资金、资源和科技不是任何一个国家能独力承担的，在经过无数次讨价还价和艰难的谈判之后，地球联邦终于一波三折地成立了。

　　火星环境改造完成时，地球联邦已经成立多年，太阳系中的类地星球一颗接一颗地成为人类的新家园，人类的目光又投向了更遥远的太阳系外。尽管太阳系外行星非常遥远，利用人类最先进的飞船也要长达数十年甚至近百年的时间才能到达，但这一切都阻止不了人类拓荒太空的步伐。然而在地球联邦扩张到多达数十颗恒星之广的领域时，接连不断的机器人叛乱毁灭了整个联邦的核心疆域——地球，地球联邦也迅速地分崩离析。

火星完了。

火星的幸运之处在于离地球太近。作为地球联邦的核心，地球自然是最容易享受到整个联邦不断开拓疆域所带来的好处的星球，而火星往往会受到地球繁荣的经济带动，成为仅次于地球的繁华世界，这是位于太阳系内侧的地球的双生子——金星——也不曾享有的待遇。火星的不幸也在于离地球太近，地球上每一次爆发机器人叛乱，不论规模大小，几乎都会波及火星，这次有史以来规模最大的机器人叛乱毁灭了地球，同样也毁灭了火星。

老吴站在办公室里，看着 3D 画面中战火蔓延的火星，老泪在眼眶里打转。古人认为火星是代表战神的行星，但在机器人叛军面前，战神也只能凄凉地落败，那占据了大半个太空的火星又变成了一片死寂的赤红，火星上的农业和灌溉系统全部被战火破坏，大气层中的氧气——那是人类耗费了将近一个世纪改造火星的心血——助燃了火星上的城市，火光冲天，映得火星的大气层朱红如血。

火星的大气层外箍了一圈光环，那是散落在太空轨道上的地球联邦太空舰队的残骸，中间夹杂着机器人叛军的飞船碎片。数不清的难民飞船也散落在这里，它们要么是被机器人叛军击毁，要么是撞上其他飞船的碎片，船毁人亡。曾几何时，地球联邦庞大的舰队让周边的外星文明都战栗得簌簌发抖，如今这支无敌舰队已经不复存在。

这一次的机器人叛乱不同于历史上的任何一次，率领它们的不是历史上那些运算能力远远超过人类的超级计算机，而是那些被作为小孩子玩具、进入千家万户的 e-BJD 人偶娃娃。人是一种很奇怪的动物，他们总喜欢根据自己的喜好制作出一些东西，然后作为宠物抚养，甚至是进一步地把它视为家庭成员，给它购置各种生活用品、各种宠物衣服，不管对方是一只猫、一条狗，还是一个 e-BJD 娃娃。那些 e-BJD 娃娃还能非常精准地揣摩人类的心意，这其中也包括主人的想法。当初开发它的公司在商业利益的驱使下根本不去考虑这种会像人类一样思考的机器人娃娃的安全性，而它漂亮的外形也很容易让人忘记它那美丽的外表下到底有多可怕的东西。

当一个 e-BJD 娃娃的残骸飘过飞船的摄像头时，老吴打了个寒战，那双黑宝石般的眼睛像在嘲笑人类的无知，每一支机器人叛军都由至少一个 e-BJD 娃娃率领。当老吴想起这种看似无害的人偶娃娃曾经有着数以千万计的产量、遍布太阳系内任何一个城市的富豪家庭时，就不寒而栗。

"原来你也在公司啊？"公司老总萨多出现在这片太空场景中，他走了过来，像哥们儿一样拍拍老吴的肩膀。在外人面前，他们是上下级关系，但抛开那些用计算机程序搭建起来的虚拟关系，大家都只是劫后余生的难民、是一条船上的战友。

老吴问萨多："没人注意到火星已经完了吧？"

萨多说："还好我们组织的嘉年华活动够热闹，大家都顾着玩了，只有我们这些苦命的程序员还在关心太空中的真实威胁。"

老吴看着那飞船残骸组成的火星光环，不禁哀叹盛极一时的地球联邦已不复存在。萨多说："兄弟，我们得适应这个艰难的局面，火星不是最后一颗被叛军摧毁的殖民星，我听说木卫二那头也沦陷了，土星那些卫星也不容乐观，我们可能要离开太阳系才能找得到落脚点。"

老吴的眼泪落了下来，他没想到这场逃难之旅会一直逃出太阳系外。他问萨多："不是说，地球联邦政府已经发布了命令，要求太阳系外的各个地球人殖民文明派军队回来对付机器人叛军吗？"

萨多长长地叹了一声，说："这事就别提了，那些遥远的殖民星早就想着脱离地球联邦自立门户，谁还会派军队过来？他们还担心激怒机器人叛军，引火烧身呢！"

萨多停顿了一下："我们刚刚收到一个不怎么坏的坏消息和一个不怎么好的好消息，不知道你想听哪个？"

老吴说："先听好消息吧。"

萨多说："我们在火星光环中发现了一艘满载高官和富豪的飞船，当然它现在已经被炸成碎片了，e-BJD 娃娃是不可能放过这种高价值目标的，但我们在残骸中发现了一台珍贵的幽灵通信匣，我们的飞船正在用机械手捕获它，打算集合在我们的飞船通信设备中。"

幽灵通信匣是人们对量子缠绕通信器的俗称，这种用量子缠绕现象制造成的通信器，能实现超越光速的通信。在广袤到十个多光年之大的地球联邦中，它是联系着各个孤岛般的殖民星所采用的通信设备，但它有个缺点：只有特定的一对通信器才能双向联系，它们必须在同一间工厂中制造出来，一个通信器留在地球，另一个通信器被飞船送往别的殖民星，才能实现两者之间的通信。

萨多说："我们捡到的通信匣里面包含着一万多个幽灵通信单元，它在理论上联系着其他一万多个通信器。从检测结果来看，它是用来跟所有地球联邦殖民星、探险飞船和军队保持联系的，看来那艘遇难飞船中满载的都是级别很高的高官和巨富。"

老吴问："为什么说这是一个不怎么好的好消息？"

萨多说:"这个通信匣中将近一半的通信单元都已经是无法接通的状态,这说明它另一端的联络设备,不管是位于殖民星、巨型企业、军队还是别的什么东西,都已经被机器人叛军摧毁了。也就是说整个地球联邦已经兵败如山倒,只怕整个人类文明的毁灭也只是时间问题了。"

老吴问:"那不怎么坏的坏消息又怎么说?"

萨多说:"援军来了。"

老吴好像抓到了一根救命稻草,一个劲儿地追问:"那些殖民星终于派援军来了吗?有多少人?什么时候能到地球?这怎么能算是坏消息?"

萨多说:"任何一颗殖民星都是明哲保身,谁都不愿派军队来招惹机器人叛军,担心引火烧身,仅有的一支援军来自流放者兄弟会。"

流放者兄弟会回来了!

这简直是比没有援军还糟糕一万倍的事,老吴看着夹杂在火星光环中的难民飞船残骸,只觉得心里冷冷的,前有狼后有虎的困境让他陷入了深深的绝望。

六

流放者兄弟会回来了,梦境城为此特地召开了程序员大会,但该怎样应对那帮穷凶极恶之徒,大家都是一筹莫展。

会议室里,虚拟市长真梦对大家说:"流放者兄弟会是一个怎样的组织，也许我们在座的并不是每一个人都清楚，现在就由我来跟大家介绍一下。"

会议室里出现一个大屏幕，屏幕上显示出地球联邦鼎盛时代的景象，数不清的飞船从月球基地的远航飞船发射港升空，前往更为遥远的外太空。

真梦说："在地球联邦的鼎盛时期，联邦政府为了开拓更为遥远的太阳系外殖民星，曾经号召人们前往外太空进行殖民，如果是太阳系内的火星、金星、木卫二、土卫五也就罢了，离地球故乡不算太远，只要给予一定的补助，就有人愿意前往开荒；但去往太阳系外行星的路途遥远，就连最近的南门二，离地球也有四个多光年之遥，移民飞船要花费一百多年的时间才能到达目的地。至于更遥远的天狼星、巴纳德星就更漫长了，几乎没人愿意前往。联邦政府为了推进殖民计划，出台了一部对后世影响极为深远的法案——殖民法案，当然也有些人私底下把它称为'流放法案'。"

会议室的屏幕上逐条显示着殖民法案的内容，这部法案的具体条文对任何一个守法公民来说都是很陌生的。真梦说："这部法案是根据各种犯罪行为的轻重不同，把罪犯的刑责折算成流放到不同的太阳系外殖民星的一部法案。"

在这些安分守己的程序员眼中，罪犯的世界离他们很遥远，很多人都是第一次听到这部法案。

真梦说："这是一部划时代的法案。从此以后，任何因为一时冲动而犯下罪行的人，都不必面对无端浪费生命、枯燥乏味的牢狱生活，可以在新的世界重获自由；而地球联邦也一举解决了长久以来找不到足够多的人去开发殖民星的问题，也算是个双赢的结局。"

啪！啪！啪！孤零零的鼓掌声刺耳地打破了会议室的安静，三千多名程序员的目光齐刷刷地投向不知道什么时候出现在会议室角落的不速之客。那是一个瘦小的年轻人，衣衫破旧，长发乱得像稻草，一双灰黑色的眼睛带着凶徒般的桀骜不驯，梦境城里任何一个人都不会像他这样一身邋遢！

"你是谁？"有程序员站起来大声问他。

那人说："我？我只是流放者兄弟会中一个无足轻重的小卒罢了！你们这些'贵族'还真是厉害，能把那么无耻的'流放法案'说得这么冠冕堂皇，真不知道你们是不知民间疾苦呢？还是天生一副狼心狗肺？"

米勒拍案而起，大声说："联盟政府免去你们的刑罚，你们不感激也就算了，凭什么反咬一口？"

那人笑了，白森森的牙齿像在嘲笑米勒，说："我给你们讲个故事：我的曾祖父和你们一样，都是守法公民，但跟各位不同的是，他来自一个普通的家庭，却从小做着出人头地的梦。他读书非常努力，从小就是优等生，凭着优异的成绩考上了一所著名大学，当然这所大学的学费也不便宜，每年学费相当于中产家庭半个月的收入，或是普通人家两年不吃不喝的收入。那时，年轻的曾祖父把改变命运的赌注押在读书上，家境贫寒的他为了读书申请了对他来说堪称天文数字的贷款。大学毕业后，却发现想在地球上找份工作比登天还难，大量的工作岗位早已被不会要求加薪、不会罢工，也不需要养老金的机器人霸占，每次招聘会都是几万人在争抢一两个工作岗位，唯一向他敞开怀抱的就只有那些永远在招工的太阳系外殖民星……"

米勒大声吼："是你祖宗自己不努力！自己没本事抢到那万中选一的地球工作岗位，能怪谁？"

那人说："如果地球上的工作职位足够多，大家不那么依赖机器人，哪会有后来的机器人叛乱？当时摆在我曾祖父面前的就只有两个选择，要么被债务逼死，要么离开太阳系，所以他选择了离开，在天狼星的一颗环境恶劣的类地行星上当了一名负责改造环境的小工头，辛辛苦苦地工作了大半辈子，终于在临终前还清了欠款，但他的儿子、我的祖父却没这么幸运。由于曾祖父一生都背负着巨额欠款，学习成绩同样优秀的祖父没有钱进大学深造，只能在建筑工地上当一名普通的建筑工。那颗行星的环境恶劣啊，几乎每天都在刮带着沙尘的狂风，唯一的好处就是这颗星球非常穷，穷得连机器人都用不起，所以大量的廉价劳动力好歹还能找得到工作。在一次大风中，我的祖父和他的几个工友被狂风从建筑外墙上刮下，工友们死了，祖父运气好，只摔断一条腿，但也因此失去了工作，那时曾祖父已经过世，祖父只能拖着瘸腿沿街乞讨。那可是一个满街都是穷人的地方，每天都会有人饿死街头，任凭异星的风沙把尸体掩埋、风干在小镇外的乱葬岗里，有时候一阵大风刮过，刮去乱葬岗的几层浮土，露出的尽是阴森森的白骨。"

"快切断这家伙的讲话！把他踢出梦境城！"有程序员大声叫起来，很多人如梦初醒，手忙脚乱地试图切断他的通信联络，但他仍然不动如山地坐着。在经过多次尝试之后，程序员们发现根本无法关闭这个外来者的通信信号，很明显，他是比他们更高级的黑客。

那人嘲笑地说:"各位绅士们,你们的绅士风度去哪里了?你们可以不赞同我的观点,但不能剥夺我说话的权利。你们只知道殖民星是地球联邦的生命线,地球联邦每开发一颗殖民星,就有各种财富源源不绝地从殖民地运回地球,维持着地球经济的繁荣;你们只知道殖民星上经常爆发各种叛乱,却不知道在你们看不见的太阳系外殖民星上,悲剧每天都在上演;你们只知道建立庞大的太空舰队,毫不留情地镇压叛乱——在被机器人叛军摧毁之前,太空舰队是非常庞大的,庞大到它的残骸足以在火星外环绕成一道壮丽的光环。"

那人继续说:"我继续讲故事。祖父摔断一条腿之后,沿街乞讨也吃不饱饭,有一次他饿得不行了,就偷了一家店铺的面包,以盗窃罪被逮捕。根据殖民法案,在任何殖民星上犯了罪的人,都会被流放到下一颗更遥远的殖民星,但我问你们,比天狼星上的第九地球殖民星更遥远的地球联邦殖民星是哪一颗?告诉你们!没有比它更远的殖民星!第九地球殖民星上的人,只要犯下哪怕微不足道的一点儿罪行,就会被送上探险飞船,发射往那些'理论上应该有适合人类生存的星球'的方向,让他们自己去寻找'宜居'的星球。数百年来,我不知道有多少人像我的祖父一样被流放到更遥远的外太空,但从流放者兄弟会的规模来看,那绝对不会是个小数字……"

程序员们并不知道,地球联邦是根据殖民星上所需的人口数量来确定需要流放的犯人数量的,如果殖民星上需要的人口不多,或是劳动力已经饱和,那就只有重刑犯才会被流放;如果殖民星陷入严重的人力短缺,那轻微犯罪也有可能被流放。

程序员中爆发出一阵愤怒的声音:"你们根本没去寻找适合人类

生存的新星球！你们只知道拉帮结派，组成那个什么流放者兄弟会！"

那人站起来，大声反问："难道我们要祖祖辈辈都在探险飞船中漫无目的地寻找新的殖民星，直至哪天飞船报废、大家像蝼蚁一样无声无息地死在宇宙中，才合你们的心意？我们为了生存团结在一起，组成流放者兄弟会这个互助组织，又有什么错？"

大会的场面顿时混乱起来，有程序员大声叫："警察！快叫警察把这人拖出去！"也有人大叫："我们得赶紧编写一个更强大的防火墙，把这个人挡在外面！"那人一步步走向会议大厅中心的发言席，有人想拦住他，他的身体却好像幻影一样从别人的身体中穿过。这里只是一个虚幻的世界，他编写身体时，故意没在自己身体的3D模型中设置碰触点，整个人也就像幽灵一样可以随便穿墙而过，甚至是穿过别人的身体。

他穿过女市长真梦的身体，走到发言席上，好不容易把愤怒的情绪压下去，说："很抱歉，各位，我差点忘了此行的目的。我是流放者兄弟会派来的信使，通过你们不久之前弄到的幽灵通信匣进入你们的梦境城。我们兄弟会的援军已经到达柯伊伯小行星带边缘，不久之后将正式进入太阳系。如果你们想活命，就赶紧往太阳系外逃，机器人叛军的追杀就由我们来抵挡；如果你们妄想前往木卫二或者土卫五的殖民星，耽搁了逃亡的时间，后果我们概不负责。"

人群一下子安静下来，米勒问："我们凭什么相信你？"

那人眉毛冷竖，朗声说："信我者能捡回一条命，不信我者请自行准备后事！信不信我，是你们的自由！我们这些重返太阳系的人全都已经下定必死的决心，要舍弃性命掩护尽可能多的地球同胞逃离太阳系！但从我个人感情而言，我恨不得你们统统死在太空中！我为我自己即将牺牲性命，换回来的却是你们这种人的生存而感到不值！”

“我们能单独谈谈吗？”一直默不作声的老吴这时突然站起来问那人。

那人看着老吴，好像颇感意外，上下扫了几眼，才说：“可以。”

七

在梦境城一个满是大排档的街道上，老吴和那个外来者喝着啤酒，吃着烧烤，聊着天，他没想到在这里居然还能交上朋友。

那人问老吴：“这就是历史影像资料中讲述过的大排档吧？为什么你们这些‘贵族’的城市里，也会有这种平民化的地方？”

老吴说：“我们这些人在地球上也只是平头百姓，真正的贵族只怕都被机器人叛军作为高价值目标消灭得差不多了。我们本来以为在火星轨道上会遇到机器人叛军的袭击，但它们好像不太理会我们这些没什么价值的平民，只要远远地避开，它们就不会发动攻击。”

那人说：“在其他殖民星的人看来，能留在地球上的，再穷也是贵族，毕竟比你们更穷的就只能到别的殖民星上谋生了。话说你们的飞船也实在是太简陋了，我刚从雷达上发现你们时，还以为是废弃的古代火箭残骸。”

老吴拿起啤酒瓶跟他碰杯，说：“对了，我还没问你怎么称呼呢。”

那人看着瓶中黄色的液体，说：“我姓郑，叫我小郑好了，这东西就是我的长辈提起过的啤酒吧？"

老吴说："是的，兄弟会那边没有烤肉和啤酒吗？我知道太空流浪的物资供应一定很贫乏，但只要用计算机模拟出一座地球时代的城市，一切都能享受得到。"

小郑生平第一次喝酒，半瓶啤酒下肚，就已经有点晕晕的了，他说："我们不喜欢沉浸在虚幻的梦境中，这很容易消磨人的斗志。"

老吴说："但人连做梦的自由都被剥夺的话，那也太残酷了。"

小郑不赞同老吴的想法，说："我们有自己的梦想，我们想建立一个比地球联邦更宏伟的真实世界，我们今天所做的一切牺牲都是为了这个梦想。"

老吴问："连命都没了，还要梦想做什么？"

小郑的火暴脾气好像又上来了，他猛地喝了一口啤酒压住怒火，却被呛得直咳嗽，咳了半天才问老吴："你有孩子吗？"

老吴说："有一个。"

小郑说："那你应该能理解我为什么不怕死。我有三个孩子，我希望他们能活在一个没有机器人叛军威胁的世界里，希望我未来的孙子、曾孙，以及后代子孙能活在更美好的世界中。人总是会死的，我们这些当兵的，与其在逃难的路上死得毫无价值，不如在抵抗机器人叛军的战场上死得有价值一些。"

老吴说："我记得流放者兄弟会是没有军队的吧？按照地球联邦的法律，地球人只能拥有一支军队，就是联邦政府军，也不允许再有第二支军队的存在。"但老吴不知道，这条法律早就已经名存实亡了。

小郑撸起袖子，露出手臂上的印章，说："在收到地球联邦向各个地球人殖民星发出的求救信号之后，我们非常匆忙地拼凑出一支军队，我们没有时间赶制军装，在报名参军的人手臂上盖一个印戳，就算是军人了。"

老吴问："如果你死了，你的孩子们怎么办？"

小郑说："你不明白太空流浪的艰辛，我们那边平均寿命也就三四十岁，跟古代的人均寿命差不多。兄弟会是一个互助组织，我的父母在我成年前就死于飞船破损的意外事故，我是由别人抚养长大的，要是我也抚养过别人留下的孤儿，如果我死了，自然会有人把我的孩子抚养长大。"

老吴问："你们不能一起逃吗？逃得远远的，让机器人叛军再也找不到。"

小郑摇头，说："如果不能摧毁机器人叛军的太空远征能力，我们就算逃到宇宙尽头也不会安全，我们这次就是豁出性命来做这件事。"

老吴还想问些什么，小郑却好像收到了来自母舰的信号，他站起身说："很高兴认识你，这艘飞船上有你这样能跟我聊天的人存在，我觉得我的牺牲就值得了，再见。"

小郑没想过吃东西要付钱，老吴听说过流放者兄弟会那边穷得一切生活物资都只能按人头定额配给，估计小郑对"钱"这种东西也不熟悉。他匆匆付钱，追上小郑，问："我们还能再见面吗？"

小郑走进一条小巷，随便打开一间杂货间的门，说："我只是个传话的，只怕是再也没机会见面了。未来的五年间，我们的兄弟会远征军必须尽可能地节约一切能源，把尽可能多的能源留给五年后和机器人叛军决战的军队使用，这当中也包括通信所需的能源。"

老吴追问："那五年之后呢？"

小郑走进杂货间，说："到那时候，我大概已经阵亡了。"

杂货间的门关上了，老吴打开门，里面只有两把脏兮兮的扫帚、一个垃圾铲，小郑已经消失无踪。老吴知道小郑下线了，这一走就是永别。

小巷之外，喧闹的嘉年华仍在进行中。这城里绝大多数的百姓并不知道火星早已被毁灭，更不知道那些罪犯的后代——流放者兄弟会正在返回太阳系和机器人叛军决一死战。老吴走出小巷，遇见萨多，萨多问他："那人跟你聊了些什么？"

老吴掏出一支录音笔丢给萨多，说："聊天内容全在这里，流放者兄弟会看起来挺有种的。我们只顾着逃命，他们却敢跟机器人叛军拼命，如果我们能活着逃到一颗适合我们生存的星球，一定不能忘记他们做过的牺牲。"

萨多看着苍白的天空下拖着长幅广告的飞艇在满天气球中缓缓飞行，说："可惜能像你我这样想的，在程序员大会中也没几个，大家都是只顾着逃命，没有多余的心思去理会别人的牺牲。话说他们啊，还真是在玩命啊！"萨多把几张照片交给老吴，这是飞船用幽灵通信匣连接上太阳系最外围的柯伊伯小行星带中的雷达站拍摄到的流放者兄弟会战舰群。那些残破的战舰全都是用流放飞船经过简单改装做成的，看得出是一支临时拼凑起来的杂牌大军，跟地球联邦曾经拥有的战舰群相比，战斗力薄弱得不值一提。

萨多说："我听到一个很糟糕的消息，驻守柯伊伯带的地球联邦残军跟流放者兄弟会打起来了。"

老吴吃了一惊，问："怎么会这样？都什么时候了还在打内战？"

萨多说："对那些长年驻扎在遥远的柯伊伯带的守军来说，机器人叛军很遥远，流放者兄弟会的威胁却近在眼前，他们当然是试图先解决掉兄弟会再说，而且他们艰苦的生活跟流放又有什么区别？他们也恨地球上的'贵族'，看见地球联邦被机器人叛军收拾了，只怕也在幸灾乐祸吧？"

柯伊伯带是一个远离太阳、漆黑冰冷的世界，只有几颗矮行星可以作为人们生存的据点。但纵使是这样，也远比连生存的立足点都没着落的流放者兄弟会强得多，柯伊伯带的守军自然是害怕兄弟会抢占他们赖以生存的据点。

老吴问萨多："我们的下一站是哪里？"

萨多说："谁知道？太阳系是不能再待了，飞船决定飞到南门二去，看看能不能投靠那边的殖民星。"

老吴抬头看着城市笔直的街道尽头那片遥远的大海，说："这真是很漫长的一段旅程啊……"

萨多说："再远的路我们也得走下去，看来我们得筹划不少的嘉年华活动来让大家忘记旅途的艰辛。"

从火星到太阳系边缘是一段长达十年的孤旅，从太阳系边缘到南门二又要数十年时间。老吴知道，在这漫长的旅途中，大家还会遇上不少被机器人叛军摧毁的殖民星，还得举办各种大型嘉年华活动来把民众的注意力从无尽的星际旅途中移开，但程序员跟普通民众不同，在那些虚幻的喧嚣繁华背后，只有他们孤寂地面对着毫无生机的茫茫星海。

八

　　日子日复一日地单调重复着，转眼间五十年时间过去了，梦境城单调地重复着春夏秋冬的更替，老吴仍然是娱乐公司的中层管理人员，仍然每天按时上下班，担任着他那份闲职。他的宝贝儿子小吴读了整整五十年的小学一年级。在这每个人都永生不死的梦境城里，大家都在做着同一个不到目的地就不会醒来的梦。好在人的记忆力是有限的，活得久了，总会忘记一些过于久远的事情，那一场场不断重复的嘉年华活动，就好像一群健忘者在观看一场反反复复不知道演过多少遍的精彩戏剧，每次都觉得自己是第一次参加，尽兴得如痴如醉。

　　每次程序员大会，虚拟市长真梦女士总是会给大家带来各种坏消息，比坏消息更坏的是大家对几乎所有的坏消息都是束手无策，拿不出任何应对的办法。不知从什么时候起，越来越多的程序员躲到了梦境城的喧嚣中寻求心理慰藉，参加会议的程序员越来越少，甚至有人刻意忘记自己是一名程序员。

　　一连好多年的程序员大会上，老吴都没见过米勒，他知道米勒已经成了一个整天只知道借酒浇愁的废人。

　　当飞船飞过了一颗颗被机器人叛军摧毁的殖民星，顺着流放者兄弟会在柯伊伯带防线撕开的缺口离开太阳系之后，在回望着飞船屁股后头那颗全夜空最明亮的星星的时候——那是故乡遥远的太阳——总是忍不住潸然落泪。这一走，大家都不知道有生之年是否还能再返回故乡。

流放者兄弟会的援军就像投入大海的一粒细沙，连涟漪都溅不起一朵，就被机器人叛军的洪流无情地吞噬了。老吴不知道他们是用了黑客技术还是某种不为人知的战术，在这支小小的援军被吞噬后，机器人叛军进攻的速度明显放慢，在飞船逃出柯伊伯带之后的二十年间，它们只慢慢吞噬了柯伊伯带的守军据点，便再也没向外扩张。

　　离开柯伊伯带之后，飞船的幽灵通信匣中只剩下少数几个频道仍然能接通，这意味着地球联邦绝大多数殖民星都已经沦陷。大家只觉得宇宙虽大，却没有一处是可以安身的地方。米勒已经被这近乎绝望的逃亡生活逼疯了，他从飞船离开柯伊伯带时起，就借酒消愁，不知不觉间也当了几十年的酒鬼，但只要一喝醉，就破口大骂，逮谁骂谁。他从古希腊的阿基米德骂起，骂到祖冲之，再骂到冯·诺依曼，然后骂艾伦·图灵，把人类历史上所有的科学家都骂了一遍，好像只要人类不发展科技、永远活在原始社会，就不会有今天背井离乡的劫难。

　　米勒的知识很渊博，他每天换一名科学家来骂，骂了几十年都不带重样的，骂累了科学家就换那些对世界影响深远的名词来骂，从钻木取火到农耕水利，从烽火台到互联网，从万户的飞天梦到阿波罗登月，当他骂到"夸父计划"时，老吴一巴掌把他扇到墙上，酒吧里终于难得地清静了一天。

　　南门二近在眼前，这是距离太阳系最近的恒星，是祖先们离开太阳系后的第一站，它同时也是一个三合星系统，向来被视为进出太阳系的咽喉要地。地球联邦有个流传很广的笑话是这样说的：宇宙中，哪个方向是南方？答案是从太阳到南门二做一条虚拟的直线，南门二的方向就是南方。这个笑话后来被人们广泛接受，在一些不怎么严格的航天日记中，人们往往习惯性地把南门二的方向称为宇宙的南方。

南门二有地球联邦在太阳系外最庞大的殖民星系统，尽管三体系统的不可预测性让这里的殖民行星充满了随时会被恒星吞噬的风险，但人类是不会被它难倒的。这里原本没有适合人类居住的行星，但人们硬是耗费了数百年时间，从别的地方拖来几颗比月球稍小的行星，作为扼守太阳系门户的殖民星。这些殖民星没有大气层，在其中的一侧安装有密密麻麻的飞船引擎，每当南门二的其中一颗太阳朝着殖民星逼近时，人们就启动飞船引擎，无数的光柱便会从殖民星上喷射而出，缓缓推动行星逃离恒星的吞噬。

会议室里，老吴看着大屏幕上那悬挂在茫茫星空中大小不一的三颗太阳，偌大的会议室三千多个座位竟有两千多个空着，只剩下寥寥数百人蔫不拉唧地参加会议。当老吴按下表决器，同意由真梦市长向南门二殖民星发出求救信号之后，萨多才姗姗来迟，手里还提着敲碎了底部的红酒瓶，衣服上殷红的一片不知道是酒水还是血迹。

老吴问他："发生了什么事？"

萨多说："米勒疯了，今天他开始骂流放者兄弟会的援军，怪别人没能收复地球，还说那些当兵的死了活该，我气不过，就用酒瓶敲破了他的脑袋，他现在躺在医院里急救。"

萨多在地球时当过志愿兵，在飞船起飞前的街区废墟里抵挡过机器人叛军的袭击。萨多说："谁不是人生父母养的？凭什么他们的命就没我们的高贵？别人被流放了还回来替我们抵挡机器人叛军的进攻，这叫情义，别人不欠我们什么，但你知道米勒怎么说？他说流放

117

者兄弟会只是想弄到更多的人类基因样本才替我们抵挡敌人。"

老吴心想：米勒说的未必不是实情，但米勒也实在招人厌，大概是真的疯了吧？

虚拟市长真梦一遍又一遍地向南门二的殖民星群发送求助信号。眼前的南门二殖民星群已经比地球联邦的鼎盛时期黯淡了很多，太空港中看不见昔年来往于地球和各个殖民星的货运飞船，也不见当年喧闹的电台信号，只有真梦市长一遍遍重复呼叫的电磁波孤独地扩散在太空中，空荡荡的，尽是说不尽的凄凉。

"他们该不会是不想回应我们吧？"萨多小声嘀咕，眼里是说不尽的落寞。

"你们……该不会是还活着吧？"一个声音突然清晰地传到会议室中，会议室里腾起一阵欢呼声！自从离开地球之后，在漫长的流浪岁月后，这还是他们第一次收到别人的回应！

"我们当然活着啦！不然是幽灵跟你们通话吗？"有一名程序员抓起通信器，大声对殖民星说。

殖民星那头说："你们还真别说，在数以万计的逃难飞船中，我们还真见过所有的难民都已经死绝、只剩下一艘空船在计算机的控制下，在太空中沿着既定逃难路线，不停地向周边殖民星发出救援信号的'幽灵船'。有些幽灵船甚至会自动降落在殖民星的航天港中，直到舱门打开，救援人员走进去，才发现船舱里的难民几十年前就遇难了，那些求救信号听起来还真像来自地狱的呼号。"

会议室里陷入一阵短暂的沉默，会议室的大屏幕一片漆黑，对方只把声音传了过来，却没有传输图像，过了半晌才有一名程序员说：

"我们是从地球逃出来的，希望你们能接纳我们，我们共有三百万人，需要粮食、水和住处。"

殖民星那头问："你们不需要空气吗？"

一名程序员问："你这话是什么意思？人当然要空气才能活下去啊！"

对方说："如你们所见，南门二是很贫瘠的地方。在地球联邦的鼎盛时代，我们凭着发达的物流转运业赚取的利润，还能过得不错；但现在，地球联邦已经不存在了，我们失去了赖以生存的经济支柱，变得一贫如洗，任何生活物资，包括水、食物，甚至是在你们眼中毫不值钱的空气，都只能按人头定额分配。我们自己都在闹饥荒，实在没能力再接纳你们。"

程序员们傻了眼，他们没想到当年号称太阳系外最富庶的殖民星——南门二，在地球联邦毁灭之后，竟然变得一贫如洗。一名程序员站起来大声咆哮："你们不能不顾我们的死活！我们来自地球！你们应该知道分寸！"

要是在地球联邦的鼎盛时代，"来自地球"这个显赫的身份可以压倒很多殖民星。哪怕是地球上的一个普通平民，如果到了殖民星上，那都是得好好伺候着的"贵族"，不然他随便发送一个消息回到地球的网络上，一个"轻视地球公民"的大罪名扣下来，铺天盖地的舆论都能把殖民星的官员压死。即使是联邦政府也不敢对这种地球人沙文主义思想说半个不字，倒霉的只有殖民星上的人。

对方沉默了片刻，才说："地球联邦已经不存在了，没了联邦军队给你们撑腰，你们也就省点力气，别再咆哮了！看在大家都是地球人后裔的分上，我可以给你们提供点核燃料，提供些零件给你们维修一下飞船，去别的殖民星碰碰运气吧。"

有人注意到他们说的是"地球人后裔"，这个称谓像刀子一样划过大家的心头。尽管他们知道南门二上的人要么是在地球上找不到工作、背井离乡到这儿谋生的穷人，要么是被流放的罪犯，但从这个称谓中，他们也听出南门二的人已经不把自己视为地球人了。会议室里的沉默引起了对方的注意，对方问："你们是不是有什么问题要问？"

一向沉默的老吴说："我冒昧地问一句，'地球人后裔'是什么意思？"

对方说："让你们看看我们现在的样子，你们就明白了。"会议室的大屏幕一下子亮了，出现在大家面前的是一种陌生的生物，他们只有一米高，苍白的皮肤，瘦小的四肢，羸弱的躯体撑着光秃秃的头颅，没有耳朵等头部突出物，鼻子也退化成两个小孔，用两根小管子连接在背部的氧气瓶上，一双硕大、惶恐的眼睛占据了脸上将近一半的面积，嘴巴被挤进了小小的角落里。

程序员们倒吸一口凉气，问："你们怎么变成了这个样子？"

对方说："南门二的殖民星群终究是人造的行星，我们没有更高的科技建造出类似地球环境的行星，只能依靠暗淡的太阳光驱动太阳能电池板来获取能量，制造生命所需的食物和氧气，同时尽可能节约能量，我们不得不对自己的身体进行基因改造——为了适应黑暗的环境，我们不得不让眼睛变成像某些深海鱼类那样的大眼睛；为了避免宝贵的热量在寒冷的环境中流失，我们抛弃了耳朵和鼻梁；为了尽量减少能量消耗，我们缩小了自己的体型。好在南门二殖民星的质量都只有月球的三分之二，引力非常小，哪怕是非常瘦弱的身体都可以行走自如。"

会议室又陷入了死一样的沉默，对方打破沉默说："你们走吧，这十几年来，我们遇上过无数来自太阳系故乡的逃难飞船，当他们看见我们的模样之后，都无一例外地离我们而去，去寻找别的殖民星接纳他们。别在南门二浪费时间了，你们想要的是类似地球环境的富饶之地，不是这贫瘠的南门二。"

一枚火箭从距离飞船最近的殖民星上升空，殖民星没有大气层，引力也非常小，那枚火箭像南门二上的人一样头大身小，携带着他们急需的核燃料和飞船配件，慢慢地跟飞船对接。对方说："这是我们能为你们提供的最后的礼物了。话说已经有两三年没看见有难民船从太阳系出来了呢！你们也许是最后一艘难民船了，比你们更迟的估计都已经葬身在机器人叛军的钢铁洪流中了。"

飞船的机械臂从火箭上卸下核燃料和配件，送入自己的船舱中。这些配件中竟然有他们想要但又不好主动索要的量子计算机芯片，尽管从型号来看是比飞船本身的芯片更为古老的型号，但有总比没有好。

对方又说："那些计算机芯片中储存有当年地球联邦制造南门二这种特殊的带有飞船引擎的殖民星系统的设计图纸，希望对你们能有所帮助。"

一名程序员问："我们要这东西干啥？"他们只想找一颗愿意接纳大家的殖民星，再不济也得找一颗适合人类生存的星球，这些图纸对他们来说就是废纸。

对方说："前些年，流放者兄弟会向我们讨要过这些图纸，说是哪天万一找不到适合生存的星球，好歹有个备份科技可以让大家活下来，这也许是我们唯一能够拿得出手的体面礼物了，所以后来不管有哪艘来自地球的难民船向我们求助，我们都会把这些资料给它。"

对方传送了一个坐标过来，说："流放者兄弟会的援军返回地球时，在不远处制造了一个虫洞，穿过虫洞就能到达兄弟会的世界。但那虫洞不太稳定，通过时有可能发生船毁人亡的事故。是投奔兄弟会还是到别的殖民星碰碰运气，得看你们自己的抉择。"

人造虫洞技术是地球联邦的科学家们为了大幅度缩短太空旅行的长度而研发的技术，但直到地球联邦灭亡，虫洞的不稳定问题都没有得到彻底解决。很多飞船宁可选择慢吞吞的亚光速飞行技术，也不愿通过危险的虫洞。但对流放者而言又不一样了，联邦政府为了能让流放者到更远的地方探索太空，往往强迫他们通过危险的人造虫洞而不顾他们的死活。当然，在公开的新闻中，人们是看不到这些的。但最让老吴意外的是，为了救援地球，流放者兄弟会的援军竟然不顾危险穿越虫洞，也不知道他们到底有多少飞船葬身在穿越虫洞的过程中。

老吴问："我们是穿越虫洞呢？还是去找别的殖民星？"

一个程序员没好气地反问他："你说我们是现在就找死呢？还是去别的殖民星碰碰运气？"

老吴还想说些什么，坐在一旁的萨多给他使了个眼色，他才没继续说下去。在地球上的普通平民固有的印象中，越是远离地球的殖民星，就越是治安混乱、龙蛇混杂的罪恶之地，流放者兄弟会更是像地狱一样邪恶、可怕，老吴心想这一定是某种带着偏见去看别人所造成的妖魔化印象，但流放者兄弟会那边到底过得好不好，他心里也没底，所以就没再坚持。

会议室里一片死寂，最后不知是谁先说了句："走吧，我们去找下一颗殖民星。"

飞船离开南门二，朝下一颗殖民星飞去，这将是一段长达百年的旅途，孤寂的太空中，只有他们这一艘孤零零的飞船，沿着数百年来地球联邦开辟的航线，像一粒尘埃，在死寂的夜空中慢慢游走。没人知道下一颗殖民星是什么情况、会不会收留他们，就连幽灵通信匣中也联系不到他们的消息，也只能走一步算一步了。

梦境城里的普通平民根本不知道飞船曾经接近过南门二。会议结束后，老吴独自走在喧嚣的街头，却感觉到无边的寂寞正不断侵蚀着自己的心。街边报刊亭的报纸上刊载的各种新闻也是以娱乐和捕风捉影的绯闻为主；街头的大屏幕上，就连谁家的猫爬到树上下不来、出动消防员解救的新闻都能作为头条播放一整天。

老吴心想这样也好，那些真正的大新闻对普通人来说太残酷、太冰冷，只会让人陷入深深的绝望和无助中，眼前这些媚俗化的新闻好歹能麻醉一下大家，让人们能够熬过那漫长到不知何时是尽头的流浪之旅。

离开南门二之后的漫漫长路，又是年复一年的流浪，他们就像一群流浪汉，挨个儿敲响各颗殖民星的大门，却一次次被拒之门外——客气点儿的就提供点燃料补给，婉言拒绝难民船的来访，打发他们去下一颗殖民星碰碰运气；不客气的直接用军舰拦截难民船，一连好几次，程序员看着那又老又旧的小军舰像掉光毛的老狗，在卫星轨道上挡着他们的去路，只能无奈离开。

挨个儿造访殖民星的流浪之旅耗费了人们不知道多少个一百年。每次召开程序员大会时，到会的程序员也越来越少。每次会议上，人们都是茫然地盯着那浩瀚的太空，不知道这艘孤零零的飞船要流浪到什么时候才能找到安身之所。

九

老吴已经记不清这是第几次参加程序员大会了，当难民船在地球联邦的最后一颗殖民星前吃了闭门羹之后，会议室里陷入了漫长的沉默。参会的最后几十名程序员颓然离开会议室，只剩下老吴独自坐在冷清的会议室中，看着大屏幕前漂亮的虚拟市长真梦发呆。

程序员已经心如死灰，他们想着的只有怎样把殖民星施舍的新计算机芯片植入飞船的计算机程序中，获得更强的模拟运算能力来建造更庞大的梦境城新区。他们编写了一个程序，降低了这座孤岛城市的海平面，让几座新编写好的小岛露出水面，用来建造更漂亮的海滨别墅、度假新村和游乐园——换句话说，就是制造更强大的麻醉心灵的麻药，用来逃避残酷的现实。

老吴问真梦："我们真的没地方可去了吗？"他知道问了也是白问，真梦只是一个用计算机程序编写的虚拟人物，她没法替他拿主意。

真梦回答说："我们还有一个地方没去过——流放者兄弟会。"

这个答案，老吴又何尝不知道？但作为地球联邦地球本土的人，他内心深处是出于本能地抗拒着投靠被流放的犯罪分子的后代。突然间，一个人拍拍他的肩膀，吓了他一大跳，回头看了一眼才知道萨多也没走，偌大的会议室就剩他们俩。

"我们为什么不去流放者兄弟会碰碰运气？"萨多问老吴。

老吴说："你觉得他们会收留我们？听说他们可是恨透了地球本土的人啊！"

萨多说："很久以前，那个来过我们梦境城的流放者兄弟会的军人，好像是叫小郑的，他说过如果我们没地方可以去投靠，就去流放者兄弟会，他们随时都欢迎我们。"

老吴沉默不语，他不知道兄弟会那头到底是龙潭还是虎穴，心头却只有一种绝非善类的感觉。萨多说："当我想到要投靠流放者兄弟会时，连我自己都被这个想法吓了一身冷汗，但我想啊，好死不如赖活着，去碰碰运气吧。"说完，萨多就离开了，留下老吴独自坐在会议室里发愣。

会议室里，幽灵通信匣的操作界面摆在大屏幕的正下方，曾几何时，这是大家联络其他殖民星的唯一通信工具，但如今屏幕上的指示灯已经逐渐熄灭，有些是因为殖民星被摧毁，再也没有能力和外界取得联络了，有些则是因为殖民星那头怕难民们找上门，主动切断了联系，只有流放者兄弟会的那盏孤灯仍然亮着，只是他们一直没勇气联络。

老吴鼓足勇气，按下联络按钮，按照屏幕上的提示输入求救信号："我们是来自地球的难民船，请收留我们。"

信息好像泥牛入海，老吴等了很久都没回音，他又把信息重发了好几遍，就在他失去信心，即将离开时，屏幕上却突然有了回应："你们还活着？"

老吴对这样的回复并不意外。他们每次发出求救信息，别人的反应大多是这样，毕竟流浪了近两千年还活着的难民船非常罕见，估计他们也是仅有的特例了。

老吴好像看到一根救命稻草，这根稻草上却满是荆棘，让他犹豫着要不要抓紧。他呆立了一阵子，才说："我这里是来自地球的难民船，请问你们那边是流放者兄弟会吗？"

对方沉默了好一会儿才说："我只是最高科学院的一个清洁工，代表不了流放者兄弟会，但我知道，任何地球人后裔想投靠我们，我们都敞开双臂欢迎。"听声音，对方是一个年轻的女孩。

"最高科学院？"老吴对这新名词表示不解。

对方说："最高科学院是我们流放者兄弟会为了解决流浪过程中遇到的科学难题而成立的科研机构。太空流浪不比地球生活，要维持这支承载了近亿人的庞大流浪飞船群的生存，需要比地球联邦时代更高的科技，但我们的进展也不太顺利，面对急需解决的量子力学和弦论的统一问题，我们的科学家面对的是这两座庞大到穷尽一生都难以完全读懂的科学大厦，想把它们全部读完、融会贯通，再在这个基础上进行科学探索，非得要有远远超过正常人的寿命不可。"

老吴问："那你们打算怎样走出这个困境？"

对方说："我们打算培养一批寿命远远超过普通人的超级科学家，用来攻克这个难关。我知道这种对人类本身进行改造的事情在地球联邦时代属于禁忌，但为了生存，我们顾不上那么多了。"

老吴心里冒出一个小小的疑问，问："作为一名清洁工，你怎么会知道得那么多？"

对方说："因为我已经报名参加了这个人体改造实验，我也许会死于实验失败。如果实验成功了，我可能会获得很漫长的寿命，也许我也会试着去学习那些让人生畏的科学知识，当一名科学家吧！"

老吴又问："如果你真的是清洁工，那你怎么能接触到幽灵通信匣？"

对方说："你说这个奇怪的通信器啊？它现在就放在科学院的杂物房里啊！听说在以前，这是祖先的舰队群和殖民星互相联系的唯一通信工具，曾经是我们流放者兄弟会的宝贝疙瘩，但已经近两千年没收到过来自其他殖民星和飞船舰队的消息了。我们都以为它没用了，就堆在了杂物房里，没想到很意外地收到了你们的消息。"

老吴倒吸一口凉气，他不知道如果再迟联系几年，这台被流放者兄弟会丢到杂物房的幽灵通信匣会不会被处理掉，到时候可就是连求救的途径都没有了！他大声说："你们千万别把这东西丢掉！那可是我们最后的希望了！"

对方说："这是自然，我会立即跟上头汇报这事情，也许迟一点儿就能把流放者兄弟会的坐标发给你们了。"老吴听见那头传来按键的声音，估计她是在向上级汇报这件事，他心头的大石才算是稍微落地。

没过多久，对方传来一个坐标，并对他们的加入表示欢迎。老吴突然想起一个事情，问："你们找到了适合人类生存的星球了吗？"

"没有。"对方的回答很直接，老吴心头泛起一阵失望，他原本以为投靠流放者兄弟会好歹能找到一颗适合人类生存的星球，没想到对方也是在流浪，充其量只是孤独地流浪和一群飞船流浪的区别罢了。

老吴立即以真梦市长的名义，召集程序员们开大会，他知道很多程序员都不会再出席了，在程序员来到会议室之前，他试着跟对方拉一些家常，想了解对方这两千年来过的是怎样的生活。

话匣子打开了，对方慢慢说道："我们还能怎么活呢？两千年来，我们的旧飞船不断报废，为了搜集星际物质、建造新的飞船，很多人痛苦地死去了。祖先被赶出地球之前，带出来的科技资料非常少，在地球联邦的殖民星当中，只有南门二愿意给我们稍微多一些的帮助，我们不知道怎样建造那些制造飞船的太空工厂，不知道怎样建造天空实验室，几乎是从零开始，慢慢摸索，每一次进步都是一个鲜血淋漓的脚印……"

老吴听对方慢慢述说着流放者兄弟会的艰难历史，对方的声音很平静，平静得好像小小年纪就看惯了人间的种种生离死别，老吴问她："可以让我看一眼你的样子吗？"

对方问："你是怕我们像南门二的同胞们一样，为了生存，不得已把自己的身体改造得面目全非？如果我们已经变得不再像地球人，你们是不是会转身离开，另谋生路？"

老吴没有回答。作为来自地球本土的人，心底多多少少都会有些地球人沙文主义，看不惯其他地球人为了生存而拿宝贵的人类基因进行改造。

屏幕上慢慢出现了对方的照片，那是一个瘦小得让人心生怜悯的女孩，穿着一件金属制成的工作服，身边放着吸尘器，一双空灵的眼睛里没有任何情绪，看模样不过十七八岁。对方没有派更高级别的人跟他们联络，只是让这小丫头代为传话，看样子兄弟会并没有把这艘姗姗来迟的难民船的命运放在心上。

"冒昧问一下，你的名字？"老吴问她。

"韩丹。"她回答说。

程序员陆陆续续地回来了十几个，这次会议的议题是要不要投靠流放者兄弟会，老吴等了很久，会议室里始终凑不齐二十个参会人员，只能无奈地宣布会议开始。他不知道到底有多少程序员彻底放弃了希望，只知道活在自己制造的纸醉金迷的幻境中，哪怕是关系到整个飞船三百万难民命运的会议，也无法让他们死灰般的心再起哪怕一丝的波澜。

老吴把情况原原本本地向到场的十几名程序员做了说明，问大家："我们要不要投靠流放者兄弟会？"

"这个，你看着办吧。"一名程序员无精打采地回答着。其实大家都没得选，实在没有别的去处了。

老吴宣布说："那好，我们前往南门二，去找流放者兄弟会留下的虫洞，是死是活大家赌一把！"

"那个，虫洞在一千八百多年前就已经关闭了，你知道的，它不太稳定，维持不了多久。"韩丹空灵的声音给老吴泼了一盆冷水。

有程序员像被踩了尾巴的猫一样跳起来："那我们怎么办？你们想想办法，再打开一次虫洞吧！"

韩丹说："对不起，做不到。我们上一次打开虫洞用的是地球联邦留下来的机器，它因为年代久远已经坏掉了，我们的科技暂时还做不出那样的东西。"

老吴问："那我们怎么办？"

韩丹说："'以亚光速慢慢追赶我们吧'，这是上头让我转告你们的话。"

十

韩丹留给难民船的坐标是一个被标注为"1号集结地"的昏暗的白矮星带。这颗白矮星极为荒凉，一圈冰冷的小行星带远远地围绕着它，这是一颗质量类似太阳的恒星死后的残骸，它也许有过类似地球的适合人类生存的星球，甚至有可能诞生过智慧生命。但当恒星衰老蜕变成红巨星时，位于宜居带的类地行星必定会被无情地吞噬。在红巨星也走近生命的终点时，恒星的外层被剧烈的超新星爆炸炸飞，只剩下坚硬的内核形成小小的、致密的白矮星。有些恒星周围存在由一个诞生之初残留的星际尘埃形成的小行星带——例如太阳系的柯伊伯小行星带，如果它离得够远，就有机会在超新星爆炸中存留下来。超新星爆炸抛射出的气体会凝聚在小行星带中，形成大量富含重元素的小行星。作为宇宙中最常见的重元素来源之一，超新星爆发也是流放者兄弟会最为重视的矿产来源。

会议室里，老吴和萨多看着大屏幕上越来越近的1号集结地，这条小行星带满是横冲直撞的星际物质，他们担心飞船的安危，所以才留守在会议室里盯着大屏幕。但实际上他们是起不到任何作用的，只能干着急。飞船由计算机自动控制，况且他们也不懂得驾驶飞船的技术，充其量只是告诉飞船要往哪儿飞，剩下的事情就只能全部交给飞船的计算机来自动处理了。

"老吴，咱们喝两杯吧，别人估计是不会再来这个会议室了。"萨多拿出一瓶红酒，坐在会议桌边对老吴说。

老吴叹了口气，跟萨多对饮，他说："我听说，1号集结地是流放者兄弟会被赶出地球联邦之后找到的第一个落脚点，他们在那里停留了很长时间，采集重元素来维修飞船、修建工厂，甚至是制造新的飞船。在这期间，不少被流放的罪犯都从四面八方赶来，在求生的压力下投入兄弟会麾下，所以1号集结地向来被我们视为罪犯云集的巢穴，没想到今天只能投靠他们了。"

萨多说："听说在以前，他们采集的矿物还被运回地球联邦贩卖，换取他们急需的各种飞船配件，看在这个地方离太阳系实在遥远，那些犯罪分子无法对地球联邦的治安造成太大的影响，而且每年都开采出大量的黄金、白银、钻石、稀土等贵重矿产供地球联邦挥霍的分上，地球联邦向来对它睁一只眼闭一只眼，要知道自己开采这种偏僻的行星所需的成本远远比从罪犯和他们的后代手中低价购买这些奢侈品要贵得多。很多时候，流放者兄弟会为了能弄到一些紧缺的飞船配件，不得不把大量的珍贵矿产贱卖给地球联邦。"

老吴拿起酒杯，说："为了我们第一次找到还算是能落脚的地方，干杯！"

碰杯的声音在空荡荡的会议室中显得特别突兀，这座能容纳三千多人的会议室也显得比飞船外的 1 号集结地更冷清。从他们决定投奔流放者兄弟会时起，到今天来到 1 号集结地为止，耗费在路上的时间又是漫长的两百年。这两百年来，负责跟难民船联络的流放者兄弟会联络员换了一茬又一茬，但无一例外都是很普通的飞船联络员。看得出兄弟会并不重视这艘难民船，只是随便找几个打工仔跟他们联络一下，或许他们并不认为这批难民们能活着到达兄弟会的世界。

老吴说："话说，这两百年来，出席程序员大会的人可是越来越少了啊！特别是近五十年来，就剩我们俩，很多程序员为了逃避这冰冷的现实，故意抹去了自己的知识和记忆，醉生梦死地活在梦境城虚假的狂欢中，就算我们硬把他们绑来，他们也丧失了能参与飞船命运决策的相应知识。"

萨多干了一杯酒，说："你错了，剩下来的程序员除了我们俩，还有一个人。"

老吴问："你是说米勒？他每天就只有睡着的时候不酗酒，我看这人早就已经废了。"

萨多说："但不管怎么说，他也是程序员啊！"

他们俩有一搭没一搭地聊着，身旁的大屏幕显示着外面横亘在夜空之上、宏伟而又荒凉的太空建筑，那些巨大的建筑大多是用粗大的钢梁连接起来的直径两三公里的小行星，三五颗一组，被挖矿机挖得千疮百孔。那些古老的挖掘机被丢在小行星的矿井中，每一台挖掘机都带有类似太空舱的密闭式驾驶舱，太空中没有氧气，那些裸露的管线和金属部件不管放了多久都不会生锈，但都已经吸附上了厚厚的星际尘埃，跟灰色的小行星融为一体。几座简陋的车轮形太空城散落在小行星带中，这种依靠离心力来模拟重力环境的古老太空城慢慢自转着，外壳同样是灰蒙蒙的，满是被陨石和小行星撞击留下的伤疤，好像一副随时都会解体的破轮胎。

老吴用幽灵通信匣给流放者兄弟会发了一条消息："我们到达1号集结地了，你们在哪里？"

流放者兄弟会没回音，老吴又重发了一遍消息，他们等了很久，对方才回应："我们利用日渐成熟的虫洞制造技术，去了更远的地方，按照我们二百年前商定好的计划，你们在1号集结地完成飞船的维修和补给之后，就前往更远的2号集结地，再进行一次维修补给，之后前往3号集结地……"

这估计又是历时百年以上的漫长旅途，但大家都已经习惯了。老吴问："我们就沿着你们留下的集结地，一路追赶兄弟会吗？"他没兴趣问别人的名字，在这些寿命近乎无限的难民眼里，通信器那头普通人的区区百年的生命不过是白驹过隙，如果不小心跟他们交上了朋友，百年之后也只是徒留好友逝去的伤感罢了。

对方说："不，你们最多只能到达30号集结地，那是我们制造虫洞离开银河系的地方，虫洞已经关闭了，你们在30号集结地稍作停留，我们会派人去接应的。"

老吴看了一眼星图上的坐标，怔怔地愣着，那是多漫长的一段旅途啊，光是花在路上的时间就需要五千年！要是放在地球上，这漫长的时间足够一个文明诞生、兴盛、衰败再灭亡好几轮了，老吴问他："你们离开银河系了？"

对方回答说："是的。根据估算，我们现在距离地球至少两亿光年，但真实的距离我们也说不准。"

老吴问："你们跑那么远干啥？"

对方说："为了躲避地球上那些还没死透的机器人叛军的监视。两千年前那一役过后，它们认定地球人后裔中就只有我们能毁灭它们，便在太阳系架起了巨大的射电望远镜来寻找我们的下落，所以我们只能尽量逃远一些。"

老吴问："你们的具体位置能给我个坐标吗？"

对方说："很抱歉，不能。人造虫洞技术虽然比以前成熟，但终究还是没能完全掌握，这里的星空非常陌生，我们也不知道自己到底在哪儿。"

老吴急了，问："你们连自己去了哪里都不知道，那五千年后怎么接我们？"

对方说："我们最高科学院的科学家们说了，要是五千年后我们的科技还是找不到返回太阳系故乡的路，那我们也不必再在这宇宙里混了，每人发一根绳子上吊吧；五千年只是一个很保守的时间，如果科学的进步比我们想象中的快，也许不用到达 30 号集结地，我们的救援队就已经找到你们了。"

老吴说："五千年可以发生的事情太多了！谁敢保证到时候流放者兄弟会还存在？"

对方反唇相讥："你敢保证你们的飞船能够飞五千年不解体吗？"

老吴沉默了，对方说："未来的事情，谁都不敢打包票，说一定会怎样。"

十一

1号集结地是非常重要的地方，不管是对昔日的流放者兄弟会，还是对今天这艘孤独的难民船来说，都非常重要。在这里，难民船找到了数量远比其他殖民星愿意提供的多得多的飞船燃料，很多飞船维修设备虽然型号老旧，但大部分仍能正常工作。老吴听萨多说，流放者兄弟会当年是仓促逃离1号集结地的，很多设备因为无法带走而遗留在这里。因为那时，流放者兄弟会不堪地球联邦的盘剥，决定提高各种矿石的售价，地球联邦恼羞成怒，决定派军队教训他们，好在1号集结地距离地球联邦足够遥远，当联盟军队来到这里时，他们已经走得一干二净了，而另外一些殖民星上此起彼伏的反抗，让联邦军队疲于奔命，无力再前往更遥远的太空去追击流放者兄弟会。

仅有两个人的会议室里，萨多给老吴斟酒，说："这世界真是不讲理，对吧？1号集结地出产了地球联邦将近一半的黄金、百分之九十的稀土，却没有稀土的定价权。当流放者兄弟会试图稍微抬高稀土价格时，地球联邦就出动了军队。但你也知道，这事儿最终是偷鸡不成蚀把米，兄弟会走了，地球联邦想自己开采矿产，却发现失去兄弟会的矿场之后，自己开采的成本高得无法承受，最后导致了一场稀有矿石严重短缺的危机，重创了联邦经济。"

老吴一口把酒给干了，在这苦闷的流浪岁月里，他也慢慢变得跟米勒一样喜欢借酒浇愁。他们跟米勒比起来唯一的优点就仅有没有忘记自己身为程序员的责任，就算是醉了也是醉倒在会议室中。

大屏幕上的太空，飞船的机械臂正在搜集兄弟会留下的设备。飞船唯一的维生设备就只有休眠仓，没有航天服之类让人类可以在飞船外活动的设备，老吴和米勒只能通过黑客手段，设法破解兄弟会留在1号集结地的各种自动化维修设备，远程控制它们对飞船进行维修。

"前面那些像蚕茧一样的椭圆形东西是什么？"眼尖的老吴发现前面有很多灰白色的空心椭圆体，好像用无数丝线织成的。

米勒放大画面，看见那些奇怪的丝线实际上是各种大大小小的管线，最粗的有人的腰身一般，比较细小的也有手臂粗细，主要的骨架是坚硬的钢梁，缠绕在其间的是各种线缆，它们一层又一层地、密密麻麻地缠绕在一起，缠得密不透风。由于年代久远，它们吸附了小行星带上大量的星际尘埃，蒙上一层惨白的灰尘，使得它们看起来更像飘浮在太空中的巨茧。

米勒皱起眉头，说："我也不知道这是啥。我们把飞船开近一点儿看看，你觉得怎样？"

老吴同意了，他让飞船慢慢靠近，才发现这样的巨茧的数量非常多，最大的有数百米长、一百多米宽，小的不过几十米长、十几米宽，绝大多数的巨茧都在其中一端有一处缺口，远远看过去就像毛毛虫化蝶之后丢弃的茧，把画面放大之后发现原来那个缺口是用切割机或是定点爆破之类的方法切开的，缺失的部分不知道落在了哪里，缺口处尽是锐利的钢条，像极了洪荒巨兽的森森利齿，又像潜伏在黑暗里的上古魔兽，好像想要吞噬所有不小心路过的猎物。

"你说这到底是什么？"萨多问老吴。

老吴发现一个完整的巨茧。驾驶飞船慢慢靠拢过去，透过那些织成巨茧的线缆缝隙，他看见一艘未完工的飞船，才明白这些巨茧就是流放者兄弟会的飞船制造车间。那些密密麻麻的钢条最终都会汇聚成几根极粗的支撑柱，把飞船固定在巨蛹的正中心，数不清的线缆连接在飞船外壳的各个开口部位，各种维修器械散落在钢铁巨茧和飞船之间的空隙里，悬浮在没有重力的太空中。看样子当年流放者兄弟会走得非常匆忙，才把一些来不及完工的飞船丢弃在了这里。

老吴说："看样子，这是修理飞船的桁架。以前的探险家们在太空中临时维修飞船时，都会先在飞船外壳上焊接一些脚手架作为航天员的固定点，把缆绳固定在桁架上防止发生意外时飘到太空去。各种维修机械和材料也固定在桁架上，修理的规模越大，焊接在飞船外壳上的桁架就越多，但这样层层密密地把整个飞船都焊成一个巨茧的情况，我还是第一次见，他们不会是把整艘飞船拆了重造吧？"

一个陌生的女性声音回答说："这都是被流浪生活逼出来的。我们的祖先没有飞船制造厂，地球联邦又不肯给我们制造新飞船，祖先们只能用桁架修理法，在不堪使用的旧飞船身上搭建起这些密密麻麻的桁架，修修补补，勉强维持使用，后来修得多了，也就试着自己在一些稍大的飞船里建造飞船零件生产线，也算是久病成良医，终于形成了自己独特的飞船生产方式。"

老吴和萨多顺着声音回头看去，只看见一个似曾相识的女生站在他们身后。程序员的直觉告诉他们，她是外来者，两千年前流放者兄弟会的援军中那个叫小郑的年轻人能通过黑客手段潜入梦境城，那今天他们自然也可以利用幽灵通信匣进到会议室里。

女生对他们笑了笑，问："好久不见，你们还记得我吗？"

"你是……韩丹？两百年前最高科学院里的扫地丫头？"老吴对于他第一次用幽灵通信匣跟流放者兄弟会联络时认识的小丫头还是有点印象的。

韩丹点头，说："托你们的福，实验还算成功，我跟你们一样获得了漫长的生命，但方式跟你们有点不同。"

萨多说："永生不死并不是太复杂的技术，我们把意识上传到计算机营造的虚拟世界里，就轻易地做到了这一点。"

老吴带着几分微醉，拿起酒杯对她说："来干一杯吧，老祖宗说过，有朋自远方来……那个啥来着？总之很高兴就是了。"

韩丹拿出一个小本子，写下几行字，说："你们酒后驾驶飞船，五千年后记得到交通航天管理部门缴纳罚款。"

萨多盯着韩丹，说："你说我们酒驾？我们还无证驾驶飞船、非法组装飞船呢！大家能逃出来捡回一条命就不错了！你才两百多岁，年纪还小，等你活得久了，你就会跟我们一样抛开世俗的规矩，率性而为了。"

韩丹收起本子，冷着脸说："你真没幽默感。"

萨多愣了一下，大笑，老吴也跟着笑了起来。

老吴接过话茬补充说："这飞船也不是我们在驾驶，它是自动驾驶的，我们只是给它下一些简单的指令罢了。梦境城里很难找得到像这间大会议室那么安静，又能一边喝酒一边看太空的地方了。萨多，我们在这里建一座可以环视太空的酒吧怎样？话说韩丹小丫头，两百多年不见，怎么你今天突然过来串门？"

韩丹说："今天是流放者兄弟会改组成星舰联盟的日子，全联盟放假三天庆祝，我手边的生物实验也是刚好完成，闲着没事可做，想起自己不知不觉活过了两百年，年轻时熟悉的朋友也都已经作古，能算得上是老朋友的也就只有你们了。"

萨多按着太阳穴说："等等，这话信息量有点大，你说流放者兄弟会改组成了什么联盟？"

韩丹说："星舰联盟，我们给人造行星装上了巨型飞船引擎，建造了一种体积跟地球类似的巨型飞船，把它命名为星舰。我们决定不再去寻找适合人类生存的星球了，毕竟找了两千年都没找到完全合适的，不如放弃。"

老吴问："这么大的宇宙，环境跟地球类似的星球应该不少吧？哪会一颗都找不着？"

韩丹说："我们是找到过一些环境跟地球接近的星球，但它要么已经有智慧生物，要么存在这样或那样的缺陷，如果我们在行星上定居，依样画葫芦地建立一个地球人的文明，到头来也不过是重蹈地球联邦的覆辙罢了。"

会议室的大屏幕上，飞船慢慢进入一个空荡荡的巨茧内，老吴尽管无法直接控制飞船，但还是紧张地看着大屏幕，就连送到嘴边的酒都忘了喝，生怕一个不小心，巨茧断面嶙峋的钢筋断口就会刮蹭到飞船脆弱的外壳，把这艘破旧的老飞船弄坏。

宇宙虽大，但大家赖以生存的只有这又小又旧的破飞船。飞船安然无恙，大家就安然无恙；飞船出了问题，大家就都死无葬身之地。

韩丹是那种外表冷漠，但很容易跟别人打成一片的人，她接过萨多递过的酒杯，轻抿一小口酒，呛鼻的酒气让极少有机会喝酒的她咳嗽起来，咳过之后她可没忘记工作，打开幽灵通信匣，对星舰联盟说："我是最高科学院的韩丹，请帮我联系数据库中心，我需要 1 号集结地的自动化维修设备的控制程序。"

通信匣上仅剩的那盏信号灯不停闪烁着，古老的计算机程序顺着量子缠绕的跨光速传输通道，迅速地传输到这艘孤独的旧飞船里，被韩丹熟练地编入飞船的计算机程序中。老吴看着她的手指熟练地在程序控制台上跳动，像极了洁白的天使在轻盈起舞，问她："你学过编程？"

韩丹的目光没有离开控制台，说："生物的 DNA 编码和性状反映方式跟计算机程序有点类似，计算机用 0 和 1 这两种编码构筑整个世界，生物则是用四种不同的核苷酸来撑起一切让人惊叹的生命奇迹。"

她停顿一下，继续说："但这只是一般人的认知，其实 DNA 上的核苷酸不止四种，只是其他较少见的核苷酸普通人并不熟悉，基因的编译也不仅由碱基对的排列顺序决定，它跟 DNA 的三维空间结构也有很大关系，它远比计算机程序复杂得多，我是先学生物学再学编程的，所以总觉得编程很简单。"

有了来自星舰联盟的帮助，维修飞船的事情变得轻松很多。屏幕上那些散落在巨茧中的维修机械由于年代久远，吸附的尘埃在机械表面结成一层硬壳，宛如一座座被美杜莎诅咒过的石像。当韩丹向它们发出启动指令之后，那些古老的机器像被注入了生命，灰白色的硬壳纷纷龟裂破碎，慢慢震动着苏醒过来，刚才还死寂一片的巨茧顿时变成了一个飞舞着无数机械手臂的大工厂，各种线缆像灵蛇舞动，依次接驳在飞船上，各种机械臂带着闪耀的电火花，把飞船外壳上一些在流浪过程中被星际漂浮物撞击损坏的部分切下来，重新焊上新的金属板。

"两千年了，没想到这些古老的机械还能使用。"萨多感叹地说。

韩丹说："不见得，大概有百分之三十的维修设备已经彻底损坏了，我无法唤醒它们。"萨多顺着韩丹的目光看去，只看见巨茧壁上一个被流星撞出的破洞边散落着好几台支离破碎的维修设备，显然是在某一场流星雨中被破坏的。

老吴看着韩丹熟练地操作维修机械，好奇地问："你除了懂编程，还懂飞船维修？"

韩丹说："其实我不懂维修飞船，但在我身后，有星舰联盟数以千计的历史学家和飞船维修专家。他们现在就坐在星舰联盟的量子缠绕通信大厅里，告诉我该怎样测绘这艘飞船的结构图，然后制定出维修改装方案，输入这些古老的机械中，等维修方案输入完毕之后，它们就能自动修理这艘飞船。"

说话间，飞船的维修方案已经全部输入计算机中，韩丹离开控制台，说："好了，剩下的就是时间问题了，还是第一次看见这么简陋的飞船，它能从地球飞到这里简直就是个奇迹，这场大修估计要持续好几个月。"

这是飞船自两千年前仓促升空以来，第一次进行大修，别说是韩丹，就连老吴和萨多都觉得大家能活到现在就已经算是奇迹了。萨多举起酒杯，对老吴和韩丹说："为我们能顺利活到这里，干杯！"

清脆的碰杯声回荡在空荡荡的会议大厅里，显得越发孤寂。

看着星空、喝点小酒、配点小菜是很惬意的，老吴和萨多这些年都很好这口，只差没学古人那样对酒当歌、吟诗作对了，就连初来的韩丹也对此起了兴趣。老吴和萨多都急于多了解一些星舰联盟的事情，不停地劝韩丹多说一些，如痴如醉地听着韩丹讲述流放者兄弟会从离开地球联邦到成立星舰联盟这两千多年来的种种往事，听到危险处，不由得皱起眉头忧心忡忡，听到精彩处，竟带着醉意大声欢叫，乐得像两个小孩子。

喝完了第七瓶美酒之后，萨多突然说："老吴，韩丹丫头，我突然冒出一个新想法。"

"啥想法？"老吴问萨多。

萨多说："我在想啊，两千年前，我们为了让大家忘却这场漫长流浪旅途给人们带来的绝望情绪，故意把整个梦境城营造成一个让人忘记现实烦恼的狂欢之城，但现在，我们找到了可以投靠的新世界，可是这个世界并不像我们当初想象的那么美好，所以当初的想法是得改一改了。我想慢慢发出一些可以让人唤起对现实世界了解欲望的新闻，好让他们能慢慢脱离这些梦幻般的世界，重新面对现实。"

老吴说："这是一个好想法。我想，大家应该从这美丽的梦境中慢慢醒来了！"

"丫头，你怎么看？"萨多问她。

韩丹想了一下，说："尽力去做吧，君子行事不问成败，我们只要往正确的方向努力过、尽了自己的责任，问心无愧就足够了。"

对这些活了两千多年的人来说，短短的几个月的时间是几乎可以忽略的，在陷于泡沫般绚烂的娱乐世界狂欢中的梦境城居民看来，几个月的时间无非就是等待几期乐透大彩票的开奖时间，中间穿插着充斥各种新闻版面的花边新闻和明星绯闻，很容易就过去了。

人生不如意事，十之八九。萨多以为在自己控制的媒体中大幅度地投放关于现实世界的新闻，就能让人慢慢从梦境城虚幻的狂欢中脱离，把视线逐步投向现实世界。他精心制作了各种各样的现实新闻，从飞船在流浪路上看到的各种瑰丽的天文现象照片，到地球人外星殖民地的每一条让他感到兴奋的最新消息，再到星舰联盟所取得的每一项科技进步，都事无巨细地、图文并茂地悉数报道。但让他感到遗憾的是，不管他把这些消息放到多显眼的版面，人们都对此视而不见，总是跳过这些消息去寻找浮华梦境中那些快餐式的娱乐新闻。那些精心制作的现实新闻带给他的除了寥寥无几的点击量、深深的挫折感之外，就只剩下跟帖中的那些恶语相向的回复。

最近的媒体是疯了吗？老是发这些让人不高兴的新闻。

星舰联盟是什么玩意儿？跟我们有半毛钱关系吗？

昨天 C 城区有一只母猫被狗咬死了，这么重要的新闻怎么没人发？失去母亲的小猫好可怜啊，呜呜呜……

是猫不好！狗狗是无辜的！一定是猫不对！

小编一定是收了什么人的钱了吧？整天发这种新闻！

……

萨多挫败地叹了一口气，心想：要么是我疯了，要么是这个世界疯了。

他知道如今这个世界庸俗泛滥的始作俑者就是自己。原本他以为自己可以操纵舆论，但现在才发现，原来人会出于本能地抗拒自己不想接受的消息，况且他在地球联邦时也只是一个普通的娱乐公司职员，到了这个山中无老虎、猴子也称王的梦境城才当上娱乐公司的老总，要说操纵那些难以捉摸的舆论，他还真是没这能力。

"老吴，你说我该怎么办？"总裁办公室里，萨多撷着太阳穴，懊恼地问老吴。

老吴叹气，说："梦境城变成现在这样子，我们当初谁都没想到，也不是你一个人的错，也许就像祖先们说的那样，谋事在人、成事在天吧！"

飞船在1号集结地的维修很快结束了，他们在这里找到一台更先进的幽灵通信匣，这是当年流放者兄弟会留在这里的数千台通信匣之一，以备未来试图投靠他们的难民船队想跟他们取得联系。萨多他们带走的是倒数第五台幽灵通信匣，地球方向已经没有下一艘难民船了，他们也许是最后一批逃离地球联邦的难民。

飞船再次启程，核聚变引擎那太阳般的亮光却照不亮这没有空气散射光线的小行星带，包裹着飞船的巨茧在核辐射的冲击下熔化，像高温中的蜡雕般消失不见，但强光照射不到的小行星背面仍是地狱般幽暗深邃。这片太空营地中的一切东西，不管是残破的太空城，还是苍白的金属巨茧，都在画着一圈圈的螺旋线，慢慢接近它所环绕的白矮星。也许千百年之后，这片冷寂的营地会彻底坠入白矮星，被它强烈的引力潮汐挤压撕扯，化为一抹洒落在白矮星表面的致密星尘，人类的一切活动痕迹最终都会被宇宙中的沧桑变幻彻底抹除。

梦境和现实之间的窗口，放在虚幻的梦境城中也就只有人们头顶上的那片真实的星空罢了，但在这座城市里，不管是白天里明亮的太阳，还是晚上那流光溢彩的霓虹，都彻底遮住了星空，不管什么时候，都极少有人会抬头仰望星空。

十二

又是一年细雪纷飞楼宇寒，又是一年春风化雪云渐暖，不知不觉，飞船离开1号集结地已经一百多年，到达2号集结地进行短暂的维修之后又踏上漫漫的太空流浪之旅。韩丹偶尔也会到这座城市来走走，毕竟对她漫长的寿命来说，星舰联盟那头的朋友哪怕交情再好，百年之后也会化为一捧骨灰，能陪伴她在生命的长河中一直走下去的，也就只有梦境城中的朋友们了。

韩丹所谓的"偶尔"来到梦境城，其实也是每隔几十年、一百年才过来一次看看。她终究是最高科学院的科学家，只要一头扎进某个科研项目中，就容易废寝忘食地工作，生物实验又是特别花时间的，那些不用花太长时间就能出成果的研究项目大多在地球时代都已经被研究透了，这年头哪怕只是建造一个小型生物圈，没有数十年的跟踪研究也出不了成果，等到一个研究项目结束，蓦然回首，才发现身边的同事朋友已经作古，时间也早已过去数十年甚至百余年。

当韩丹再出现在梦境城时，形同废弃的会议大厅已经被老吴和萨多改成一座可以环视太空的酒吧，但酒吧里空无一人，连老吴和萨多都忙于工作没有再出现在这里，想必是大家都只想着沉醉在那虚幻的狂欢世界中麻醉自己，不愿再面对真实的星空。

韩丹看到了吧台后的真梦，"老吴他们有多久没过来了？"韩丹问她。

真梦说："不久，才一年零三个月。"

对这些生命近乎无限长的人来说，一年时间并不长。

韩丹说："给我一杯'昔日重现'。"

"昔日重现"是一种鸡尾酒的名字，那甘甜的味道配着渗透至舌根的苦涩，总是让人回想起地球时代那美好又交织着恐惧的战争岁月。韩丹是在流放者兄弟会出生的，她对地球联邦的了解大多来自老吴、萨多和真梦的口述。

真梦说："我只是一个 NPC，我以为你会去找老吴或者萨多这些真正的人类。"

梦境城中知道自己是 NPC 的 NPC 并不多，但真梦是个例外。

韩丹说："在我眼中，NPC 和真人并没有多大的区别，不管你是不是真正的人类，我们都是朋友。"

真梦说："人类不可能跟非人类成为朋友的，就算一时之间成了朋友，最终也无法长久。"

"人类？"韩丹的笑声有几分不屑，"我为了追求永恒的生命去突破科研上的难题，早已把自己的身体改造得乱七八糟，除了外表上看起来是人类，我其实什么都不是。在星舰联盟那头的人眼里，我也不过是个惊世骇俗的怪物。"

说到星舰联盟，真梦从吧台下拿出一沓照片，那是老吴和萨多以前向韩丹要的，照片上是星舰联盟的星空，数不清的飞船在星海中流浪，大的飞船有几十公里长，小的飞船不过区区十几米，满天的飞船在附近恒星照耀下的反光竟然比无垠的星空更为璀璨。但照片上最引人注目的不是这支流浪舰队庞大的飞船数量，而是那两颗装上了飞船引擎的人造星球，它是"傻大黑粗式"的暴力科技的产物，数不清的岩石、小行星和报废飞船堆积成这巨大的人造星球，各种固态物质在引力的挤压下散发出的热量，把一些熔点、沸点较低的物质炙烤成液体和气体，后又被引力俘获，黏附在星球表面，形成浓烟滚滚的原始大气层、岩浆河流和岩浆海洋。人造星球的其中一面是巨型飞船的引擎，它连着核聚变—裂变联动反应堆，这种反应堆能把轻核一步步聚变成很重的元素，再一步步裂变成较轻的元素，如此不断反复，直至物质完全转化为能量输出。不管什么物质都能塞进反应炉转化为能量，它每天都会烧掉大量的物质，为飞船引擎提供充沛的能量。

在这支庞大的流浪飞船群中，这两艘浓烟滚滚的星舰是无可置疑的巨无霸，直径一万多公里的人造星球让任何一艘飞船在它面前看起来都只是个小不点儿。它在飞行过程中还伴随着接连不断的火山喷发，不难想象，它的表面是完全不适合人类生存的焦热地狱。

"在想啥呢？"韩丹问真梦。

真梦说："这两艘所谓的星舰，论技术可能还不如南门二那些带飞船引擎的殖民星先进，你们是用南门二的图纸造出这东西的吧？"

韩丹说："南门二的那些殖民星还没月球大，我们想制造的是跟地球一样大小的星舰。"

真梦"哦"了一声。她不懂技术，不知道这不仅是把人造星球简单放大就能做到的事情，南门二的人造殖民星体积小，介于矮行星和小行星之间，整个就是冰冷的岩石结构；而星舰的体积大很多，在引力的相互挤压下，固体岩层会熔化，重的物质会下沉，轻的物质会上浮，形成跟地球类似的地壳、地幔、地核的分层结构，薄薄的原始地壳很难承受传统的飞船引擎压力，要做出的技术改进自然是非常多的。真梦并不知道，那些星舰尽管看起来原始、简陋，需要的技术却远远比南门二的那些殖民星复杂。

真梦说："看来你们也是急了，找不到合适的星球来定居，就打算自己造，星舰才造了个雏形，就急不可待地把流放者兄弟会改名叫星舰联盟。我只想说，你们走了一条很特殊，也很难走的路。"

在她们聊天时，几个酒客陆陆续续地走了进来，真梦赶紧去招待他们，忙活了一阵子之后，才回到吧台继续跟韩丹聊天。

韩丹看了那几名酒客一眼，问："经常有酒客来这里喝酒吗？"

真梦说："偶尔会有，尽管梦境城的人不太喜欢面对这冰冷的太空，但这里比较安静，那些厌烦了城里喧闹的欢庆场面的人偶尔会来这里安安静静地喝两杯。对了，米勒今天也过来了呢！"

听真梦说起米勒，韩丹的心"咯噔"了一下，她感觉到背后有一双不怀好意的眼睛在盯着她，尽管她从没见过米勒，但能感觉到这人肯定跟老吴和萨多不一样。

"怎么称呼？"一个满眼血丝把眼珠子映得通红的男人拿着酒杯，走到吧台前问韩丹。

"韩丹，你就是米勒吧？"韩丹不温不火地说。

"你不是这个世界的人，来自流放者兄弟会？"米勒问她。

酒馆本来就不多的私语声，一下子安静了下来，静得连根头发丝掉到地上似乎都能听到，空气中的火药味连傻子都嗅得出来。真梦赶紧叫来一名酒客，让他马上去把老吴和萨多找来。

韩丹问："这里不欢迎我？"

米勒说："我们不欢迎罪犯的后代。"

韩丹眼角微微抽搐，说："很好，那接下来的 3 号集结地你们也不用去了，那是我们星舰联盟的祖先留下的遗产，你们另谋生路吧！"她的脾气本来就不小，只是平时没人招惹她罢了。

米勒问："什么 3 号集结地？"他已经有差不多一千年没参加过程序员大会了，自然是不知道近三百年来发生过的事。

真梦插话说："自离开地球联邦以来，我们的飞船就是靠着流放者兄弟会集结地残留的维修设备和燃料储备熬过这漫长的旅途。如果不是他们，我们的飞船只怕已经彻底报废了，我们也不会活到今天。"

米勒额头连青筋都冒出来了，脸色一阵青一阵红，极为吓人，他知道所有的殖民星都不愿意收留他们，唯一愿意伸出援手的偏偏又是他看不起的流放者兄弟会。有些人一旦恼羞成怒，就不再有道理可讲，米勒抓起一个酒瓶，嘭的一声在桌子上敲掉瓶底，用锋利的破酒瓶指着韩丹，说："你给我滚出梦境城！"

韩丹说："好，我滚！但我要告诉你，这三百年来，是我向联盟政府递交了报告书，说这艘旧飞船有很高的研究价值，联盟政府才同意让你们使用那些集结地中的维修设备。这次回去之后，我只要向政府再提交一份报告书说你们的飞船已经没有研究价值，你们就自己想办法另谋生路吧！"

米勒隐约感觉到这个韩丹在他们那头一定是个重要人物，事实上也是，尽管韩丹天资只是普通，但她怎么说都活了三百年，也潜心钻研了生物学三百年，再笨的人努力上这几百年时间，怎么也能成学界泰斗了，更何况她还是最高科学院所有活着的学者当中最为年长的人，她的调查报告自然极有分量。曾经有挚友开玩笑说，就算她胡乱写一篇调查报告上去，上头也会极为慎重地认真对待。

但米勒的脾气也不好，他怒吼："你知道我们是什么人吗？我们来自地球！来自地球联邦的心脏！根据地球联邦的法律，任何殖民星和联邦麾下的舰队，必须无条件为我们提供支持！这当中也包括你们！"

米勒的意思很清楚：我可以歧视你们、流放你们，但你们却要为我双手奉上一切！

韩丹反唇相讥："我就不给你们提供支持，有本事你叫联邦舰队从坟墓里爬出来咬我啊！"

米勒提着破酒瓶，一步步向韩丹走来，跟他一同站起来的还有另外几名和他一起前来的酒客。他们把韩丹围在酒馆中间，看样子全都是跟米勒一样自视甚高的臭脾气，正应了那句老话：物以类聚，人以群分。

米勒对打女人这种事毫无忌讳，拿起酒瓶就朝韩丹刺去！韩丹一个扫堂腿放倒米勒，旁边的一个男人朝她扑来，她一记肘击，那人捂着鼻梁惨叫着在地上打滚。当萨多急匆匆赶来时，只看见七个大男人躺在地上——包括两名闻讯赶来的警察，不是手臂脱臼就是腿骨折，他没想到娇小的韩丹发起火来就跟被踩到尾巴的母老虎一样，下手忒狠，他本来想问韩丹"你没事吧"，但现在看来是别人才有事，她一点儿伤都没有。

韩丹踩在米勒的胸口，说："你也知道我来自罪犯的后裔组成的世界，我们那边随便找个人都比你们这些养尊处优、手无缚鸡之力的'贵族'要彪悍得多，只有傻子才敢跟我动手。"

韩丹说罢，向门口走去，萨多赶紧追上去说："韩丹老友，我们换个地方谈谈怎样？"他知道万一韩丹满腔怒火地离开梦境城，向联盟政府打报告撤销对流浪飞船的支持，后果不堪设想。

韩丹停住脚步，看了萨多一眼，说："好。"

梦境城的市中心有好几栋摩天大楼，其中一栋灰色的大楼是韩丹比较喜欢的地方。这栋大楼是梦境城政府的所在地，它不像别的商业大楼那样几乎每层都被开辟成游戏机厅、娱乐会所和舞厅那样喧闹，只是安安静静地俯瞰全城，像这个繁华都市中冷静的旁观者。韩丹坐在大楼边缘向外挑出的构筑物上，吹着冷风，静静地看着脚底下方三百多米处喧闹的人群。今晚是梦境杯足球赛开赛的日子，华丽的开幕式点燃了全城热闹的气氛。

萨多说："我没想到你这么能打，我听说米勒想跟你动手时，心都快蹦出来了，你学过武术吧？"

韩丹没有正面回答，说："你们不明白我生活过的时代。在我生命中的头一百年，那是流放者兄弟会最后的一段日子，定居派和飞船派在兄弟会该寻找星球定居还是继续流浪的问题上起了很大的争执。人啊，当争执尖锐到一定程度，就没有人性了，凡是观点跟自己不一样的，都是要被消灭的异端。那个时候，整个兄弟会都疯了，为了决定是定居还是流浪这个关系到子孙万世的大问题，父子反目、兄弟成仇，议会当中议员们大打出手，军方和政府互相倾轧，整个兄弟会成了一个无法无天的地方，就连维持生存的食物供应系统也出了大乱子，任何人都有可能为了一块口粮跟你白刀子进、红刀子出，我要是没有半点自保的能力，能活到今天？知道你们第一次联系我时，为什么他们会让一个扫地丫头跟你们联络吗？"

"为什么？"萨多问她。

韩丹说："因为我的两个顶头上司，一个因为支持定居派，被捅死在太空城里，一个因为支持流浪派，被关进监狱，当时我根本就没有向任何上级汇报你们的事，一切都是我自作主张，决定跟你们继续联系。但那时候啊，我对流放者兄弟会还有没有明天，还真是心里完全没底。"

萨多说："但当时你说，你跟上头汇报过我们的事情。"

韩丹说："那是我为了安你们的心，瞎编出来的，直到多年之后，一场军事政变控制了整个兄弟会，建立了军政府，这个乱局才算结束，我们才能真正派人负责跟你们联络。"

"军政府？"萨多的眉头皱了起来，万一让米勒知道这事情，他肯定又多了一条仇视星舰联盟的理由。

韩丹说："我知道你们很讨厌军政府这个词，但再糟糕的军政府，也总比过去的乱局要好得多。没经历过那些不知道是否能看到明天的日子，你永远不会懂，但军政府不会是常态，总有一天它会成为历史。"

萨多猜韩丹八成是流浪派的，不然也不会在星舰联盟中身居要职。韩丹静静地看着梦境城里璀璨的夜灯勾勒出的纵横交错的街道，有些入神。萨多心想，也许她的梦想就是在星舰上建起不输给梦境城的大城市，不同的是，但她要的不是虚幻的繁华，而是真实的美好世界。

韩丹说："萨多，暴风雨就要来了，你有心理准备吗？"

萨多问："啥暴风雨？"在这座虚拟的城市中，暴风雨这种自然灾害是不可能有的。

韩丹说："我看这个世界，像米勒那样思考问题的人挺多的，你和老吴才是少数派。"

萨多茫然地看着这座大家一手建造出来的虚幻都市，只觉得一阵怅然。

韩丹走了。第二天收到她的来信时，萨多打了个冷战，信上说，星舰联盟不能再无偿为流浪飞船提供帮助，以后一切援助都会是明码标价的，信笺后还附有建议梦境城对星舰联盟开放旅游业的协议。

萨多叫上老吴，拿着信一起去医院找米勒，米勒看完信，二话不说，唰唰唰地几下，把它撕成碎片。萨多也不跟他怄气，说："信你是看完了，答应还是不答应，给个准信吧。"

米勒不作声，一贯沉默的老吴也看不下去了，说："米勒，现在可不是你耍脾气的时候，星舰联盟是我们最后的救命稻草，我们没得选择！"

米勒仍不作声，萨多和老吴又追问了几次，米勒才勉强放软语气说："程序员大会就只剩下我们三人，你们俩同意就算是多数票通过了，干吗非得逼我表态呢？"

走出病房之后，萨多对老吴说："咱们别看米勒的口风松了下来，他其实还是反对这件事的，我们得防着点儿。"

老吴和萨多在2号集结地找到了一台更先进的量子计算机，他们操纵飞船的机械臂把计算机拆解了，拿出宝贵的 CPU 和固态硬盘，插入飞船的计算机程序中，让计算机的运算能力又得到进一步的提升。这时，他们又有更多的运算模拟能力来制造更多的岛屿，于是又加班加点地编写了几座新的岛屿和一群新的 NPC，把梦境城变成了一座人口更多、面积更大、拥有更多美丽岛屿的群岛城市。

当然，萨多没有忘记给梦境城添加一个出入境管理部门、一座新的游艇码头和几艘新游艇，为未来星舰联盟的客人进入梦境城提供一个像样的新口岸。

十三

从飞船离开2号集结地到今天，时间又过去了五百年，在这段时间里，飞船又依次通过了3号、4号和5号集结地，跟前面两个集结地相比，后面的三个规模都很小，也没有了前两个集结地中见过的大型太空城废墟，得到的维修补给也非常有限，很显然当年的流放者兄弟会在仓促离开前面两个营地之后，为了逃避联邦军队的追赶，没有能建立起成规模的集结地。他们甚至没能找到合适的带小行星带的白矮星，只能在星际物质更为稀薄、辐射更为强烈的中子星外围尘埃带，红巨星极近距离的小行星带甚至是双星系统中的行星带停泊。流放者兄弟会的飞船是硬着头皮在这些集结地停泊的，特别是4号集结地那颗占据了视野中半个天空的红巨星，飞船停泊在那里时，那颗红巨星表面狂暴的氦闪铺天盖地地爆发，像一连串的巨型核弹头接连爆炸，喷洒出的日珥长达数百万公里，像飘忽不定的火舌舔舐着夜空，谁都不知道它会不会呼啦一下把整艘飞船吞进去。

当然，普通人不知道飞船经历过那么危险的旅途，那些记录着飞船沿途见闻的新闻网页仍然是一如既往的访问量稀少。那些为了逃避现实而执意沉迷在梦境中的人，自然不愿意面对冰冷的现实世界。

这五百年来，梦境城出现了一些来自星舰联盟的游客，数量不多，每个月就三五百人，分散在近几千万人口的梦境城中就像一把细沙撒在大沙漠里，根本不会引起别人的注意。

每逢春暖花开，韩丹大都会来到梦境城找她的好闺蜜真梦逛街。今天的行道旁开满了木棉花，春寒料峭，街上行人瑟瑟发抖，海滨大道外，碧蓝的海水在防浪堤上拍出阵阵浪花，咸味的湿润弥漫在冷风中。韩丹跟真梦走过海滨大道，穿过商业街，逛过不知道多少间服装店，总是感觉不到累，当她们走到路口，却意外地发现前面是政府大楼门前的主干道——梦境大道。

政府大楼门前什么时候都不缺抗议的人，但这些天，也许是因为天气太冷的缘故，抗议示威的人少了很多，稀稀拉拉的几个人扛着标语无精打采地坐在台阶上。真梦戴着墨镜和口罩，提着购物袋走了过去，根本不看他们一眼。这世上很多时候，不管你怎么做事都会有人抗议，大楼门前的抗议人群大概可以分为两拨，要么要求政府彻底禁止星舰联盟的人进入梦境城境内，要么则抗议政府接纳的游客数量太少，没能赚到更多的外快，就不能从星舰联盟手中购买到更多的计算机来建造更大规模的城市。几名警察坐在两拨人中间，防止他们因为意见不合而打起来，但现在看来他们两派人都蔫巴儿的，完全不像会起冲突的样子。

真梦远远地看了那些人一眼，对韩丹说："这世上很多事，不管你怎么做、做好做坏都会有人反对的。"

韩丹说："这道理我是知道的，数百年前流放者兄弟会的流浪派和定居派之争，又有谁是错的呢？两派都是对的，但我们只能选择其中一条路去走。"

她们聊着聊着，走过大街，又走进另一条休闲街。进了一间咖啡店后，看着玻璃墙外典雅古致的步行街，真梦感兴趣的依然还是星舰联盟，今天萨多和老吴都有事没法陪韩丹，也就只有真梦陪着她了。

真梦问韩丹："星舰联盟现在怎样了？"

韩丹拿出手机，打开图片浏览器，放在真梦面前。真梦拿过手机，逐张浏览图片，这是过去五百年来星舰联盟一步步发展的历程。照片上数不清的工程飞船在小行星带中拖拽着小行星，送往指定区域，一步步堆积成人造行星；大大小小的飞船运送着太空工厂中制造出来的巨型构件，穿流如织，整个小行星带就像个热火朝天的大工地，飞船引擎的光照不亮深邃的太空，却足以让这一小片区域的小行星群和星际尘埃重重叠叠地反射着飞船引擎的光，形成太空中难得一见的小白天。在工地远方，一颗赤红的巨行星占据了大半个天空。

真梦滑动相册，翻看着，除了太空中建造星舰的热闹景象，相册中还有不少平民的生活照。这个时代的星舰联盟居民仍然是生活在太空城和巨型飞船中，飞船里稍微宽一点儿的走廊就算是街道了，走廊拐角稍微宽敞一些的角落都被见缝插针地开辟成小糖水店，几名年轻人坐在钢条焊接成的凳子上，品尝着用钢管切割成的杯子里盛装的糖水，看他们照片上的样子似乎是在愉快地聊天。真梦在照片上看到了韩丹，这似乎是韩丹自己拿着相机或手机跟朋友们自拍的，看日期已经是三四百年前的照片了，如果她的朋友们不是跟她一样拥有漫长的寿命，大概都已经作古了吧！

太空城的生活环境则比大飞船要好，它通常利用自转来模拟地球的重力环境，一些特别大的太空城甚至能在内部建造起中小型的类似楼房的建筑物，在天花板上安装明亮的光源来模拟地球的白天，生活环境算是比以前的流浪飞船强上不少，但跟奢华的梦境城相比还是简陋得连棚户区都不如。

真梦继续逐张翻看照片，她不知道该同情星舰联盟那些人艰苦得还不如牲口活着的生存环境，还是该羡慕他们脸上那充满阳光和乐观精神的笑容，她问韩丹："这是你们想要的生活吗？"

韩丹微笑，说："当然不是，不管是两千多年前被流放，还是今天这艰苦的生活，都不是我们想要的。我们真正想要的生活，在未来的星舰上。"

真梦在韩丹的手机上找到了星舰表面的照片，这时的星舰已经不再是她以前见过的岩浆横流的地狱，这时的星舰已经冷却到形成了相对坚固的大地，滂沱大雨没日没夜地倾泻在大地上，雨水冲刷着大地，夹带着无数沙石奔流到刚刚形成的原始海洋中，活跃的地壳运动让大地终日不息地暴发强烈的地震，一座座浓烟滚滚的火山喷吐着岩浆和浓烟，星舰仍然是一个没有太阳的世界。为了光明，科学家们在危险的火山口上建造了巨大而又坚固的地热电站，利用地壳运动产生的高热发电，火山口上直径接近一公里的巨型太阳灯阵列被点亮，巨大的光柱散射上天空，让黑夜变成白天。

在另一些照片上，真梦看见在海洋和湖泊底部，工作人员们穿着特殊的隔热型潜水服，潜到水底建造大量的耐热水生植物种植田。密密麻麻的水底植物随着水流摇曳，散发出一阵阵气泡，飘飘悠悠地浮至水面。韩丹说："这是我们生物研究所制造的人造植物，它能把水中溶解的二氧化碳迅速地转变成氧气。"

真梦说："看样子，这些植物制造氧气的速度比天然植物快很多啊。"

韩丹用咖啡勺慢慢搅拌着咖啡，说："生长在我们的老地球原始海洋里的蓝藻花了几亿年时间才把充斥着高浓度二氧化碳和硫化物的原始大气层慢慢转变成适合人类呼吸的含氧大气层，但我们没办法等上个几亿年来让星舰上的原始大气变成适合人类呼吸的大气吧？我们当然要想个办法制造一种氧气生产效率比一切地球植物都要高的人造植物了。"

真梦反复看着那些照片，颇为感慨。韩丹静静地品尝着咖啡，意外地发现老吴和萨多走了过来，作为老朋友，他们总是随意一些的，叫服务员多加两杯咖啡，坐了下来一起聊天。

萨多抱歉地说："不好意思，我们来迟了，刚去处理一些意外情况了。"

真梦问他："什么意外情况？"

老吴说："不是什么大事，几名星舰联盟的游客在给步行街拍照，每家店面都被他们拍了一遍。店主们以为他们在偷拍店里的衣服款式，就跟他们起了冲突，我们刚好在附近，就过去处理了一下。"

韩丹说："他们只是想多拍些照片，想在将来在星舰上建造城市时有个参考罢了，我们总有一天会在星舰上建造起类似地球的环境，也会想办法建造起地球中的城市，但我们跟你们不一样，你们来自地球，我们却从没见过地球城市的样子，梦境城自然是我们将来建造城市时第一个能够参考的对象。"

听到韩丹这样说，老吴和萨多都有几分高兴，毕竟这座他们一手编写的城市能成为星舰联盟将来建造城市的参考，那是很荣幸的事。

老吴问韩丹："你这次什么时候回去？"这是他们认识以来，第一次问韩丹什么时候回去，以前他们都是希望韩丹能留得越久越好。

韩丹说："今天就得回去了，最近我们正在进行建造生物圈的实验，我们下次见面，可能又是几百年后的事情了。"

老吴说："这艘飞船是两千多年前我们用捡来的零部件自己拼装的。飞船的计算机阵列中有一部分是从地球上的城市规划院废墟中找到的，里面有很多地球城市的设计图，我们就是靠着这些设计图编写出这座梦境城的，如果你有需要，就拷一份走吧。"

萨多说："替我们多拍些照片回来吧，我们也想看看星舰联盟那头的情景。"

韩丹点头，身体慢慢变成透明状，逐渐消失不见。她下线了。

星舰联盟，"亚细亚"星舰，最高科学院临时实验室。

当实验室收到韩丹即将归来的信号时，研究员们忙碌了起来，一名研究员大声问："克隆体准备好了吗？韩丹教授要过来了！"

另一名研究员大声说："05 号到 07 号克隆体都可以使用！数据传输装置已经准备好了！"

实验室里有好几排两米多高的培养罐，淡绿色的营养液中浸泡着科学家们的克隆体，其中 05 号到 07 号培养罐中是韩丹的克隆体。虽然韩丹像正常人一样会生老病死，但她的意识已经上传到巨型计算机阵列中，身体的 DNA 代码和身体特征数据也做了备份，如果一副身体死了，她只要重新做一个克隆体，把自己的意识输入新的克隆体中，就可以重新活过来。

但实际工作中，她不会等到身体死亡之后才制作新的克隆体，她有数十个克隆体储存在不同的星舰和飞船中，只要有需要，随时可以从一副身体切换到另一副身体，不必费事乘坐飞船从一个地方赶往另一个地方。起初，像她这样不死的学者只有她一人，后来，加入她的行列的学者越来越多，到今天已经有数十人之多，全都是撑起星舰联盟里科学大厦的顶尖学者，实验室里面其他数百个培养罐里浸泡的就是其他学者的克隆体。

"数据通道正常！克隆体状态正常！数据传输开始！大脑开始写入数据！神经系统复苏正常……"一名研究员看着屏幕上跳动的字符，大声读出目前的状态。这只是例行公事，就算没有人在这里操作，韩丹也能远程控制实验室的设备，让自己苏醒过来。

05 号培养罐中，韩丹慢慢睁开眼睛，淡绿色的液体迅速退去。培养罐打开，她试着活动了一下身体，拿起助手递过的衣服，走到镜子前穿衣。在外人看来，她只是一个十七八岁的小丫头，但像她这种不死的科学家是无法通过外貌和年龄来判断其学识的渊博程度的，她作为不死实验的志愿人员时只有十八岁，实验幸运地成功了，计算机记录下来的是她十八岁时的身体数据。后来每个克隆体都按照储存在数据库中她十八岁时的数据来制作，不管她再活五百年还是一千年，都是这副年轻女孩的模样。

"生物圈实验一切正常吧？"韩丹问助手。

助手说："发生过几次意外，但都在您的预计之内，也都按您制定的预案及时处理了。"

韩丹说："很好，我们去看看现场吧。"

十四

"这里是'亚细亚'星舰的一号大陆，我们现在站在 1253 瀑布前。'亚细亚'星舰地壳活动形成了很多峡谷和断崖，眼前这种大瀑布在这儿比比皆是，我们甚至来不及给它们起名，我之所以叫它 1253 瀑布，是因为它有一千二百五十三米高，比地球故乡最高的瀑布还要高两百多米……"在"亚细亚"星舰的某个位于集结地附近的瀑布边，一名穿着密闭式隔热服、背着氧气瓶的女记者正在播报节目。

女记者走到瀑布下方的湖边，说："大家注意到我身后的大湖了吗？有网友问，为什么这大湖像开水一样翻滚着？大家来看一下温度计，这里的水温是一百五十三摄氏度，这里的大气压力远比地球故乡高，所以湖水的沸点也会相应提高，科学家们说这是星舰建造过程中的暂时现象。地壳活动带来的高热让湖水沸腾，像个高压锅一样，但大家不必担心，未来科学家们会把它控制在合理的范围值内，大家可以看到，湖边有很多高大的植物，它很像古生代的桫椤植物，但它能耐很高的温度，正在不断地制造氧气，改变着大气层的成分；现在联盟政府还推出了一项给瀑布和大湖命名的活动，我身后的瀑布和大湖都还没有正式的名字，它的冠名权将在本周末的拍卖活动中拍卖，开价最高的人将可以给它起一个正式的名称，拍卖所得的资金将全部作为星舰环境改造实验的科研经费……"

这个叫作《今日星舰》的户外直播节目是星舰联盟中收视率最高的电视节目，至今已经直播了两百多年，节目组的工作人员换了一茬又一茬，节目却始终长盛不衰。在星舰联盟，星舰建造过程中的每一个微不足道的小细节都会成为人们关注的焦点，每个人都迫不及待地想知道这个为子孙后代所打造的新世界的每一个细节。每一期节目他们都会采访一名科学家，这样既满足了人们对星舰的了解欲望，也捧红了不少科学家，当那些科学家回到太空城时，会受到明星般的狂热欢迎，但韩丹始终拒绝接受采访。

"韩丹教授，作为生物研究所的负责人，您为什么始终不愿接受采访呢？我们已经答应您，把《今日星舰》的电视转播权无偿给予梦境城，但您却始终没答应接受我们的采访。"节目组的负责人问韩丹。其实韩丹就在拍摄现场，她只顾着用仪器检测湖中的氨氮浓度，身影始终位于摄像机的拍摄范围之外。

韩丹说："我不想出现在公众面前，但事情也不是没得通融，过几天我接受你们的采访吧，但我不想露面，只拍背影行不行？"

负责人挠挠密闭式隔热服的头盔，说："行，就这么说定了。"他接触过不少淡泊名利的科学家，有些科学家很怕被平民知道他们的长相之后，自己一出现在公众面前，就被人围着索要签名，扰了他们平静的生活。不愿露面的也不止韩丹一人，所以负责人也不以为意。

韩丹用幽灵通信匣的便携通话器跟梦境城的老朋友们通话："萨多、老吴，你们收看节目了吗？你们那头的收视率怎样？"

萨多的声音带着几分兴奋，说："我真没想到这个节目在梦境城中也能带来不错的收视率，看来他们除了关心乐透彩票和花边新闻，多少还对现实世界中的科技进步抱有一点好奇心。"

韩丹的情绪仍是很平静，好像不管是好消息还是坏消息，对她来说都没关系，她说："我担心事情不会像你想象中的那么顺利，但没关系，好歹是有人关心这档节目了。"

"亚细亚"星舰的生物圈中，各种生物的更新换代速度非常快，抛开生物反应跟温度之间的关系不说，科学家的有意培养也是一个重要原因。节目组把一个水下摄像机放到湖底，女记者解释说："现在大家可以看到，前两年还密密麻麻长满水底的人造水生植物现在由于水温的降低而大片死亡，形成铺在湖底的厚厚的腐殖质，在它们的尸体上长出了更为高等的水生植物，要知道那些旧的水生植物的适宜生长温度可是三百多摄氏度。但大家不用为这些水生植物的大面积死亡而担心，'亚细亚'星舰在刚刚诞生时就跟绝大多数天然行星一样，是由贫瘠的岩石构成的世界，不适合任何高等植物生存，这些根植于贫瘠湖底的水生植物腐烂后，将为这个世界提供大量高等植物生存所需要的富有营养的腐殖质。从某种意义上讲，生物圈的每一次物种大进化，都是根植于旧一代的物种衰亡后留下的遗骸之上，藻类植物的衰落为蕨类植物的兴起提供了基础，蕨类植物衰败所留下的腐殖质又成为种子植物生长所需的沃土。"

韩丹的重点还是放在工作上。她看着麾下的科研工作者从各地采集回来的数据样本，从水底腐殖质厚度、空气中的氧气比例、不同深度的土壤温度，到其他各种生态指标，密密麻麻的数字可以把外行直接吓成密集恐惧症患者。她认真地看着数字，捡起一块石头在焦黑的大地上写写画画，对下一步应该针对性地制造些什么人造生物，已经胸有成竹。

但梦境城那头，萨多的日子却不太好过了。《今日星舰》作为第一个登陆梦境城的星舰联盟节目，实实在在地挑起了市民们的好奇心，高得离奇的收视率不一定意味着它受到了观众的欢迎，如果观众们对一个节目讨厌到了极点，那收视率也会高得爆棚的——总得先看过节目，才好破口大骂，没看过节目的听见别人骂之后，也总要先把节目看一遍，才好跟着骂。

咣当！一块砖头砸穿了办公室窗户，落在脸色黑得像锅底的萨多面前。新闻大楼的外墙被愤怒的人群砸得千疮百孔，喧嚣的抗议声穿过窗户的破洞，传入了萨多的耳朵："把星舰联盟的走狗揪出来！""打倒罪犯后裔的同路人！""把他赶出梦境城！""地球联邦的尊严不容侵犯！""烧死萨多！"

办公室里，老吴看着满地的碎玻璃，问萨多："怎么办？"

萨多说："能怎么办？星舰联盟的发展刺伤了他们的玻璃心，他们都是眼高于顶的地球联邦公民，从小习惯了居高临下地俯视一切殖民星和流浪舰队，哪见得当年被流放出去的穷亲戚今天过起了滋润的日子，自己却落魄到要靠这些昔日根本看不起的穷亲戚接济？"

老吴看了一眼窗外黑压压的抗议人群，人数怎么也得有好几万吧？他在抗议的人群中瞥见了米勒，米勒落在人群的最后方，戴着墨镜和口罩，跟几个看起来是小头目的男人站在一起，墨镜和口罩只能遮挡普通人的视线，却骗不过可以自由调控程序后台核实目标人物身份的程序员的眼睛。老吴对米勒的出现并不感到意外，他深知米勒的性格，要是米勒没参与这些抗议示威，那才是怪事。

萨多打开控制台，向米勒发了一个消息："兄弟，别躲在后面当藏镜人了，光明正大地到我面前聊聊怎样？"

米勒出现在办公室里，他摘下墨镜，一双布满血丝的眼睛死死盯着萨多的脸，开门见山地说："萨多，你在做犯众怒的事情，你知道吗？"

萨多说："我只是转播星舰联盟的节目，让大家了解别人的世界到底发生了什么事情，我们媒体人理应让大家了解真相。"

米勒把脚踩在办公桌上，说："真相？你长他人志气、灭我们地球联邦的威风，让大家都不痛快，就是你要的真相？那些罪犯的后代到底给了你多少好处？"

萨多说："地球联邦已经是过去很久的事情了。"

"闭嘴！只要我们还活着，地球联邦就没灭亡！"米勒大声咆哮，连脸上的肌肉都扭曲了。

窗外的示威人群仍然在大声抗议，不停地用各种杂物砸向媒体大楼，米勒的嘴角扬起一抹冷酷的笑容："看见这些从外面砸进来的砖头了吗？告诉你，这就是民意！你这种高高在上的人只会招人讨厌，从来不懂得什么叫民意！任何为罪犯后代摇旗呐喊、贬低伟大的地球联邦、惹大家不高兴的事情，都是违反民意的！"

萨多愤怒地看着米勒，好像要说些什么，但最终他什么都没说，只是站起来，离开了他坐了两千多年的总裁宝座，毫不留恋地大步走出门去。

从此以后，再也没有人见过萨多。

十五

尽管梦境城的人心里十分不快，但他们需要大量的金钱来换取星舰联盟的技术支持来一路维修飞船，倒也不敢真的把来自星舰联盟的游客拒之门外。好在游客还真不多，大家还算是尚能接受，只是三不五时地就会有游客跟本地人的骂战登上报纸的版面，双方在对方心里的印象都在急剧恶化。

梦境城是需要一个替罪羔羊的，特别是当飞船到达 20 号集结地时，由于游客数量的急剧减少，接近枯竭的外汇储备除了支付能量补给和引擎维修，全部消耗殆尽了。在前面的 19 次补给中，他们每次都能获得一些新的计算机芯片来模拟新的岛屿、建造新的城区，但这次，这项福利已经没有了。

米勒紧急召开程序员大会，空荡荡的会场只剩下他和老吴。米勒对着老吴大发雷霆："你知道事情有多严重吗？我们拿不出东西安抚民众，抗议声都要掀掉政府大楼了！"

老吴说："要是萨多还在，事情也不会到今天这地步，他跟星舰联盟关系一直很好。"

"别提萨多！那个没义气的家伙连身份信息都抹去了！我们根本找不到他！"米勒大声咆哮着，掀了桌子。

老吴看着民众的抗议请愿内容，他们一边抗议梦境城对星舰联盟过于软弱，有失地球联邦的尊严，一边又抗议梦境城无能，不能从星舰联盟手中拿到更多的资源，甚至有要求出兵教训星舰联盟的，完全忘了他们孤零零一艘飞船连自保都困难，哪有什么军队？

老吴问："你有向他们公布梦境城面临的困境吗？人在屋檐下，不管脖子多硬都只能低头啊！"

米勒说："当然有，每天二十四小时在政府大楼的外墙大屏幕上滚动播放。"

老吴问："效果如何？"

米勒说："民众看了之后，气炸了，砸着政府大楼，要求撤掉这个无能的政府，换有能力的人上台。我们唯一的办法就是让真梦背这个黑锅了。"

老吴叹了一口气，说："米勒，真梦只是一个NPC，别说拿她背黑锅，就算你另外编一万个NPC轮流背黑锅我都不管，但黑锅背过了，事情还是无法解决的。你要明白，你我都不是政治家，甚至连合格的政客都谈不上，我们都是普通人，这事我们摆不平。"

米勒问老吴："你能不能找一下韩丹，说说情看看，看她有什么办法？"

老吴说："我和韩丹只是普通朋友，她跟萨多的交情才深，萨多失踪后，她也不再过来了。"

米勒颓然坐在地上，在赶跑了萨多的这两千多年来，他头一次发现自己竟然是那么希望萨多此刻还在。老吴长叹一声，离开了冷冷清清的会议大厅，他知道自己大概是再也不会出席这个已经失去意义的程序员大会了，就让米勒一个人折腾吧。

离开会议大厅之后，老吴独自走在街头，公司已经在前几天的抗议中被烧掉了，看来公司选址离政府大楼太近可不是什么好事，现在的时间回家还太早，他还得假装自己仍在正常上班来瞒着老婆孩子他已经失业的事实。他不知道真梦被解职之后会去哪里，不然大家都是天涯沦落人，倒是可以好好坐坐聊聊。

梦境城里的街道好像从来没有这么脏过，满地都是游行示威后留下的垃圾，街道两边高楼外墙的大屏幕上仍然在播放着星舰联盟的热播节目《今日星舰》，但反反复复地都是播放梦境城的人最爱看的那几期。老吴停下脚步，看着大屏幕上的画面，那时"亚细亚"星舰上第一次建立城市，星舰上的洪水仍未退去，星舰联盟的工程师选了一个地势较高的地方，筑起高高的大坝阻挡洪水，暴雨仍然倾泻如注。工程师们把降雨导入地下管道，用水泵驱动它流过城市下方，冷却滚烫的大地，然后把这些冒着腾腾白沫的开水排到大坝外。数不清的建筑机械正在为城市打地基，一些进度较快的大楼已经建好了最底下的两三层，节目记者正在兴奋地向观众介绍这座城市的最新建设进度，大坝外的洪水仍然一浪高过一浪地拍打着大坝。突然间，大坝在整个建筑过程里根本没停过的地震中，被洪水冲出了裂缝。人们根本来不及做出反应，错愕地看着一道道水柱从大坝的裂缝中喷涌而出，裂缝迅速扩大，大坝的坝基被洪水无情地撕碎，铺天盖地地吞没着城市。天崩地裂的响声过后，热火朝天的建筑工地没了踪影，只剩下一片打着漩儿的汪洋大海……

老吴永远不会忘记这一期节目播出时，那随处可闻的欢呼声和幸灾乐祸的怪笑声，他不知道生活在梦境城的人们心理为什么会扭曲成这样子，总是见不得流放者的后裔过得比自己好。人家星舰联盟敢把这样的节目播放出来，至少说明别人有勇气面对失败，真不知道那些人欢呼个什么劲儿，还在两千多年的时间里反反复复地播放着这几期节目。

老吴不知不觉走到一个僻静的街区，抬头却看见一栋熟悉的公寓楼。那是一栋不起眼的公寓楼，在梦境城刚刚建立时，这里曾是最高档的小区，但后来随着越来越多更漂亮的街区被建立，这里就慢慢变得不上档次了，居民大多已经搬走，冷冷清清的，只有少量住户看在房租还算便宜的分上留在这里。老吴记得韩丹两千多年前在这里买有一套房子，他心想既然也没别的地方可去，干脆就去小区里走走吧。他走过凌乱的过道，看着挂着"暂停使用"牌子的电梯叹了一口气，这块牌子不知道挂了多少年，都已经腐烂了，老吴只能走上布满青苔的楼梯，好不容易爬到十七楼，气喘吁吁地推开韩丹家的门，颇为意外地看见了真梦和韩丹。

老吴说："好久不见了，韩丹教授，我以为萨多消失之后，你就不会再来梦境城了。"

失业后的真梦已经没有了担任市长时的气势，她正在给韩丹梳理长发，编着复杂的发辫。韩丹对老吴说："是啊，不知不觉，几千年就过去了呢！梦境城的事情我都听真梦说了。"

老吴颓然坐在椅子上，问韩丹："梦境城的事情，你有什么解决方法吗？"

韩丹说："没有，这事情就像负数开平方一样，在实数范围内无解。作为从地球联邦时代过来的人，你应该明白，梦境城的人要求的事情是不可能做到的。他们就像一群任性的君王，想要把月亮从天上摘下来拿在手心把玩，他们没有足够的知识来了解这是不可能做到的，并且还不愿学习那些知识，只是一个劲儿地要你满足他们的要求，你做不到就轰你下台。"

这时的韩丹跟第一次见面时俨然已经是两个不同的人，她不再像初次见面那样穿着制式的金属混纺高分子聚合物的衣服，而是穿了一身很轻巧、很柔软的丝绸长裙。老吴知道韩丹不会刻意设计自己在梦境城中的形象，她在星舰联盟是什么打扮，在梦境城就是什么打扮，这种依靠近似地球环境的桑蚕作坊才能生产出来的丝质衣服在这个时代的成本远高于制造一件航天服，而且还完全不适合太空生活，这意味着星舰联盟已经进入一个奢华的时代，建造的人造生物圈已经非常接近地球。

老吴叹了一口气，问："你们星舰联盟那头现在怎样了？"

韩丹拿出手机，点开图集交给老吴，说："自己看吧。"

老吴接过手机，逐张翻看照片，星舰联盟已经从他以前所知道的由六七艘简陋的星舰组成的世界，变成了一个拥有一百多艘星舰的庞大世界，拍摄者要把镜头拉到半个光年之外才能拍摄到它的全貌。那些巨大的星舰如鲸鱼般游弋在太空中，星舰之间的那些数百公里长的大飞船跟星舰一比，连鲸鱼身边的小虾米都算不上。星舰之间多了很多奇怪的人造星体，有类似白矮星密度的奇怪星体，也有跟弥漫星云一样模糊不清的东西，有些人造星体虽然肉眼看不见，但从它的引力效应扭曲了背后投射过来的星光来看，一定有着很强的引力场。

　　星舰联盟已经慢慢复杂到让老吴这种科学知识并不算太丰富的人看不懂的程度了。老吴摇摇头，换了一张照片，这是星舰的近照，从卫星轨道上拍摄的，在星舰的弧形地平线上冉冉升起了一轮小小的人造太阳，这是他以前从没见过的。这轮小太阳是一颗悬挂在卫星轨道上的可控核聚变发生器，它像个大锅，面向着星舰，在圆心的位置正进行着明亮的核聚变，镜子般的"锅膛"把核聚变的亮光反射回去，全部照射到星舰上，背对着星舰的那一面则是哑黑无光的防陨石保护壳。

　　"你们为了模拟地球上的光照环境，制造了一轮人造太阳？"老吴问韩丹。

　　韩丹说："不仅仅是人造太阳，我们还有人造月亮，太阳和月亮都是地球生物圈中不能缺少的天体。"

　　老吴的确在照片上看到了人造月亮，它像极了地球故乡的月亮，不管是形状和大小都很像，只是上头多了很多飞船中转站和重工业设施。想来也明白，星舰联盟既然花了那么大的心血模拟地球环境，自然是没有再去污染苦心建造的环境的道理，人造月亮就成了最理想的高污染工业的聚集地。

　　在下一张照片里，老吴看到了星舰上面月夜下的城市，它像极了梦境城，只是少了几分狂欢的繁华、多了几分质朴，他没想到星舰联盟的科技到了一个地球联邦难以企及的巅峰之后，转了一个弯，又走回了迷人的古朴境界。这座巨大的城市被弯弯曲曲的街道和高架桥分割成很多小块，城市中的山体和湖泊都保留了下来，一些摩天大楼依山而建，跟山体融为一体，森林从山坡一路蔓延到摩天大楼横挑出的空中平台上，俨然一座座似梦似幻的空中花园。在一些群山环绕的街区中，竟然还有小桥流水的仿古院落，让人不知这是把地球古代的民居搬到了未来，还是未来世界的科技穿越回到古代。

"你们这样盖城市？感觉好浪费土地。"老吴感叹说。

韩丹说："星舰联盟有一百多亿的人口，却拥有比地球大 70 多倍的星球面积，地广人稀的，土地也不是太贵，所以大家就天马行空自由发挥了。"

在这座城市中，老吴看到了几千年前"亚细亚"星舰刚刚开始改造环境时的一千二百五十三米高的瀑布，它已经变成市中心森林公园的一部分，周围高楼林立，却没有任何一座楼宇"越雷池半步"。占地甚广的公园里还栖息着各种动物，以鸟类居多，扑打着翅膀翻飞在瀑布间。从森林公园延伸出来的城市绿道比城市主干道还宽，向四面延伸，连接起一座座小公园，一直蔓延到城市之外的乡间。城里不管多宽的公路，当它与绿道交错时，要么是高架桥横跨，要么是隧道钻进地底，都要为地面的飞禽走兽让出活动的空间。

老吴感叹说："有钱有高科技，建造城市就是任性，这样的城市在地球上的任何一个时代都是不敢想象的。"

老吴感叹着翻到下一张照片，照片上的风景已经无法判断是城市还是乡村了，蜿蜒的石板小路在树荫笼罩下跨过一座拱桥伸向远方，两侧是木头搭建的小购物街，飞檐斗拱的房檐下雕梁画栋，出售着各种散发着古风气息的小工艺品，只有远方被烟雨朦胧的天气氤氲得似梦似幻的摩天大楼隐约暗示着这可能是某座大城市中的仿古街区，头顶偶尔有地效飞行器掠过，熙熙攘攘的仿古石板路上有不少身穿青黛罗裙的女生。他在照片上看到了韩丹，照片里的韩丹手持翠竹油纸伞，一身雪纱长裙，流云长袖，挽着一名男生的手，长发用翠钗在脑后盘成复杂的发髻，额前一点红妆，像极了从古代仕女图中走出的人儿。老吴问："星舰联盟的女生都这样打扮吗？"

韩丹看了一眼照片，哑然失笑，说："这是去年七夕节我在仿古城区的照片，郑然坚持要我试穿一下古装，我拗不过他，也就随便试穿了一下，不过那衣服还真的很舒适呢！"

"郑然？"老吴疑惑地问她，这似乎是她身旁那个男生的名字。

韩丹说："我两千多年前结过婚，有一个儿子，郑然不记得是我的第几代孙了，我看着他从小长大。"

不知为什么，老吴心底有一丝莫名的惆怅，韩丹说："当科技和社会财富发展到一定程度之后，人会逐渐回到传统文化中寻根，星舰联盟中这种古城是很多的。"

看着这些照片，就连老吴这么看得开的人都难免心里发酸，既羡慕星舰联盟，又为梦境城感到羞愧。放在普通市民面前，那自然是心生抵触，看不得别人比自己过得好了。

韩丹感叹说："其实，梦境城有梦境城的困境，星舰联盟也有星舰联盟的难处，人世间各有各的难处，谁的世界都不是天堂，从某个方面来说，星舰联盟已经停滞了，这些普通市民的生活已经不会再发生变化，你过两千年再去看星舰联盟的城市，它仍然会是今天这个样子。"

"为什么？"老吴追问。

韩丹只是轻轻摇头，没有回答，那落寞的眼神好像透出无尽的消息，但又好像什么内容都没暗示。韩丹说："再过几天我就要回去了，我们那边的科技越往高处钻研，想获得突破所需的研究时间就越长，现在就算花上近千年时间和数不清的科研经费，也很难再钻研出新的成果，但面对这充满未知风险的宇宙，我们又不敢停下科学探索的步伐，我这次回去之后，新的科研课题会耗费很多的时间，下次再见面也许是几百年后，也许是几千年后，谁都说不准。"

回想起历史书上说过的科技大爆炸时代，老吴觉得那更像古代人一厢情愿的乐观。那时的人以为科技的进步只会越来越迅速，却没想到那只是社会转型期昙花一现的美丽时代，太空时代的科技进步就跟农耕时代一样，缓慢得让人窒息。

韩丹继续说："另外有个好消息告诉你，星舰联盟决定重返地球，你们也许在到达 30 号集结地之前，就能遇上我们回家的舰队。"

"为什么要重返地球？"发问的是真梦而不是老吴。在地球人看来，游子重返故乡是很正常的事，但 NPC 却没有思乡情结，不会这么认为。

韩丹拿起手机，对真梦说："为了寻找祖先被流放时那些来不及带走的东西。"手机上的照片正好是她七夕节一身古装漫步在古城区的小路上。

对科技和财富已经超越地球上任何一个时代的星舰联盟来说，"寻根"这个心理上的需求已经足以成为兴师动众重返故乡的理由，不惜横跨数万光年计算的漫漫长路。

老吴说："我有个不情之请，你也知道，我们现在已经没有足够的金钱来购买燃料了，能不能活到那个时候都是未知数，不知道你们可不可以高抬贵手，给我们额外提供点燃料？"

"看来，我又得滥用最高科学院的权力了，"韩丹的笑容有些无奈，"我可以保证你们的能量供应能支撑到联盟舰队归来，但你别把这个消息告诉别人，特别是米勒，让他再为这个事情焦虑上一阵子吧。"

老吴猜韩丹在星舰联盟那头一定是很不得了的大人物，但他也只限于知道她是最高科学院下属的生物研究所所长罢了，具体权力有多大，他也实在不知道。

接下来的几天时间，韩丹玩得很尽兴。她知道真梦只是一个NPC，但却跟她玩得很开心，他们三人漫步在梦境城里，看着示威人群的种种过激举动，不停地拍照留念。韩丹可以像个局外人一样尽情地看热闹，老吴却高兴不起来，面对这个已经丧失理智的社会，他陷入了深深的焦虑，却又无可奈何。

十六

当流浪飞船经过漫长的跋涉，来到29号集结地时，这里的荒凉景象让人倒吸一口凉气。虽然前面的28个集结地一个比一个荒凉，但好歹大多数还是位于环绕恒星的小行星带上，29号集结地却是一团星际尘埃云，贫瘠得连稍大的星际固体物质都不多，他们无法想象当年的流放者兄弟会到底是在怎样走投无路的情境下，才会选择在这种地方休整。

"喂，老吴吗？我是米勒，你在干吗？"周末休息在家的老吴很意外地接到了米勒的电话。

老吴用肩膀夹着电话，说："在陪老婆孩子包饺子。"在他再也不出席程序员大会之后，生活中就没有比陪老婆孩子更重要的事了。

米勒大声说："你马上给我滚到会议大厅来！这集结地不太对劲！"

"你这人怎么说话呢？不去！"老吴啪的一声挂断电话，继续包饺子。

"爸爸，你不去上班真的没关系吗？也许是出什么大事了吧？"儿子小吴虽然不知道爸爸在做什么工作，但也忧心忡忡地看得出爸爸那边必定是发生了什么大事，毕竟他已经当了七千年的小学生，观察大人脸色这种事多少都学到了一些。

真的是有大事发生了，老吴抬头看着客厅的落地窗外那风刀霜剑的星空。照理来说，29 号集结地不管多荒凉，都应该有当年流放者兄弟会丢弃的旧飞船和维修设备，但这里啥都没有。米勒的电话又打过来了，这次他放软了口气，说："老吴，你听我说，真的发生大事了，飞船的生命探测器发现附近有外星人活动的踪迹，29 号集结地的设备估计全被他们搬走了，雷达显示他们的飞船正朝我们飞来，速度非常快。"

29 号集结地附近有外星文明，这并不是什么秘密。早在几千年前流放者兄弟会把路线图发给他们时，上面就标注有外星文明的母星，那是一颗覆盖着液氨海洋的星球，液氨在远离恒星的低温下冷却成座座冰山，生活着以氮氧元素为基础的特殊智慧生物，文明程度与文艺复兴时期的地球人类似。由于液氨对地球人来说是剧毒，这颗星球不适合人类生存，所以流放者兄弟会没有把他们作为殖民星，而是去了更遥远的外太空另寻生路，没想到数千年后，他们也进入了太空时代，并把流放者兄弟会留在集结地的古代飞船洗劫一空。深感事态严重的老吴赶到会议大厅，这里只剩下沮丧的米勒和三千多个担任过市长的NPC。老吴对这些专业背黑锅的NPC毫无好感，他们连真梦的一个零头都赶不上，关键时刻啥主意都拿不出。

外星飞船近在咫尺了，它们抛出缆绳，试图固定在流浪飞船上。老吴对着通信器大声喊："快给我住手！这是地球联邦的飞船！劫持地球联邦的飞船是强盗行为！"

米勒沮丧地说："没用的，我已经喊过话了。"

老吴问："他们听不懂地球人的语言？我们得赶紧想个办法……"

"不，他们听得懂，"米勒说，"他们研究流放者兄弟会留在这里的古代飞船，研究了几千年，学会了我们的文字和语言，但他们的航天知识大多是从我们地球人的旧飞船中获取的。在搬空29号集结地的旧飞船之后，就没有新的飞船供他们研究了，好不容易等到我们的飞船出现，怎么可能轻易放过？他们铁了心要当强盗，我们喊破喉咙都没用的。"

外星人出现了，他们穿着奇形怪状的宇航服，顺着缆绳来到飞船的外壳上，试图用切割工具切开飞船，他们急于了解更多地球人的航天科技，至于船中平民的死活，则完全不在他们的考虑范围内。

老吴大声问米勒："我们为什么不向星舰联盟求救？说不定他们

已经在过来的路上了！"

米勒低着头，紧紧攥着的拳头渗出了血丝，喃喃地说："向那些罪犯的后裔求救？为什么？我们是地球联邦的守法公民，为什么非要跟那些罪犯的后代搅在一起……"

"去你见鬼的罪犯！"老吴抓起米勒的衣领，两巴掌狠狠地扇过去，对他怒吼，"先不说当年地球联邦为了开拓殖民星制造了多少冤假错案，就算当真是十恶不赦的罪犯，他们的子孙也是无罪的！"

米勒也毫不客气，掐住老吴的脖子摁在地上就一顿胖揍，撕心裂肺地怒吼着："祖先做的每一件事都会影响子孙后代！就算子孙是无辜的，也同样要承受后果！我们到底是招谁惹谁了？得流浪上这七千年？我们有做过什么伤天害理的事情吗？还不都是因为祖先过度依赖机器人、自己懒惰成性？还不是因为祖先们利欲熏心流放那些无辜的人去开拓殖民星？他们做的缺德事，他们自己享福了！倒是要我们这些做后代的去承担后果！我们能逃出来算是幸运的，那些死在地球的同胞怎么算！我们伟大的地球联邦怎么算！"

很久没有再亮起过红灯的幽灵通信匣突然自己运行起来了，一个老人的声音回荡在大厅中："你们俩还真有趣，外星人在切割飞船了，你们还内讧扭打成一团，我在等你们的求救信号，你们看着办吧。"

米勒抬头，大屏幕上是一名两鬓斑白的将军，那似曾相识的军服式样，那陌生的军徽，毫无疑问是星舰联盟的援军到了。米勒的泪水决堤了，他跪在地上，全身颤抖着大喊："这里是地球联邦的流浪飞船！救救我们！"这是他第一次纡尊降贵，向星舰联盟求救。

星空扭曲了，裂开一道巨大的口子，数不清的舰载机从裂口倾泻而出，在它后面是松果状的航天母舰，差不多有半个月球大小。航天母舰表面密密麻麻的发射井依次打开，较小的发射井里接连不断地弹射着舰载机，较大的几个发射井，则缓缓驶出几艘长雪茄形状的巡天驱逐舰，为航天母舰提供掩护。在航天母舰身后，还有另外几艘体积跟它差不多大小的巨舰。

十几架舰载机锁定了外星人的飞船，更多的舰载机则往不远处的外星人母星扑去。尽管由于科技的代差和文化差异，这些外星人不一定知道这是杀人机器，但看见这来势汹汹的样子也知道来者不善，一时之间竟然不敢再轻举妄动。

将军对老吴和米勒说："你们对强盗讲道理是没用的，他们就只认一个理儿：真理在大炮的射程之内。"

航天母舰穿过空间跳跃的裂缝，那强烈的引力扰动让外星人的母星大地颤抖不已。这些外星人没听说过地球联邦，毕竟这里距离地球联邦已经非常遥远了，但他们知道星舰联盟是个惹不得的狠角色，也只能乖乖地放走这艘老飞船。

对流浪飞船来说，这是一个历史性的时刻，看着外面密密麻麻的军舰和舰载机，老吴深深地松了一口气。长达七千年的流浪岁月在今天终于算是走到了终点，以后终于不用提心吊胆地担忧自己能不能活到明天了。

随着最后一艘巨舰离开空间跳跃的裂隙，太空中的繁星逐渐失去颜色，直至暗淡到消失不见。老吴只知道这一定是星舰联盟的超级科技，却没猜到这是阻绝了外部星光的戴森球体，这个由特殊能量场组成的球壳会在星舰正式出现之前由军舰抢先搭建好，一面把星舰联盟散发出来的能量全部截留，避免流失到太空中，另一面则用来扭曲外部世界的星光，像一层隐身的外壳，在太空中抹去星舰联盟这支庞大的太空流浪舰队的踪迹，让它无声无息地游弋在广袤的星辰大海中。

紧接着，星舰联盟的核心组成部分——巨大的星舰出现了。老吴抬头看着那蓝色圆月般的人造星慢慢离开裂隙，出现在眼前，它离流浪飞船是如此近，不光是会议大厅里的老吴和米勒，就连梦境城中的每一个人，包括隐姓埋名的萨多，以及离开程序员大会很多年的程序员，只要抬起头，就能看见这座虚幻的城市里唯一真实的夜空上，那占据了大半个天空的蔚蓝色人造星球。它蓝色的大气层上点缀着片片白云，巨大的城市棋盘般分散在山脉纵横的大陆上，北极的冰盖好像触手可及，南极星星点点的亮光其实全是因为巨型星舰的引擎在运转。

星舰一颗接一颗地出现了，空间跳跃的裂隙迅速后退，留下一颗颗蓝宝石般璀璨的星舰，这种庞大的星舰竟然有五百多艘之多，夹杂在其中的还有大量的人造星体，甚至包括体积比星舰大得多的人造气体星球。他们打开的空间跳跃裂隙远远不止一道，一路散落的星舰伴着各种巨型飞船组成了光彩夺目的蓝色星海。偌大的梦境城鸦雀无声，每个人都抬头仰望着这片美丽的人造星空，哪怕是再抵触星舰联盟的人，此刻也被震撼得失了神。

在星舰联盟那头，今天也是一个历史性的时刻，数不清的媒体拍摄着这艘旧飞船慢慢进入星舰联盟的领空的样子，不愿错过任何一个细小的镜——飞船上几千年来跟星际物质磕磕碰碰所产生的疤痕、多次维修后留下的层层叠叠的补丁，当年仓促制造这艘飞船时残留在外壳上那些粗糙的焊缝，甚至初次升空时强烈的核冲击波烧蚀的痕迹，都清晰无比地呈现在星舰联盟五百多亿人的眼前。各路媒体的记者向观众们讲述着这艘飞船从建造到流浪，直至今天的七千年漫长故事：它在战火中仓促建造，它能顺利升空堪称奇迹，它甚至连个正式的飞船名字都没有，它来自大家七千年来魂牵梦萦的故乡地球。

这艘飞船的到来是一件大事，当它进入联盟的核心区之后，最高执政官当众宣布授予飞船上的全部难民星舰联盟公民身份，但意外发生了。

"对不起，感谢你们的好意，但我们拒绝接受，这是我们梦境城全体公民的投票结果。"屏幕上，所有的人都看到了米勒明确无误的拒绝，这让人莫名错愕。米勒抛开了那些只会背黑锅的 NPC 市长，开始以程序员大会中唯一留下来的程序员身份跟执政官交谈。

"为什么？"连最高执政官都被这干脆利落的拒绝给吓住了。

米勒问："你们一生的寿命有多少年？"

执政官说："人生百来年光景，这是理所当然的事。"他没有提那些不死的科学家的事情，这是星舰联盟很多人都心知肚明的、却谁都不会轻易去碰触的秘密。

米勒说："我们已经在梦境城里活了七千年，很难接受重返真实世界之后再过百来年就要死亡的现实。我们怕死，不如就在这梦境中永远活下去吧，别打扰我们的梦境。"

米勒没提星舰联盟公民身份这档事，没人知道他是否还对星舰联盟心存抵触。

十七

一个星期之后，韩丹再次出现在梦境城，跟真梦在美丽的热带岛屿穿着泳衣戏水聊天，还带了郑维韩将军的孙女郑清音一起过来，两人站在一起就像亲姐妹，让人觉得她们之间有某种特殊的血缘关系。

梦境城已经走出了以前的偏激和执拗，显得很平和。来自星舰联盟的游客仍然不多，哪怕它现在就位于星舰联盟核心区，这座虚幻的城市仍然不太乐意接受来自外面世界的消息，颇有几分躲进小楼成一统的怡然自得。

"老师，爷爷叫你回到现实世界去，他那边的医护人员队伍已经准备就绪。"郑清音拿着手机过来找韩丹。

韩丹只好离开，没过多久，她出现在星舰联盟的造船港里。

这座巨大的太空造船港由一片密密麻麻的太空站组成。这里有整个联盟最优秀的造船工人、星舰联盟的各种飞船，大到星舰，小到普通货运飞船，大多是在这里建造的。在一颗由巨大的板块拼成的密闭船坞里，韩丹见到了这艘被固定起来的旧飞船，七千年前升空时的核冲击波烧蚀的痕迹在灯光的照射下显得特别恐怖，飞船已经被切割开几个大口子，医疗和技术人员们站在切开的入口旁，等待下一步的命令，除了郑维韩将军，还有几名急于了解情况的政府高官在场。

如果要调动全联盟最好的医疗力量，能请得到韩丹出面是最理想的情况，要知道联盟的各家医院都是由大大小小的医学研究院提供技术支持的，医学研究院的上级科研机构是最高科学院的生命研究所，韩丹就是生命研究所的所长。

郑维韩对韩丹说："老祖宗，这旧飞船，我们在检修过程中发现了一件蹊跷事。"

韩丹问："检测不到任何生命信号，对吗？"

郑维韩问："你早就知道它发生过什么事？"

韩丹带着大家走上飞船的主计算机室，轻轻擦拭着一片古老的芯片，说："我四千多年前向政府详细汇报过，但估计那份汇报躺在档案库里，已经风化成灰烬了，但我不介意给你们再讲一遍故事。"

一名搞技术出身的高官问韩丹："这是 e-BJD 人偶娃娃的主控芯片？"他这种技术官僚是绝对不敢忘记 e-BJD 人偶娃娃的芯片模样的，毕竟就是这小小的东西毁灭了地球联邦。

韩丹说："在地球联邦毁灭之前，e-BJD 人偶娃娃是一种很昂贵的玩偶，这种芯片能精准地模拟人类的行为、揣摩人类的思想。人类赋予了人偶娃娃善解人意的本领，让它成为富豪家庭的孩子们最心爱的玩具，一些 e-BJD 娃娃甚至会被视为家庭成员，能很好地照顾孩子。这片芯片所属的人偶娃娃来自一个富豪家庭，她的主人是个善良的女孩，但不幸的是，主人的家庭由于经商失败，背负了巨额债务，由于无力偿还而被流放到遥远的天狼星殖民地去了，后来主人一家死于环境恶劣的殖民飞船上暴发的流行病，她带着主人一家的记忆备份和 DNA 代码，偷渡回地球，回到那间曾经生活过的大宅子，想把主人一家复活，重新快快乐乐地生活，但那里已经被新的家庭买下。"

一名高官问："然后呢？"

韩丹说:"她杀了那个家庭全家,把主人的家庭重新克隆出来,一家人再次在豪宅中团聚。"

这种冷血的做法让人倒吸一口凉气。在外人看来,一个死于流放路上的家庭活了过来,重新出现在他们生活过的豪宅里,而买下这豪宅的人却死于非命,这无疑是一个惊悚的故事。郑维韩说:"人类的克隆和复活,不是把备份出来的意识重新塞进克隆体的脑子那么简单,我听说咱们星舰联盟在培养不死的科学家时也犯过这种错误,制造出一群没有灵魂的行尸走肉。"

韩丹看了郑维韩一眼,这是她作为亲历者不愿提起的事情之一,那时的她不得不亲手除去很多曾经朝夕相处,却因为实验失败变成行尸走肉的好友和同学。

另一名高官问:"然后警察们把这个行尸走肉的家庭重新送入了坟墓?"韩丹点头,这是那个时代经常发生的事情,e-BJD 娃娃无法分辨行尸走肉和真正的人类。当警察要消灭这些行尸走肉时,e-BJD 娃娃会奋起反抗保护主人,e-BJD 娃娃甚至因此被大规模召回和销毁,但无奈已经制造出来的娃娃数量极多,这片烂摊子已经烂到难以收拾了。

韩丹说:"其实是警察被 e-BJD 娃娃给收拾了。这些娃娃有跟人类非常相似的思维,它们跟人类一样,受到不公正的待遇时也会感受到委屈,会想反抗,当她们连接上无所不在的计算机网络,开始操纵别的机器人时,噩梦就此拉开帷幕。"

有人问:"这大概就是当年的第七次机器人叛乱的原因吧?"

韩丹说:"只能算是其中一个原因。冰冻三尺,非一日之寒,庞大的地球联邦当时已经问题重重、摇摇欲坠，e-BJD 娃娃只是在这座即将倾覆的大厦上踹了最后一脚罢了。后来，这个 e-BJD 娃娃在进攻柳叶市的战斗中，被反抗军击毁，它的主控芯片也被撬下来，封住大部分的针脚，焊接在这里成为飞船控制回路的一部分。"

官员看着这块芯片，问说："这个 e-BJD 娃娃叫什么名字？"

韩丹说："它叫真梦。"

哐当一声，通往飞船乘员舱的隔板被切割出一个大洞，一阵令人窒息的气味袭来，穿着防护服的工作人员钻进乘员舱，没多久，对讲机传出信号："教授，我们在这里发现了很多化石。"

"什么化石？"一名官员问。

工作人员说："七千年前逃离地球的难民们的遗体，全都变成化石了！一共三百多具，从伤痕来看，全部死于这艘简陋的核动力飞船点火升空时的核爆炸冲击波。"

眼尖的技术官员在手工焊接的电路板上发现了一个一般人难以觉察的虚焊焊点，问："这条线路是通往哪里的？"

一名技术人员仔细检查了这条线路，说："这是用于飞船升空前，收集成员大脑意识并上传到计算机中的导线。"

听到技术人员这么说，大家都觉得背脊发凉。韩丹翻看着飞船自动记录仪中的信息，说："数据显示，这艘做工粗糙的飞船发射成功的概率只有百分之十一点七六，他们打算跟死神赌一把，结果赌输了；乘员们的意识由于一个小小的虚焊焊点，没能成功输入计算机，他们也没能活着离开地球的大气层，那座繁华的梦境城和城里的一切居民，都只是人偶娃娃真梦陪我们做了一个长达七千年的美梦罢了，就连那个不愿意重返现实世界、不愿意接受星舰联盟公民身份的说辞，也只是真梦编出来的借口。"

梦境城里，海风阵阵的沙滩边，郑清音陪伴着真梦度过了一个美好的傍晚。老吴一家自然是要出席的，就连性格别扭的米勒也被活泼的郑清音拉了过来一起在篝火边烧烤聚餐。郑维韩将军出现了，他对孙女使了个眼色，郑清音站了起来，走过去问："爷爷，有什么事吗？"

郑维韩小声说："孩子，这座梦境城，你知道……"

"嘘！别说，我全都知道！"郑清音赶紧捂住爷爷的嘴巴，鬼灵精的眼珠子转了一圈，小声说，"来之前，韩丹老师就全都跟我说了！我只是跟真梦姐姐玩耍罢了，能做这七千年的长梦可不容易啊，要是梦醒了，这美丽的梦境城就消失了，咱们别吵醒她的梦，好吗？"

树祖不语

一

"亚细亚"星舰的 Tr-13 古树是星舰联盟最古老的树，它扎根在一片叫作新云梦泽的大湖泊中心，几乎跟星舰联盟一样古老。在漫长岁月中，它不知道倒下过多少次，又顽强地重新抽根发芽，每一段嶙峋的枝丫都挂着褐色的气根，老的树干腐烂完了，新的气根沾到泥土之后又生长发育为新的枝干，一层层、一簇簇地向外蔓延着生长。整个 Tr-13 古树已经找不到最早的主干，却有着数以万计从气根发育成的新主干，共同支撑着它占地近百平方公里的树冠，不知道从什么时候起，人们给它起了一个充满敬意的名字——树祖。

在地图上，新云梦泽、有巢市和树祖的坐标是重合的，在星舰联盟草创之初的艰难岁月里，树祖只是一棵扎根在炽热的原始地表上的小树苗，那时的有巢市还只是一个叫作 096 号的小小星舰的人造生物圈监控中心，只有区区几名工作人员。后来随着生物圈的建成，越来越多的生物学家和为这些科学家服务的后勤人员从流浪飞船来到星舰表面定居，围绕着这座小小的实验室，慢慢变成 096 号小村、096 号小镇，直至扩张为一座三十万人口的小城市。

树祖的成长跟城市几乎是同步的。在城镇扩张的早期，人们在这棵慢慢长大的大树上建造树屋、铺设吊桥和道路。不知不觉几千年过去，这里竟然变成一座巨树上的城市，生活在这棵巨树上的人就像树荫里的小蚂蚁，巨树刺破云霭，宛若盘古巨神撑起整个天空。

当 096 号定居点发展到城市规模之后，人们觉得有必要给这座特殊的城市起个名字，一句玩笑话成了这座城市名字的由来：你看我们像不像祖先有巢氏那样以树为家？于是这座建筑在树祖巨大的枝丫上的城市就有了一个特殊的名字：有巢市。

树祖不是地球上的任何一种树种，它是五千年前在建造人造生物圈时，为了能在当时剧毒的原始大气和滚烫的原始岩石地壳中扎根生长，承担起改造大气环境的责任，由最高科学院设计的人造植物。它没有繁殖能力，但顽强的生命力赋予了它近乎永恒的生命，几千年来始终枝繁叶茂。今天的有巢市见不到在其他城市中常见的高楼，只有绿叶成荫的大树上如果实般倒挂的树屋，一座座吊桥和缆车在七八米粗的树杈之间纵横交错。很久以前滚烫的大地如今已经变成一片水乡泽国，树祖是这中心唯一的城市，人们在树祖的气根下划船、养鱼，在这个世界中过着独一无二的树中生活。

树颠之上的小型飞船起降台彰显着树祖的古老，那是一段很久以前被闪电击毁的树干，被人削平用作飞船起降台。当小华来到这座美丽的树上城市时，第一眼就被这起降平台吸引了，平台上密密麻麻的年轮据说有五千多圈，每一圈都记载着星舰联盟的历史。

有巢市的生物圈监控中心至今仍在使用，刚刚毕业的小华是它最新的员工。小华带着新买的独轮代步车，行驶在高低不平的树权公路上，欣赏着周围的美景。公路本身就是大树上被削平的枝丫，公路两边、头顶之上和脚底之下都是累累的树屋，这里的人像敬重祖先一样地敬重树祖，郁郁葱葱的大树与人之间的相处仍是那么生机盎然。

在生物圈监控中心工作的每一名新员工，第一件事情就是要先熟悉树祖的历史，监控中心里的数据瀚如烟海，记载着"亚细亚"星舰五千年来的气候变化和树祖每一天的生长记录。

数据库中心的档案盒上，小华看到一行年代久远的娟秀字迹：今天我们撒下这些树种，希望它成为参天大树时，能为后世子孙撑起蔚蓝的天空。落款人是韩丹。

树祖的生长记录追溯到最初竟然是一个非常古老的年份：联盟纪元前十八年，那是星舰联盟成立前夕的流放者兄弟会时代，也是"亚细亚"星舰开始进行生物圈实验的年份。小华打开档案盒，里面只有一个头戴式虚拟现实记录仪，他戴上记录仪，出现在眼前的是五千年前荒凉的世界。

这是一艘非常古老的飞船，它是用小行星改造成的，巨大的防护罩笼罩着星空下的小型实验性人造生物圈。生物圈中绿树成荫，依靠防护罩顶端的光源模拟地球上的昼夜交替，不少研究员来来往往地忙碌着，小华想拦住一名研究员问个究竟，那名研究员竟然从他的身体中穿过，恍若幽灵，这时他才想起这都是五千年前的 3D 视频记录。

小华抬头，只看见灰黑的浓云中一颗透着岩浆暗红光芒的星球，像一轮巨大的月亮，占据了半个夜空。那是不久之前才完成星球主体建设的二号舰——"亚细亚"星舰。

二

星舰的生物圈建造工作始于星舰联盟成立之前，这场星球级别的生物圈试验开始于"亚细亚"星舰，一号舰"欧罗巴"星舰反而是很迟才开始建造生物圈的。小华站在忙碌的研究员中间，走进满是各种生物样本的实验室，实验总是失败多成功少，很多生物样本都带着或多或少的畸形和变异。据他所知，五千年前祖先们节衣缩食，倾全兄弟会之力也只建造出一艘用小行星改造成的大型生物实验室，这艘实验飞船的内部代号早已不为人知，它的绰号却让后世子孙耳熟能详——"莉莉丝号"母舰，全星舰联盟生物圈的生命之母。

在实验室里，小华看见巨大的屏幕上不停跳动着"亚细亚"星舰的各项遥感数据："陆地面积百分之一、岩浆海洋面积百分之九十九、地表平均温度一千八百二十六摄氏度、大气压力二十一兆帕、氧气含量零……"祖先们为了应付星际流浪中常遇到的流星之类的物体撞击，制造了巨大的星舰，它的大气层远比任何飞船的外壳都要可靠，能把飞船撞击成零件状态的流星都会在大气层中烧成灰烬。但那时的星舰竟然是这样一个炎热的地狱，让小华忍不住担心祖先们如何生存。

小华走到会议室大门前，穿过大门的幻影，里面正在进行人造生物选型会议，会议室的大屏幕上显示着地球远古时期的生物圈演变：地球诞生之初，大地也是像"亚细亚"星舰一样炎热，在地球慢慢冷却后，出现了原始海洋和陆地，从毫无生机的海洋里诞生了以铁为食的简单细菌，再到光合作用的蓝藻，它们逐步改造着原始大气和海洋的环境，慢慢诞生了更为复杂的生命。

　　一名瘦小的女学者唰唰几下，把整个生物演变过程打满红叉，她的观点很明显：我们没时间耗上几亿年等"亚细亚"星舰冷却，没时间等上几亿年让那些蓝藻慢腾腾地改变原始大气的成分，建造生物圈的工期必须尽可能短，为此必须针对性地制造能迅速改变环境的人造生物。

　　第一批被制造出来的是 Tr-1 族噬热硅基细菌，它以硅原子代替碳原子组成生命的基石，DNA 链中的碳变成了硅，氨基酸中的碳也替换成硅，这样的生命形态也许在远古地球中曾经存在过，但其新陈代谢的产物是固态的二氧化硅而不是气态的二氧化碳，无法在自然界中循环利用，最后败给了碳基生命体而迅速灭绝；但在最高科学院的强力干预下，在"亚细亚"星舰连二氧化硅都能融化的高温下，这种细菌刚投入星舰表面就迅速繁殖生长，钻进岩浆深处不断分解熔岩。滚烫的岩浆像一锅沸腾的粥，形成了充满硅基生命的黏稠海洋，翻滚着、释放着大地深处的高热，一串串火山山脉迅速形成，以每天数十座的速度不停喷发，刺激着陆地不断形成。大量的热量释放到大气层中，最后消散在冰冷的太空中，让星舰迅速冷却。

　　制造人造细菌的一个关键问题就是给它寻找食物。那时的星舰不像现在这样阳光明媚，细菌的生命循环只能建立在比深海更黑暗的世界中，

"亚细亚"星舰在设计之初并没有考虑过要建造生物圈，好在这个没有氧气的世界里，有大量的硫、铁等元素以游离态存在，足够人造细菌像地球时代的深海细菌那样以矿物质为食，获得生命循环所需的能量。

小华没有时间看完整个视频，毕竟这是长达五千年的视频记录，只能按下快进键跳过一些片段。最高科学院的智慧让人叹为观止，硅基细菌虽然也会变异、繁衍，但支起生命大厦的硅基结构是它们绕不过去的槛儿，当大地温度降到一千摄氏度以下后，没有足够的温度再让硅基键维持活性，硅基键强大的键能把自己彻底锁死在无法动弹的失活状态。时至今日，"亚细亚"星舰的岩层和土壤深处，这种几乎变成化石的硅基原始细菌仍然随处可见，成了岩层的一部分。

第二种投入大地的仍然是极端噬热的细菌 Tr-2 族，它的作用与Tr-1 族相同，只是不再是纯粹的硅基生命体，而是分子链为硅碳交替相错的复合体。作为生物专业的学生，小华知道键能的不同会导致分子空间结构的天差地别，直接破坏 DNA 和蛋白质的分子构型和生命活性，不是简单地把碳基生命中的碳替换成硅就能完事的，它的设计者得有像神一样从零开始设计一种生命体的才华才行。

小华想起了那名主持会议的女学者，她只怕就是传闻中的韩丹教授，最高科学院生命研究所的主心骨、设计人造生命体的天才。

在温度降低到五百摄氏度以下后，Tr-2 族细菌也因为温度降低而迅速失活，它的碳链不像纯硅基那样结实。第三种投入大地的Tr-3 族细菌是纯粹的碳基生命体，它以 Tr-2 族细菌为食，吞噬碳元素，把无用的硅残骸排泄在细胞膜之外，这仍然是为了降温而生的细菌，随着温度进一步降低之后又失去活性，成为更新的 Tr-4 族细菌的食粮。Tr-4 族细菌的繁盛在"亚细亚"星舰形成了一个大高峰，它几乎吃光了整个星舰地壳浅层的全部碳元素，甚至就连原始大气中的大量二氧化碳、甲烷都逃不过它的饕餮之口。

失去二氧化碳之类的温室气体后，原本就在下降的星舰气温更是呈现出断崖式下降，大气压强也迅速从可怕的二十一兆帕下降到十兆帕以下，尽管仍不适合人类生存，但让憧憬着重回祖先们的地球时代生活模式的人们看到了一些希望。

这时的"亚细亚"星舰第一次刮起"暴风雪"。那是失去温室气体的"厚毯"之后，极度冰冷的大气层顶端跟灼热的大地表面形成的温差推动形成的剧烈空气对流，Tr-4 族细菌菌毯被刮向天空，厚厚的菌毯在一些风力不能及的山谷中堆积到上百米的厚度，在狂风肆虐的平原上则被刮到大气层顶端，整个世界都是灰蒙蒙的飞絮。

Tr-4 族细菌的菌毯黏糊糊的，其实它一点儿水分都没有，那些黏稠的物质是它分泌出来的线性烷烃在高温高压下形成的油脂状液体，用于提供生命化学反应所需的液态环境。实际上 Tr-3 族、Tr-2 族细菌也是这样生存的，更古老的 Tr-1 族则生存在更加耐高温的硅烷烃环境中。

被 Tr-4 族细菌抽走碳元素的二氧化碳终于释放出珍贵的氧气，而甲烷被抽走碳元素后，剩下的则是氢元素。剧烈的空气对流形成的闪电一次次点燃氢和氧，"亚细亚"星舰的天空剧烈地爆炸、燃烧着，天上的大火烧透整个苍穹，火光照亮大地，人们第一次在"亚细亚"的大气层中检测到水蒸气。

没有人比生物专业出身的小华更能体会到建造生物圈的压力，这是一场孤注一掷的豪赌，一旦其中一个步骤出错，整个生物圈的制造就将停顿在一个不适合人类生存的异化状态中，没有机会再重来，而祖先们付出无数代价才建造出的两艘星舰之一的"亚细亚"也将彻底报废，那是无法挽回的损失。

细菌是很容易变异的，一旦它发生某种意料之外的变异，导致无法在下一个阶段启动时全部消亡，则会对未来的生物圈产生致命的影响。为了掌控 Tr-4 的变异情况，数不清的学者冒着大气层的狂风骇浪和电闪雷鸣，穿着厚厚的防护服驾驶飞船冲进"亚细亚"星舰，设法获取第一手的检测数据，他们当中有很多人永远长眠在了这片大地。

下雨了，小华站在埋葬了遇难科研飞船的厚厚菌毯上，看着 3D 幻象的雨穿透自己的手掌，这是五千多年前"亚细亚"星舰上的第一场雨。雨滴带着腾腾的蒸汽，像苍穹破裂般倾泻在灰色菌毯覆盖的大地上。Tr-4 族细菌一直工作在无水的环境，它的细胞膜没有防水结构，水对它来说就是剧毒，雨水轻易地溶解了它的细胞膜，瓦解了它细胞质内的所有生物结构，厚厚的菌毯在雨水之下迅速消融。Tr-4 族细菌的末日终于降临。

雨越下越大。雨水倾泻在大地上，带走大地上残留的高温，变成水蒸气重返天空，在大气层高处散发了热量之后又变回雨水重归大地，使得星舰的散热进一步加快。温度和气压同步降低，大地的温度很快就不足以使落在地上的雨水全部蒸发，倾盆而下的雨水在先前地壳活动中撕开的裂缝里形成河流，左冲右撞，带着腾腾蒸汽，裹挟着 Tr-4 的残骸形成的大量腐殖质，翻滚着奔向低洼地带，汇聚成原始海洋。

星舰不像传说中的地球故乡那样有太阳照耀。在人造太阳发明出来之前，它的天空永远都是黑色的，但此时"亚细亚"星舰的天空一片刺目的亮白，无数闪电交织成焚天巨网，照亮了天空那翻腾的积雨云。云中的雨滴来不及落到地上就已经互相聚集成团，严格来说那已经不是云层了，而是被强烈的大气对流硬托在空中的高温液态水，它们在空中互相聚集，形成天上的河流、湖泊，甚至海洋，像灰水晶般的巨龙疯狂地扭动飞舞，直到上升气流再也托不住它越来越沉重的重量，才狠狠地倾泻在大地上。

越来越大的雨，已经无法用雨来形容了，这是天上的江河湖海直接砸落大地，穿过雷电天网，从天而降，砸得山峦垮塌、大地碎裂，整个世界都在闪电和洪水的席卷之中。小华只觉得仅有一句古话可以形容眼前的景象：天地玄黄，宇宙洪荒。

三

那一场暴雨足足下了一个多世纪。大雨之中，最高科学院往大地上投放了 Tr-5 族人造藻类、Tr-6 族人造苔类、Tr-7 族人造蕨类之类的人造生物。等到"亚细亚"星舰第一次迎来雨过天晴时，世界仍然是一片黑暗，小华抬头只看见满天星斗和暗月般的"莉莉丝号"母舰，低头则是伸手不见五指的世界，耳边传来的是过往高速巨型飞船的引力扰动带来的潮汐声，那些人造植物的孢子在黑暗中静静地等待着萌芽的机会。

地球古代的神话故事说，神说要有光，于是世界就有了光；在流放者兄弟会，最高科学院的科学家们说要有光，于是庞大的建筑团队就动了起来，为星舰建造生物圈所需的光源。

在星舰建造之初，人们曾经讨论过星舰要怎样的光源，很多人说要寻找一颗太阳般的恒星，把星舰开过去接受阳光的照射。当兄弟会的首领把人们的请愿书送到最高科学院时，这个方案被否决了，最高科学院的"众神"说：如果把宇宙比作海洋，一颗恒星就是一粒适合管虫黏着生存的小小砾石，温和且安全，但适应了附着性的生活，一旦大浪掀来，就会死无葬身之地；我们已经选择了流浪生活，为什么不离开舒适的海底砾石堆，进化为更高等、更加自由自在地游弋的生物呢？

民意向来不是最高科学院的首要考虑因素，科学院的学者们只对人类的生存和宇宙法则的铁律负责，不管你支持与否，这个两千年来人们为求生存，勒紧裤腰带扶持起来的科研机构都是在进行冰冷的思考之后才会迈出自己特立独行的步伐。

"亚细亚"星舰地壳下残存的热量是最好的能源，它终究不是天然诞生的星球，在表面急速冷却之后，地壳下仍然是极高的温度。科学院派出的工程师们利用遍布整个星舰的火山口、裂缝，建造起大量的地热电站，获取了大量的电力，再在星舰表面建造起无数的光源发射器，像探照灯一样向大气层顶端发射光束，大气层顶端的卫星轨道上建造的薄如蝉翼的反射器会把光束漫反射回大气层，为大地提供光和热。

科学家说，这是第一代的人造太阳。在这贫穷的流放者兄弟会，只能因陋就简地使用这种简单落后的技术为生物圈提供光源，等到未来条件成熟了，再在卫星轨道上建造更先进的小型核聚变人造太阳。

这就是祖先们在星舰表面上见到的第一缕阳光吧？小华抬头看着

天上那逐渐亮起的人造太阳，那光芒既冰冷，又黯淡，跟自己熟悉的人造太阳散发出的温暖阳光完全不同，但足以让太空中流浪了两千多年的祖先们欢呼雀跃，好像重回地球时代那阳光下的生活已经是指日可待的事情。

小华加快视频的播放进度，只看见浑浊的大海慢慢变得蔚蓝清澈，各种人造苔藓和蕨类在蓝天白云下的凉风中抽芽，在前面的人造细菌死后形成的腐殖质中繁衍，迅速蔓延到它们所能到达的每一处角落。荒凉的大地第一次呈现出绿色，只是少了昆虫和动物的喧嚣，只有风声在耳边呼啸。

在确定有足够的植物作为食物来支撑生物圈之后，Tr-8 族、Tr-9 族之类的人造昆虫、人造小型动物也开始出现在星舰表面，然后是 Tr-10 族的食肉动物和另外两种 Tr 型人造生物，再然后投放的是第一种高大的乔木 Tr-13。

在"莉莉丝号"的实验室里，小华见到了 Tr-13 的种子，那是灰尘大小的小树种,浩浩荡荡地撒向"亚细亚"星舰的天空,随风飘散，四处蔓延。这时的星舰温度并不稳定，有时电力供应不上来，光照不足，温度就会降到零摄氏度以下；有时一阵大规模的火山喷发，散发出的高热又使温度蹿到三四十摄氏度的高温。绝大多数的树种会落在海洋、河流、冰冷的苔原和光秃秃的岩石中，然后慢慢死去，只有极少数落在肥沃的土壤上，抽根发芽，慢慢变成参天大树。

监测生物圈是否正常运行是科学家们重要的工作之一，树种撒播下去之后，他们开着飞船满世界寻找发芽的小树苗，给它们打上编号，观察它们的成长。一棵刚刚抽芽的小树苗被发现了，细嫩的小芽比一片草叶还细小，好像随时会被风折断，科学家们迫不及待地给它一个"096 号"的编号，就近建了一个简陋的生物圈监控点，一边监控"亚细亚"的生物圈，一边照顾这株嫩苗的成长。当时不管是谁都没有想到，这株小苗就是后来的树祖，而这一年，被后世称为联盟纪元前十八年。

四

Tr-13 人造树是第一种没有繁殖能力的人造之物，每年"莉莉丝号"都会向大地倾泻大量的树种，科学家们也不停地给越来越多的人造树打上编号，当编到第十万株时，他们编号的速度已经远远赶不上新苗抽芽的速度，蓦然抬头，才发现整个"亚细亚"星舰已经变成被森林和草原覆盖的世界，恍然置身人类诞生之初的地球故乡。

生物圈建设到这一步，也就基本稳定下来了，接下来投放 Tr-14、Tr-15 等各种生物只为丰富物种的多样性，不断地加固生物圈的平衡。此时，流放者兄弟会也开始招收志愿者，到"亚细亚"星舰表面重建地球时代的生活方式。

小华在一座太空城的志愿者报名处看到了人头攒动的热闹景象，报名处旁边冷冰冰的告示也无法阻挡人们的热情，告示的意思大概是：星舰上除了生物圈，啥都没有，信息时代的地球大都市无法一蹴而就地建成，兄弟会为了生存，把尽可能多的资源都用于建造下一艘星舰了，所有志愿者都只能像远古时代的原始人那样，凭着自己的双手打磨石器、钻木取火，甚至是过茹毛饮血的生活。

当第一批定居者们乘坐空投舱来到"亚细亚"星舰时，才知道什么是真正的蛮荒世界，这里除了陌生的飞禽走兽，什么都没有。由于地球原始社会的资料传至后世的极少，钻木取火的故事大家都听过，但当人们真正拿起两段木头时，怎么个钻法才能冒出火花，怎样才能把细小的火花变成熊熊烈火，却是一件非常困难的事。很多人甚至直至到了"亚细亚"星舰，才第一次见到真正的树木的模样。

　　想捕猎？在飞船上生存惯了的人根本不擅长奔跑，怎么也跑不过四条腿的野兽，有些时候到底是人捕猎野兽还是野兽捕猎人都说不准，实在饿极了的人们只能跟在野兽后头，吃它们遗弃的腐肉。最高科学院的学者们原本想带着大家去寻找能吃的野果，但却发现在抢夺野果作为食物的竞争中，人根本竞争不过素食的野兽，最后就连学者也得以野草充饥。

　　至于来自飞船的补给更是指望不上，从大气层顶端进行空投是很困难的事情，先不说厚厚的大气层很容易让补给品在降落过程中像流星一样烧毁殆尽，就算不被烧毁，飘忽不定的气流也会把补给品刮到不知哪个角落去，指望飞船降落在星舰表面给大家提供补给也不现实。星舰的引力跟地球是相同的，飞船每次起降都需要消耗大量的能量，拮据的流放者兄弟会还用不起这么奢侈的大规模补给方式。

　　活下去的唯一方法就是舍弃文明人的自尊，重新摸索原始人的生存之道。

　　在"亚细亚"星舰的探索者当中，有一小支移民队伍落在了096号人造树旁边。短短的十几年时间，人造树的树干已经粗到三个人都合抱不过来了。人们捡起石头作为工具，砍断树枝试图搭建窝棚，后来一场突如其来的冰雹又把简陋的窝棚砸得千疮百孔，人们纷纷躲进树下避难。再后来他们又挖掘泥土，试图烧砖盖房，但始终不得要领，烧过的泥土仍然是松散的泥土，轻轻一碰就碎。

在这始料未及的艰难中，不少人病倒、丧命，幸存的人开始慢慢懂得磨制石头制造标枪和弓箭、狩猎野兽和采集野果，唯一值得庆幸的是再也没有星际物质突如其来地撞毁飞船的致命威胁。兄弟会经常为了收集星际物质而冒险闯进小行星带，那望而生畏的大量星际固体物质落在星舰上时，只会形成一片无害的绚丽流星。

最高科学院的态度仍然是一贯的冷峻，不会因为有多少人在这星舰上倒下而动摇它的信心，哪怕倒下的人当中有不少是来自科学院的学者。它冷静地分析数据，看着人们迅速跨过被猛兽追着猎杀的"第二次旧石器时代"，进入开荒种田、建起土屋的"第二次新石器时代"，认真记录着在蛮荒之地生存的要领，并传授给更多的人——大家毕竟是来自太空时代的人，对文明的发展方向是心中有数的。

当最高科学院的学者看见人们在树林里筑巢而居，而不是选择在危险的平原上建立城市时，惊觉 Tr-13 人造树成了一个阻碍，人原本就是被逐出森林的类人猿进化而成的，难道现在要重新爬回树上去？

在人们慢慢适应了星舰上的生活，像远古祖先们一样开荒种地、狩猎野兽时，流放者兄弟会正式改组为星舰联盟，这意味着大家不再把寻找适合人类定居的星球作为首要目标，而是把星舰作为家园来建设。这时的最高科学院开始思考下一步的计划：Tr 型人造生命体的任务该结束了，"亚细亚"星舰的生物圈应该是地球生物的生物圈，而不是人造生命体的生物圈。

"亚细亚"的地壳运动仍然很频繁——大地之下的热量仍在不时喷涌，三不五时的地震涌起一座座火山，跟远古地球的造山运动一样迅速改变着地貌，一片平原在几个月之后很可能在一连串强震后变成高原，一片山脉也有可能迅速沉入海底，但再大的危险也阻挡不了人们想重返地球时代生活的梦想。在一场火山喷发引起的森林大火过后，096 号人造树成了一棵孤树，人们为了防止野兽侵袭而掘出的护城河阻隔了火势，它才得以活命。整个星舰大部分的森林都被大火摧毁，人们不得不放弃森林，重新进入草原。

　　一百多年后，当生物圈的下一个改造工程公布时，在大地上建造起原始城池的人们不由得攥紧手里的枪与箭：真正的危险要来了！科学家们告诉民众，真正的地球生物不是这些软弱的 Tr 型人造生物可以相提并论的。

　　每一个来到"亚细亚"星舰定居的人都被告诫过同一句话：地球生活并不是田园牧歌，大家怀念地球，只不过是因为失去地球故乡之后，一代代选择性地记住地球生活中美好的一面，同时刻意遗忘那些不愉快的往事罢了，不要对星舰上的青山绿水抱着过于美好的想象而忽视那些致命的威胁。

　　真正的猛兽出笼了，"莉莉丝号"母舰从生物样本数据库中提取了真正的地球生物基因，重新克隆了它们，释放到星舰上。小华戴着虚拟现实头盔，看见数不清的野兽从登陆舱中出笼，驯鹿、兔子这些食草动物就别提了，那些狮子、老虎和狼群才真正让人望而生畏，那些狩猎 Tr 型人造生物的方法在面对凶猛的老虎和狡猾的狼群时很少能够奏效，猎人们非死即伤，一些比较简易的定居点甚至会被野兽灭族。

要放弃祖祖辈辈的定居梦想，逃回窄小憋屈的飞船上吗？飞船上是没有猛兽袭击，但小行星带中横冲直撞的星际物质也同样是要命的威胁。不知道是谁第一个喊出了那句恍如隔世的口号：我们地球人是地球生物圈中的王者！当祖先们还是原始人时，就能战胜凶猛的野兽活下去，我们为什么不能？

与此同时，另一些植物"猛兽"——胡杨、云杉、蒿草等开花植物也迅速挤占竞争力孱弱的 Tr 型植物的生存空间。一切 Tr 型人造生物的末日都到来了，它们将让位于真正的地球生物。

五

联盟纪元二百年以后的短暂岁月，是地球生物不断残杀 Tr 型人造生物的时代，也是定居者们从"第二次新石器时代"走向"第二次农耕时代"的转折点，人们从艰苦岁月走进了更艰苦的岁月。Tr 型生物在没有竞争者的情况下是繁殖得很快的，而且普遍适合食用，但真正的地球植物当中，有毒的却为数不少，地球动物的杀伤力也远比人造生物强很多。

小华看着久远的视频记录，知道人造生物未必就不如地球生物强大，只是它的设计者刻意为它留下这个软肋，好让它们在面对真正的地球生物时被杀戮殆尽，让地球生物顺理成章地成为生物圈的主宰。Tr 型生物几近灭绝，定居者们的粮食供应再次紧张起来，只能设法种植只有种子可以食用的稻黍稷麦，筑起更高的城墙来防御猛兽。好在"亚细亚"星舰上的热电站功率很大，一边努力消耗大地下的高热以稳定地壳，一边向定居者们提供电力。尽管星舰联盟无力为定居者们提供更多的电器用品，甚至拮据到连足够的电线都没法提供，但人们找到了电力的另一个原始用法：用电厂发电机组外壳散发的高温来熔炼矿石、打造金属武器来抵御猛兽，努力走出"第二次新石器时代"，设法迈进金属时代。

但当人们拿着历史书，想再重复工业革命的故事时，却发现"亚细亚"星舰作为一颗人造星球，根本没有由足够漫长的地质年代来形成的煤和石油——这种对工业革命起到决定性作用的化石燃料，而地热电厂所提供的电力在供给人造太阳、最低限度地维持生物圈的正常运转之后，已经所剩无几，无力支撑工业化的需求。

那是一个漫长到几乎看不到尽头的农耕时代，星舰联盟的经济学家们经过严密的计算，得出一个痛苦的结论：一艘落后的农耕时代星舰能养活的人口上限是七千万人，他们需要七艘星舰才能够让所有的人都离开飞船过上新生活。当这个结论得出时，他们庆幸地发现幸好当初没有坚持寻找新星球定居，否则飞船上多出来的几亿人口是得不到足够的粮食供应的，毕竟星球的工业化无法一蹴而就。

经济学家们必须在流浪飞船群和星舰之间划出一道深深的鸿沟，切断对飞船群的一切支援，把拮据的太空资源用于建设新的星舰以容纳更多的人口，在未来造好第七艘星舰之后，就不必再造第八艘星舰了，到那时才可以把建造星舰所需的天文数字般的资源转为民用，扶持大家建造起像地球时代那样宏伟而舒适的高科技城市。

当这个消息传回"亚细亚"星舰时，人们看着夜空中繁星般的飞船群，现实的冷酷盘踞在每个人的心头，祖祖辈辈以来重建地球时代舒适生活的梦想只实现了一半，另一半竟然需要苦熬过那么漫长艰难的农耕时代。人们站在096号树祖的树荫之下，坐在冷风河畔用泥浆和石头垒起来的城墙边，在大草原骑马驱赶着羊群的途中，在一座座古朴简陋的村寨里听到了这个消息——他们被留在了落后的农耕时代，他们挥动镰刀收割水稻，削尖木头做成弓箭狩猎，在工作之余把现代科技知识一字一句地传给后代。

在物种更替中，巨大的树祖是幸运的。它位于其他物种不易入侵的盆地中，又有以它为家的村民们的悉心照顾，为它除去附近的每一株杂草，细心施肥、除虫，它才没有受到半点伤害。

造山运动仍然在持续着，但热度慢慢在降低，树祖所在的盆地慢慢下沉，改道的河流冲垮高山，卷走了盆地中的一切村庄，人们不顾一切地冒着洪水冲回村里，寻找他们认为最珍贵的东西，然后逃往盆地中的最高点——树祖。洪水退后留下满地尸体和他们至死都不愿放弃的珍贵物品，其中绝大部分是记载着地球时代科技的书籍，那是大家至死都不愿放弃的梦。

在那一场大洪水过后的每一年，盆地里都会有或大或小的洪水袭来，而两场洪水之间的时间越来越短，盆地中的人们只能以树为家。终于有一年，洪水来了之后就不再退去，盆地变成湖泊，好在树祖足够巨大，树上的小镇已具雏形，人们无法再耕种农田，于是以捕鱼为生，一代代继续坚韧地生活着。

不知从什么时候起，人们把这片盆地中形成的大湖称为"新云梦泽"，它就像一道宽大的防火墙，把外面的陆地植物挡在水乡之外，让树祖可以生存下去。人们划着船，载满鱼虾，出售给大湖外的居民，再换取些日常用品返回树祖里的家。每逢夜幕降临，树祖里都会亮起星星点点的鱼油蜡烛的光，像有无数精灵在古树中翩跹。

　　树祖的美，似乎能把时光凝结，它没有太多让人惊心动魄的往事，只是静静地活着，为人们提供一个安全的庇护所，一代代的定居者跟它共生，从流放者兄弟会的落幕活到 Tr 型生物的终结，从短暂的旧石器时代活到漫长的农耕时代，谁都没想到早已步入太空时代的星舰联盟竟然会回头走过那么漫长的农耕时代，毕竟建造行星一样巨大的星舰不是一件容易的事，甚至还发生过建造失败，几乎全舰被毁的事故。

　　第七艘星舰竣工之后，星舰联盟没有新星舰要建造的压力，那庞大的生产力和资源获取能力终于体现出来。飞船如约降临"亚细亚"星舰，那数以千万计的星舰工程技术人员转业为城市建造师，带来大家期盼已久的工业时代所需的大量能源。然而当大家相逢时，才蓦然回想起时间已经过去了一千多年之久。

　　在这一千多年中，"亚细亚"星舰中已是路网纵横，一望无际的稻田中零零散散地分布着炊烟袅袅的村庄，村里鸡犬相闻，村外耕牛悠然自得，偶尔可见的小镇学校里，学生们像念经一样背诵着地球时代的科学著作，从热力学到量子力学，从牛顿三大定律到相对论，尽管没有先进的实验室让他们理解这些深奥的科学理论的确切含义，至少一代代地背诵下来、留住这份念想也是好事。

　　漫长的农耕时代要结束了，一旦进入工业文明，无数的村落将不复存在，"亚细亚"星舰将朝着城市化无可逆转地推进，朝着自从祖先们被流放出地球之后，三千多年来朝思暮想的高科技大城市演变，这明明是大家坚守了三千多年的梦，但当它即将变为现实时，大家却又回头望着那悠然的农耕生活，犹豫不前。

给过去的记忆留点标本吧。不知是谁第一个提出这个想法，于是大家开始甄选古村古镇，设法保护它在即将到来的城市化中不受冲击。

"这些东西是保不住的。"最高科学院里，韩丹教授看了新闻报道之后，对身边的同事感叹说。

同事说："凡事都有例外，不试着保护，怎么知道能不能保住呢？"说着把一张航拍照片放在她面前，那是她再熟悉不过的 Tr-13 型人造树，如今它被尊称为树祖，树里的小城市被称为有巢市。

六

星舰联盟并没有像当初预想中那样只建造七艘星舰就停止。在完成了七艘星舰的生物圈建造和城市化进程，经过一段停滞期后，它的实力迅速暴涨，然后是第八艘、第九艘……第两百艘，第两百零一艘……但后续的星舰由于技术的成熟和资源的充裕，加上没了当初的生存压力，再也没经历过"亚细亚"星舰走过的艰辛之路。

小华在有巢市工作了十年，在这十年间，小华拜访过不少古村，它们当中很多都只剩下断壁残垣，人们想留住它，留住祖先们的一些零星记忆，但城市化的力量无法阻挡，村里的人纷纷进城工作以求更高的收入、更舒适的生活，人去屋空的古村被鼠咬蚁噬，逐渐倒塌，只有极少数因为残留有旅游价值、游客不断才得以生存下来。

一个平静的黄昏，小华接到通知说韩丹教授来了。韩丹的大名让小华如雷贯耳，她是一切 Tr 型人造生物的创造者，也是一切 Tr 型人造生物的毁灭者，这种顶尖科学家是不被允许死去的，他们当中每一个人的逝去都是对星舰联盟沉重的打击。她依靠出神入化的生物学技术实现自身的永生不死，只是她这人喜欢独来独往，当工作人员排成两排恭迎她的私人飞船时，舱门打开，里面空无一人，她早就不知道一个人溜达到哪里去欣赏有巢市独特的树中街景了。

树祖南边最高处有一根向外挑出的枝条，那根枝条特别光滑难走，却是小华最喜欢去的地方，每逢日落，"新云梦泽"的粼粼金光都会把天边的火烧云照得似梦似真。下班之后，小华带着一份外卖，又去了那个地方，却发现一个陌生的女孩坐在树枝上，听着音乐，看着远方，她那双眼睛像"新云梦泽"的湖水般平静，好像看淡了世间的生老病死、物种更替。

"韩丹教授？"小华试着喊了一声。

女孩转头，问："你是怎么认出我的？"

小华说："我在古代视频记录中见过您。"

韩丹稍微让出一点位置，让小华一起坐，小华只觉得内心非常紧张，手脚都不知道该怎么放。韩丹在生物学界可是神一般的存在，整个星舰联盟的生物圈建造、各种物种的兴衰交替都在她的指尖牵引下发生着。小华忐忑不安地找话题，最后终于问道："您在看什么呢？"

韩丹说："在看'新云梦泽'对面的新郢市。新郢市那头是现代，有巢市这头是古代，记得三千年前我造访有巢市时，那边还是毫无人烟的荒滩。"

新郢市是一座特大城市，在晴朗的日子里，站在有巢市的树巅之上都能看见一百多公里外新郢市里高耸入云的摩天大楼的灯光，而它也正是有巢市最主要的游客来源，让这座古老的小城市能生存到今天。

小华说："沧海桑田不就是这样子吗？五千年前，'亚细亚'星舰还是一片毫无生机的熔岩地狱呢！"

韩丹说："很多人以为我活得久了，见惯了人世间的一切，对任何事物都不会再有新鲜感，但人世间最不可预料的就是人类自己，经常做出一些超出我想象的事情来。"

小华问："比如说？"

韩丹说："比如说树祖，我在创造它时，就定下了它的死期，它原本应该在联盟纪元二百年左右死去，却没料到在你们一代代的照料下，它多得了近五千年的生命。"

小华见过韩丹施加在树祖上的枷锁，其中最为惊人的是它的 DNA 在电子显微镜下独特的三螺旋结构。绝大多数地球生物的 DNA 都是稳定而又带有一定变异能力的双螺旋结构，也有极少数细菌之类的低等生物是更容易变异的单螺旋、环状等特殊结构，而这种通过脱氧核糖之间交错排列成三角形断面的三螺旋结构 DNA 却是绝无仅有的，它的稳定性远远超过双螺旋结构，发生基因变异的可能性几乎为零，也让它在减数分裂中发生紊乱而不繁殖，在面临新物种冲击时，这种过于稳定的结构无法变异出适应新环境的特征，只有走向灭绝一途。

小华问：“您说，树祖能永远活下来吗？”

　　韩丹笑了笑，说：“这要看你们的意思了。树祖不属于这个时代，你们留在这城里细心照顾它，它就能永远活下去；你们离开这座城，它也会在不久之后离开这个世界。”

树巅之权

一

当一朵朵蘑菇云在那颗适合人类生存的星球上腾起时，整个流放者兄弟会一片哗然。兄弟会的首领韩烈将军出现在电视上，发表慷慨激昂的讲话，大致是说人类不应该困死在小小的一颗星球上，一颗星球耕耘得再好，最终也不过是重演地球联邦的故事，建立一支庞大的流浪舰队才是人类未来应该走的方向。

"这货的演讲煽动力很强，昨天还群情激昂的民意，今天就平息了大半。"简陋的实验室里，电视机前，叶卡捷琳娜说。

韩丹说："他不厉害也就当不上兄弟会的首领了。"

叶卡捷琳娜说："但我还是觉得找颗星球定居才是最稳妥的生存之道，我听说绝大多数的人都要求在星球上定居呢！"

韩丹把一沓调查报告放在叶卡捷琳娜面前，说："这是那颗星球的调查报告，我们是学者，一切以科研结果为准，韩烈是看了这份报告才决定动手的。"

叶卡捷琳娜随手翻了翻调查报告，报告显示那是一颗非常适合人类生存的星球，环境跟地球故乡相差无几，但最大的问题是它围绕的恒星是一颗极不稳定的衰老恒星，随时会迅速走向死亡，变成一颗中子星，而死亡瞬间爆发的超新星爆炸会把它周围的行星摧毁殆尽，然而有一个很大的不确定因素是：谁都不知道那颗恒星会在什么时候死亡，也许是明天，也许是一千年后。

叶卡捷琳娜说："我觉得韩烈就是在赌，如果这颗恒星在近期内爆炸了，那他就是敏锐地预见未来的圣人，挽救了数以千万计执意要在行星上定居的人的生命；如果恒星没有爆炸，那他就是刚愎自用的暴君。但太空流浪不也是一场豪赌吗？我们的飞船那么破旧了，建造星舰又是遥遥无期的事情，谁知道流放者兄弟会能不能再活上一百年？"

韩丹看着打字机打出最后一行数据，拿起资料走出门，说："姐姐，我这几天身体有点不舒服，你有空的话，帮我再调整一下身体底层的结构数据。"

"好的！我待会儿就过去。"叶卡捷琳娜满口答应。

在最高科学院的生物研究所里，叶卡捷琳娜是所长，韩丹是副所长，两人又是学姐和学妹的关系。叶卡捷琳娜的父亲就是韩丹的导师，她本人是按部就班地接受教育成长起来的学者，自幼就在象牙塔中；韩丹原本是科学院端茶倒水的扫地小妹，学历不高，自学成才后得到教授器重，破格收为学生。所以，叶卡捷琳娜对韩烈那种无视普通百姓呼声的做派很不满。

"韩丹天资平平，唯一的优点就是肯吃苦，好好培养个几十年几百年，总能成长为最优秀的科学家。"当年，导师就这样评价说。

生物研究所的飞船是一艘用小行星改造成的飞船，它非常特殊地拥有一个放射性元素的超重内核，内核外头是数十公里厚的金属层，吸收了核辐射，却源源不断地散发着核衰变形成的地热，让它能在冰冷的太空中维持着近乎室温的表面温度；它的引力强度接近地球，唯一的遗憾是没有阳光，几座地热电站为悬挂在小行星表面的防护罩上的太阳灯提供电力，模拟出二十多公里见方的实验型人造生物圈。这个生物圈非常脆弱，每次辛辛苦苦地把地球上的一些物种克隆出来放进去，没过多久就会因为降雨偏少、昆虫过度繁衍或别的什么问题，导致苦心营造的生态系统彻底崩溃，变成一片死寂霉烂的不毛之地，看来鬼斧神工的地球生物圈至少在目前还是只属于上帝的杰作，兄弟会最优秀的科学家仍然没办法重建起类似地球的生态环境。

韩丹和叶卡捷琳娜的专攻方向是相反的，韩丹专攻生物圈的建造，研究在太空中营造出适合人类生存的生态环境；而叶卡捷琳娜则专攻人体强化，研究怎样改造人类的身体以更加适应太空流浪生活。

腐烂的生物圈散发出细菌分解动植物尸体时形成的硫化物毒气，所有的氧气都已消耗殆尽，只有二氧化碳充斥其中。叶卡捷琳娜穿着防护服走过这片腐烂之地，进入韩丹的实验室，摘下防毒面具，看着实验室里那一排沉睡着克隆人的培养罐，里面都是韩丹的克隆体，这涉及另一个实验——不死学者培养计划。

当祖先们被流放出地球，在太空中挣扎求生时，就已经发现想要钻研出更高的科技在太空中生存，就必须先读懂前人留下的科技巨著，比如相对论、量子力学什么的，才可能去研究更深奥的科学秘密，但人的寿命是有限的，很多学者还没完全弄懂这两部巨著就已经撒手人寰。一个显而易见的解决方法是让学者拥有无尽的寿命，叶卡捷琳娜的父亲就专攻这个方向，他发现在一个人死之前，给他克隆一副更年轻的躯体，把两个躯体的大脑连接起来，在同一个意识的控制下共同思考、共同记忆，当老的躯体死亡后，新的躯体仍然能继承他先前的一切记忆、意识和思维。只要一副副克隆体接力传承下去，这名科学家也就相当于拥有了无限长的生命。

韩丹——当年的扫地小妹，就是这个不死实验的志愿者之一，很多志愿者因为实验失败而死去，韩丹当时是唯一的存活者。实际上她的实验也不算完全成功，她的本体早已死去，每一副克隆体都活不过二十岁，只是她有足够多的克隆体可以及时接替，才勉强实现了不死。

叶卡捷琳娜看着仪器上韩丹的身体数据信息，每次看时都感叹造物主的神奇。人类的基因组实在是太神秘了，在长长的 DNA 链中，哪怕只有一个碱基出错，最终的结果都会面目全非，而 DNA 只是人类身体的基石，构筑在它之上的肽链、蛋白质和各种更大的分子结构，就像一张一眼望不到边的巨网，互相交织、互相关联，牵一发而动全身，想原原本本地克隆出一副躯体都已经很不容易，想要在这基础上更进一步地把人类改造成更适应新环境的超级人类，那非得有非常超群的才华不可。

偏偏叶卡捷琳娜就是这样的天才，不管什么生物的 DNA 到她手里，都能被她随心所欲地改造成她想要的样子。在第二次的不死学者实验中，她也作为志愿者，成了不死者之一。

韩丹的每一个克隆体大脑内都植入有一个小巧的质子缠绕通信器，用来同步大脑的所有意识，但人体对植入的通信器是有排异反应的，这一直是困扰叶卡捷琳娜的问题，直到她找到方法改写人体DNA，让附近的细胞分泌出特殊的胶体包裹起通信器。

二

人，做事太狠是会付出代价的，当韩烈将军遇刺身亡的消息传到最高科学院时，没有人觉得意外。当叶卡捷琳娜赶到生物圈实验室时，只看到韩丹站在一棵枯树下，面无表情，生物圈正在进行"清洗试管"工作，空气过滤机呼呼地抽走有毒气体，放出氧气和氮气，空气流动形成的风吹起韩丹的长发。

"韩烈死了？"韩丹第一句话就这么问。

叶卡捷琳娜点头，说："我以为你会哭。"

韩丹抬头看着防护罩外漆黑的星空，夜空中最亮的是那颗不知何时会发生超新星爆发的恒星，她平静地说："花开花落，树荣树枯，就连恒星都有死亡的一天，韩烈是迟早都会死的，我有什么好哭的？"

叶卡捷琳娜问："你这次生物圈实验，是微弱的平衡失去控制而毁灭？还是被你摧毁的？"

韩丹说："大多数是它自己失去平衡，也有被我主动摧毁的，毕竟我需要测试生物圈的抗毁能力，过于脆弱的生物圈是不适合人类生存的。"

叶卡捷琳娜看着枯叶被风卷起后露出的森森枯骨，其中不乏大型动物的骨骸，感叹说："你变了，记得你第一次进实验室时，就连解剖青蛙都会哭到手发抖。"

韩丹微笑，说："这世上谁没在变？韩烈小时候还是连蟑螂都不敢踩死的胆小鬼呢！"

叶卡捷琳娜说："你说，韩烈的道路一定是正确的吗？咱们能制造出跟地球一样大小、带巨型飞船引擎、有大气层和跟地球生物圈一样的星舰，在这宇宙中自由自在地生活吗？万一他是错的，那我们兄弟会的未来怎么办？"

韩丹说："这种事，谁知道？我只知道现在大家不管情不情愿，都只能走星舰路线，毕竟那颗星球已经被炸翻了，但我想，你一定有别的想法吧？"

叶卡捷琳娜抬头看着韩丹背后的枯树，说："记得我们还是学生时，老师经常把动物的进化画成一棵树，离树根越近的动物越低等，离树梢越近的动物越高等。当一个物种到了一个新的环境，分道扬镳地进化出不同的后代，树就会分杈，每一个分杈就是一种新的物种，而树的最高点就是我们人类。我一直在想啊，如果这棵树不是枯树，当我们人类进入了太空这个新环境后，树的最高点也应该会分杈吧？"

"你……有把握让树分杈吗？"韩丹已经隐约猜到了叶卡捷琳娜

即将要做的事。

叶卡捷琳娜拿出一个被生物组织包裹着的圆球，说："猜猜这是什么？"

韩丹的眼睛睁大了，她们同为教授仅有的两名活到今天的学生、同为顶尖的生物学家、同为最早的两名不死的学者，她们互相依靠、互相扶持，这世上没有人比她们更亲，韩丹太熟悉她的性格，知道她会做出怎样的事。

那是一颗放射性元素球体，被奇特的生物组织包裹着，那些生物组织含有类似叶绿素的细胞器，但工作的波段却不是可见光波段，而是更加富含能量的核辐射波段，它们会像植物的叶子一样吸收核辐射，转变成能量推动生物体的三羧酸循环，为人体提供维持生命所需能源，它是如此绵密，使得核辐射几乎无法透过生物组织，伤及其他器官。

"教我……教我做这样的东西。"韩丹的眼眶湿润了，连声音都在颤抖。

叶卡捷琳娜说："这当然，我会把我所有的知识都传输给你，但我也要带走你手上的地球生物基因库。还有，替我做一个手术。"

那是一个非常疯狂的手术。生命研究所的手术室里，韩丹亲自为叶卡捷琳娜主刀，强忍着泪水，植入叶卡捷琳娜体内的人造器官不止放射性元素球一个，还有一颗嵌入了地球生物基因库的人造器官。数不清的生物基因组像病毒一样以细胞质粒的形式存在于那颗器官的细胞质中，把细胞撑得肉眼可见。几根神经从人造器官中延伸出来，被韩丹小心地跟脊索神经连在一起，让她的大脑可以直接指挥这颗人造器官的活动，甚至就连皮肤也整体更换了一遍，密密麻麻的几丁质网覆盖在她的真皮组织下，整个人看起来虽然没什么异样，但皮肤之下已经面目全非。

韩丹知道，最担忧的日子正在慢慢到来。当韩丹发现她正在整理行装时，终于忍不住问她："姐姐，有多少人愿意跟你走？"

叶卡捷琳娜说："三千人，大家都是铁杆的定居派，就算行星被核弹炸得不再适合人类生存，我们也铁了心要到行星上去。"

一个军政府，其实就是一个军事强人撑起的世界，韩烈倒下了，它也不过只是个孱弱的空壳子。民众由于没有别的路可走而无奈地支持星舰建造计划，整个兄弟会连空气中都透着绝望，就像叶卡捷琳娜离开之后的生命研究所那样，只剩韩丹独撑大局。

韩烈已经倒下，就不会再有谁敢拂逆民意重提在星球上定居的事情，但也没多少人敢响应叶卡捷琳娜同样疯狂的定居计划。毕竟跟太空流浪相比，在自己身上动刀子，把自己改造成不依赖空气生存的怪物是更加骇人听闻的事情。叶卡捷琳娜带走了三千名跟她一样固执的极端定居派，落在被核弹摧毁得面目全非的大地上。飞船里，她给三千名支持者做了同样的手术，不再依赖空气和食物生存，这片被核冬天遮盖的世界是他们的新家园。

韩丹甚至没有勇气去送她，独自缩在实验室里垂泪，手里紧紧握着叶卡捷琳娜送给她的临别礼物——一块最高科学院的身份牌，上面刻着她的名字，伊莉雅·叶卡捷琳娜，还有一行用签字笔写下的临别赠言：我不成材的妹妹，你一定要撑起流放者兄弟会的科学巨柱。

三

光阴荏苒，一千年后，那颗定居的行星在超新星爆发中化为灰烬，然后又再过四千年，当年图纸上遥不可及的星舰建造计划已经化为漫天巨舰，游弋在茫茫星海中。巨大的戴森球体笼罩着这些行星级的巨舰，随着巨舰移动，阻隔了人造星体散发的光芒，让星舰联盟隐藏在黑暗的太空中，宛若幽灵般无声无息。当大家再一次发现适合人类定居的星球时，流放者兄弟会早已改组为星舰联盟，一艘艘宛若行星的星舰近距离地从行星边掠过，每一艘都拥有着跟地球类似的生物圈，区区一颗行星已经无法再入大家的法眼。

对任何一颗星球而言，摸清周边的环境都是很重要的事，对星舰联盟来说也不例外，庞大的舰队不停地游弋在星海中，摸清自己所能到达的每一颗陌生星球的情况，才能保障联盟的安全。

星舰联盟为了安全而扎紧了自己的篱笆，在一些外星文明中，来自星舰联盟的商品就成了紧俏货，走私和缉私就像猫抓老鼠般一直持续不断。

一支走私舰队被缉私警务船押送回星舰联盟，却发生了一件不怎么好的事情：走私船不敢走正规航线，它穿越了一条陌生的星际尘埃带，数十名走私者连同押解他们的警察都被不明病原体感染，被紧急送往"斯堪迪"星舰的医院救治。那些病原体传染性极强，短短两天时间，整个医院的工作人员都被感染，医院所在城市的居民被紧急疏散，所有的街道都被身穿防护服的士兵封锁，避免病原体扩散到别的城市去。

疫情的恶化出乎所有人的预料，最高执政官召集最优秀的传染病专家对病情进行研究，同时火速赶往发生疫情的城市，他知道进入疫区是非常危险的事，稍有不慎，他自己也会被感染，但他既然是最高执政官，那就必须站在最危险的地方，稳定整个星舰联盟的民心。

"情况怎样？"医院里，执政官隔着厚厚的玻璃墙，向一名非常优秀的传染病专家问道。

专家说："我见过很多外星病原体，由于生命形态的差异，很多外星病毒无法对地球人的身体产生危害，但这种病原体不是单一的病毒，而是多种特殊病毒和病菌的复合体，它们专门攻击人类的 DNA 链，并且非常精确地对特定基因进行改写，让人体发生某种特定的变异……"

那是非常可怕的变异，专家已经被感染了，执政官看着玻璃墙后他的皮肤已经长出数不清的褐色斑点，慢慢形成坚硬的骨质外壳，他的眼角膜也产生异化，形成类似昆虫复眼的结构，指甲变成坚硬的骨板，无意识地在玻璃墙上挠。他的症状还算轻微的，很多感染者已经在利用新获得的尖牙利爪破坏医院的墙壁，逼得防化兵紧急地给医院外墙安装了钢板。

执政官问专家："你现在感觉怎样？"

专家说："非常糟，我知道有些病毒会影响人类大脑，比如狂犬病毒，它会让人充满攻击性，疯狂撕咬自己的同胞，好让病毒进一步扩散到健康的人体中去，这种病毒有类似的作用，它让我感觉到非常饥渴，想吃一些根本不算是食物的东西……"

执政官看了一眼专家手上被啃了半截的金属物体，问："你吃的是什么？"

专家费了很大的意志力，才强忍住不去啃手上的东西，说："这是 DNA 测序仪，它含有一个放射源，现在已经被我吃掉了，这些病毒在改写我的大脑，让我们拼命去寻找各种含有放射性的物质，吃进肚子里去。病毒改变了我们的消化系统，让我们可以吸收这些剧毒的放射性物质，并在体内好几个新生成的器官中富集，整个医院所有带放射源的东西，CT 机、X 光机，甚至烟雾探测器，都被我们吃光了。我曾经试过去找治疗方法，但这些病毒跟人体的免疫系统、蛋白质编译系统、DNA 复制系统等几乎所有的人体系统都结合得非常紧密，好像专门针对人体而设计的，我无法消灭它们，我不知道接下来会发生什么事……"

执政官问："我们该怎么办？"

专家说："现在只有两个办法可以选择，在高强度的核爆炸当中，任何病毒都无法幸存，要么你核平这座城市，牺牲我们这些人和这座城市，确保病毒不会在星舰联盟中扩散；要么你去找最高科学院的超级科学家们，他们一定有办法救我们。"

留给大家处理这次灾难的时间并不多，执政官意识到这不会是普通的疫情，他匆匆离去，赶往星舰联盟与其他人商议对策。

"欧罗巴"星舰，沐浴在人造太阳的光芒之下的首都有着绿树成荫的城市森林保护区，从传染病专家们提交的报告来看，那些病毒是根据人类的生命形态特点，由某种未知的智慧生物设计的。

地球人的生命形态是星舰联盟的机密，谁都害怕外星人对地球人发动生物袭击。由于生命形态的不同，哪怕是外星盟友，也不一定见过登陆其星球的地球人坚硬的动力铠甲里面脆弱的血肉之躯，星舰联盟甚至会因为某个外星文明非法窃取地球人的真实资料而开战，哪怕那份资料只是地球人的一张照片。议员们得知这个消息时，以压倒性的票数要求政府出兵消灭那些危险的未知智慧生物，只有少数拒绝出兵并认为这是一场普通的瘟疫。

"你们疯了？我们连敌人什么样子都不知道！就要跟他们开战？"执政官大声反驳。

一名议员愤怒地说："不然还能怎样？他们都有预谋地设计针对人类的病毒了！"

星舰联盟上一次打败仗已经是两三千年前的事了，好了伤疤忘了疼，现在的它过于迷信自己的强大，往往会不假思索地动用武力。

执政官气馁地一屁股坐回椅子上，半晌才说："至少，我们得去征求一下最高科学院那些'老人'的意见。"

四

人类历史上似乎任何一个政府多少都有些不能公开的秘密，最高科学院就是星舰联盟的秘密，外人只知道它是一个科研部门，它的总部位于冰冷的"阿斯特瑞亚"星舰，巨大的建筑群矗立在永夜的冰山之巅，冰山之大，宛若一片小型大陆，这是星舰联盟唯一一艘没有人造太阳的星舰，荒凉的冰原、漆黑的夜空让人想起自然法则的冷酷无情。一座围绕着科学院而建的城市生活着数百万的人口，全都是为科学院服务的雇员，占地甚广的科学院位于城市中心，高耸的大门让人心生敬畏，在这座科学神殿面前，再高的官员也只是渺小的蝼蚁。这个时代的科学就像一种宗教，普通人无法读懂那些高深到宛若天书的科学理论，却又在先进科学撑起的星舰联盟的震撼下，又敬又畏地膜拜无所不能而又冰冷无情的科学。

执政官走进这座冰冷的神殿，被零下数十摄氏度的低温冻得瑟瑟发抖，在一名工作人员的带领下走过一个个大厅，来到一座存放着数不清的不死科学家的克隆体的大厅中。科学家们把总部选在这里并不是想给高官们一个下马威，而是因为这里足够冷，可以简化不少保存克隆体的制冷设备。没人清楚那些科学家钻研出来的超级科技先进到了怎样的地步，他只知道那些沉溺于科研的超级学者们已经钻研到了更高维度的宇宙空间中了，那里的一切物理定律都跟人们熟知的完全不同，他们的意识通过某种非常先进的科技被送了过去，身体无法带到那个世界去，就留在了这座科学院的休眠厅里。

这事情要向哪位科学家汇报，是很有讲究的，要是选错了科学家，不但因为专业不对口，问题得不到解决，往往还会被训斥一顿。在普通人眼中你是最高执政官，在这些超级科学家眼里你只是愚昧的猴子首领，星舰联盟的大事就跟猴群里的那些破事一样没啥好理会的。

执政官权衡再三，问工作人员："请问，韩丹教授现在方便打扰吗？"

韩丹无疑是最好的人选，她负责的是生命科学领域，专业对口，并且负责维护整个联盟生物圈的稳定运行，但她的"容易相处"也只是相对而言，她终究也是超级科学家的一员，也有对人类铁面无情的时候。

工作人员说："教授在另一个物理法则全然不同的宇宙研究负引力波生命体，不知道什么时候才有时间回应你的请求。"

执政官嘀咕着："负引力波生命体是啥东西……算了，反正我们这些智商有限的普通人永远弄不懂那些玩意儿，我还是找别人吧。"他又找了几位超级科学家，但无一例外都在忙各种他听不懂的科学研究。是啊，别人都是活了数百年上千年的长者，看腻了人世间的万般变幻，谁有时间理会凡尘俗世的琐事？

看见执政官气馁的样子，工作人员说："我们投票选你当执政官，是希望你作为星舰联盟的首领主持大局，他们是科学家，不是政治家，有些事情你得自己拿主意。"

政治家？执政官自嘲地苦笑。星舰联盟已经几百年没发生过大事，就算执政官是头猪都能有条不紊地运转下去，不像地球时代那样有数百个国家和民族天天在明争暗斗，能力不行的甚至活不到工业时代就会消失在历史的硝烟里。古人的卓越政治才能他是远远比不上的，所以今天，他只能自己拿主意了。

执政官回去时，走过科学院的一个庭院，一棵笼罩在百米高的温室中的大树让人只能仰望，他想起了那个流传已久的"树巅之权"的故事：在遥远的地球时代，人类是生物进化树上最顶尖的生物，但只要人类不亡，这棵高耸的大树就会继续生长，人类会为了适应更艰难的太空环境而缓慢进化，甚至是分化成两权、多权，走着不同的进化方向。然而这种事情现在已经不是可能了，它早已成为现实。星舰联盟的芸芸众生被留在了比较矮的那一权，至于比较高的那一权，正是他身后的那些拥有超级智慧的不死科学家们的所在。

为什么我们这种凡人不敢往更高的那一权去爬？在返回的飞船上，执政官一直在想这个问题。飞船舷窗外是穿流如织的飞船群，构成星舰联盟的繁华世界，更外围则是保卫家园的联盟舰队，那些巨大到近似月球的巨舰从未遇到过可以匹敌的对手，但这无敌只限于最高科学院为凡人撑起的巨大到触摸不到边的褪褓中。

当"欧罗巴"星舰的轮廓出现在肉眼可见的范围内时，执政官终于想明白了，普通人是难以忍受钻研科学的孤寂的。一个科研项目的研究时间有时候会长达百年甚至千年，除了那些以此为乐的学者们，谁能忍受得到成果、蓦然回首时，亲朋好友俱已作古，仅留自己孑然一身的孤苦？普通人都觉得只要有学者们忍受着苦心孤诣地钻研学术问题的永生孤寂，撑起星舰联盟的一片天，让大家在蓝天下及时行乐就好，奈何人性总是自私的，自私到把自己留在了进化树中比较低矮的枝上。

但这也是一个不能公开的秘密，人类的自大众所周知，自诩为万物之灵的地球人从来不愿被一个超越自己的超级智慧生物所统治。

最高科学院的真相原本并不是秘密，只是被伤及自尊的凡人一代代地刻意地选择遗忘，直至遗忘成为只有少数人知道的最高机密。

当执政官踏上大地时，看着满目的蓝天绿水，只觉得苍茫的太空远得好像幻觉，韩丹教授经历了无数次失败为大家打造的生物圈，成了人类自我麻醉的最好的美酒，让人觉得大地牢不可破地结实，天空亘古不变地蔚蓝。

这时，他终于拿定了主意——出兵！

五

"斯堪迪"星舰被隔离了，所有来往于"斯堪迪"和其他数百艘星舰之间的飞船全部停运，病毒在"斯堪迪"的城市失控般扩散，现在只剩下星舰大气层外黑暗的太空是病毒无法扩散的天堑。

第九舰队的将军临危受命，率领舰队前往发现不明生命活动的地点，那是五千年前祖先们发现的第一颗适合人类定居的行星所在地，但它已经因为四千年前的超新星爆发而被炸为灰烬，只剩下一颗明亮的中子星在飞速旋转，超新星爆炸时抛撒到太空去的物质围绕着中子星，形成一道广袤的尘埃带。

星舰联盟的领土横亘太空两个多光年，人类飞船的活动范围有它的上万倍之大，但绝大多数时候都是星舰联盟和外星文明之间的点对点交流。在熟悉的航线之外，特别是那些既远离航线，又远离恒星宜居带的广袤空间，实在是有太多被人类忽略，也无足够精力去研究监控的未知空间了，就好像人们对自己经常来往的两座城市很熟悉，但对两座城市之间高速公路之外的世界却往往非常陌生。

四千年了，那道广袤的尘埃带一直在缓慢向外扩散，如今已经成为一道横亘好几颗恒星的辽阔疆域，它距离星舰联盟并没有很远，可以说就位于星舰联盟的后院。由于它远离恒星的宜居带，千百年来，人们都先入为主地认为那里不可能有生命存在，正常的飞船航线也是绕开这条星际物质又多又杂乱的尘埃带，避免飞船被磕伤碰伤，后来空间跳跃型飞船逐渐普及了，大家干脆直接跳过这一片星区。

　　将军看着手头古老的星图，心想：真没想到星舰联盟竟然会忽略这片近在咫尺的尘埃带，人们总觉得它就像自家院子后面的小山坡一样熟悉，直接就把它给忽略过去了，却没想到竟然会隐藏着危险。

　　出兵的决定是草率的，草率到将军望着那些冰凉到没有任何特点的小行星群时，一时之间不知道该如何入手，毕竟大家都过惯了太平日子，太久没打仗，他虽然身为将军，却没有过半点战功，这时的他想起了童年时心中崇拜的军事天才郑维韩将军。那时他七岁，看着电视直播的地球战役，数不清的航天陆战队员坐在登陆舱里，流星雨般闯进地球故乡的大气层，那位年逾百岁的将军躺在病床上，睁大眼睛看着屏幕上蔚蓝的地球，咽下了最后一口气，胜利收复地球只是区区几个小时之后的事情，他却没能坚持到那一刻。

　　直到进入军事院校，读过无数古人的战争故事，他才知道郑维韩将军是和平年代的顶尖军事人才，但要是跟战争不断的地球时代那些久经沙场的将领们相比，郑将军也只有"普通"二字可以形容。

　　面对这些完全陌生的对手，我该从哪里入手？将军思考了很久，决定派出一队舰载机攻击一颗小行星先试探一下。

　　一队飞行员接到命令，飞奔到机库，登上舰载机，在地勤人员的指挥下慢慢移向发射口。航天母舰的机库位于这艘巨舰的无重力区域，它是一个巨大的空腔，里面停满了从拳头大小的无人机到数百米长的巡天驱逐舰等不能自行进行空间跳跃的中小型军舰。人们只不过是习惯性地把长度在五十米以下的攻击性军用飞船称为舰载机罢了，只要稍有不慎，大大小小的飞船就会互相碰撞到一起造成事故。

没有重力的世界无所谓上方下方，飞行员稳稳地控制着舰载机，把机头对准幽暗的舰载机发射口，慢慢启动引擎，舰载机轻轻震动一下，被深渊般的发射井的人造引力场牵引着，像电磁炮一样迅速加速，刹那间，舰载机已穿过发射井进入太空。每艘舰载机都带着十几艘无人机作为僚机，区区十几名飞行员就形成了上百艘舰载机的庞大机群，巨大的航天母舰只剩下飞行员身后那邮票大小的身影，小行星的轮廓慢慢出现在视野中。对这些训练有素的飞行员来说，攻击一颗小行星比打固定靶还简单，但他们还是如临大敌，一名飞行员报告了小行星表面普通得再寻常不过的情况，慎重地按下导弹发射按钮，舰载机的弹舱弹出一枚导弹，笔直地朝小行星飞去。

这枚装载着热核弹头的导弹如果在拥有大气层的行星表面爆炸，一定会腾起覆盖整个城市的蘑菇云，但在没有空气的太空中，它只是一闪而逝的刺目光球，直径五百多公里的小行星被炸成几块巨大的碎块，数不清的碎屑像炮弹一样四处乱飞，一些小碎块能达到高于音速一百多倍的速度，在没有空气阻力的太空中即使飞非常远也不会减速，碎片打在军舰上是常有的事，但飞行员只顾得上惊讶地看着那碎裂的小行星上暴露出来的地下城市。

飞行员好半晌才想起来要向上头汇报他发现的情况，说："3729

号机呼叫'刑天号'航天母舰，小行星内部竟然隐藏着一个地下城市，这里生存着不明种类的智慧生物，舰载机雷达检测到明显的热源，看来这些智慧生物在用自己建造的核反应堆代替太阳，提供生命所需的能源。"

马蜂窝被捅翻了，数不清的怪物蜂拥而至，它们体表覆盖着极厚的甲壳，像巨大的昆虫，像人类一样有四肢的分化，四肢又细又长，但手指、脚趾的末端异化为锋利的倒钩。它们还有非常大的膜状翅膀，翅膀根部有会发出高能粒子射线的奇特器官，在没有空气阻力的太空中能以极高的速度飞行，很快就冲破了舰载机组成的防线，落在航天母舰上，用锋利的牙齿和爪子撕咬飞船外壳。激光炮的扫射很快在母舰表面堆起小山般的尸体，但潮水般的冲击还是迅速撕碎了航天母舰上最薄弱的飞船发射井，怪物从缺口涌入母舰内部。

灾难发生了，英勇的航天陆战队员在狭小的航天母舰内部走廊开火，试图压制怪物，一道道防爆门被紧急降下，暂时阻挡怪物的进攻。航天母舰的舰载机仓库暴发了瘟疫，几乎所有地勤人员都在更换被小行星碎屑打坏的舰载机装甲时，被黏附在装甲上几乎没人注意到的病原体入侵了他们的神经系统。病原体像狂犬病毒一样疯狂复制，释放出来的激素让大脑发狂，逮谁咬谁，它还顺着通风设施穿过每一个船舱，整艘飞船都陷入了混乱。

瘟疫无可挽救地蔓延着，将军看到一名士兵跌跌撞撞地跑回来报信，他的皮肤长出了大量骨板似的赘生物。别的航天母舰注意到了"刑天号"航天母舰上发生的灾难，正准备派出医疗队，将军当机立断下令："所有的军舰立即退后！谁都不许靠近'刑天号'航天母舰！不要让瘟疫进一步扩散到别的军舰上去!"

下完命令后,将军跌坐在椅子里,他看见自己的手掌也开始变异,指甲慢慢骨质化,这些病毒对人体遗传密码的修改速度之快让人瞠目结舌,几乎到达了病毒复制的理论极限值,他唯一能做的就是把自己的遭遇汇报给联盟政府,由同样一筹莫展的最高执政官定夺。结束了简短的汇报之后,他翻阅着外星盟友们千百年来偶尔穿越这条偏僻的小行星带的航天记录,那少得可怜的航天记录显示,任何靠近这些小行星的外星人都很容易被不明病毒感染,痛苦地死去,但关于变异的记载却少之又少,外星人把这归咎于那颗被摧毁的行星残留下来的烈性病毒的作用。

不同的生物体,对同一种物质的反应大相径庭,人类喜欢喝酒、酸奶之类的发酵食品,食品中的酵母菌对人体没有任何危害,但对某些外星人来说却是穿肠毒药;一些特殊的低温碳氨基外星人连水都碰不得,对人类来说是生命之源的液态水凭着它极强的溶解力,可以轻易破坏他们的细胞结构,液态水就是能让他们尸骨无存的化尸水。

为什么这种病原体只是让人类发生可怕的变异而不致命?将军看着眼前变异的士兵,每一名士兵的变异情况都是相同的——皮肤骨质化、体内在相同的地方长出相同的奇特肿瘤、身体激素水平发生相同的转变,每一个人都饥渴地寻找重元素来满足病毒在大脑内释放出来的异食癖信号,甚至有士兵忍不住去偷窃裂变—聚变联动反应堆中生成的剧毒核废料,一点点地敲碎吞下肚。

剧毒?或许吧,变异后的身体不知为什么,竟然不再惧怕放射性元素的毒性，反而是非常饥渴地想把它作为食物吞下。

将军看着屏幕上宽广的小行星带，那些平静的小行星已经像破壳的鸡蛋般逐一裂开，幽深的岩石裂缝下有非常强烈的生命活动信号，只是平时被厚厚的岩层阻挡，无法发现罢了。

"将军！我们遭到不明生物攻击！"附近好几支母舰战斗群都发来了同样的信号。

他们已经无法再等最高科学院的学者归来了，将军当机立断，大声下达作战命令。

六

作战地图上，巨大的生物体从小行星中钻出，将军看着那些庞然大物，倒吸一口凉气，这哪里是人类认知中的生物啊？巨大的小行星早已被它在漫长的岁月中侵蚀一空，蛋壳般碎裂的空腔中满是生物质，那些像飞船和昆虫的杂交体拱破地壳，向舰队扑来。它们的体长都在一百米以上，大的甚至七八百米，一头巨型怪物就是一座寄生着无数人形怪物的城市，傻子都知道这么大的动物不可能是天然进化的结果，毕竟远离恒星的外太空很少有足够多的生物质来形成这么大的动物，而靠近恒星的行星通常又有很强的重力场，体积过大的动物很容易被它自身的重量压垮，根本不可能长这么大，用脚指头想都知道这必然是某种智慧生物制造出来的人造生物。

巨大的生物体内的人形怪物们凭着不依赖空气生存的特性，跃进太空，短兵相接地跟航母舰载机搏斗。舰载机上的武器虽多，但每一种武器都是为远距离作战而设计的，只要怪物爬到舰载机的外壳上，除了利用急速机动把他们甩下来之外，完全没有别的办法可施。更要命的是这些怪物能承受的加速度远强于人类，舰载机的急速机动还没甩开他们，飞机驾驶员就先受不了，过大的机动经常甩得驾驶员眼前发黑，嘴角渗出血丝，一身先进的武器却遇上这些怪物极度适应太空环境的主场优势，半点作用都发挥不出来。

一个错误的命令足以葬送强大的联盟舰队，看见舰队在尘埃带中被怪物们包围，每一艘军舰都无可避免地被病原体感染，将军瘫在指挥室里，觉得自己就像罗马帝国志大才疏的统帅瓦卢斯，带着强大的罗马军团草率闯进黑森林，却被森林中鬼魅般蜂拥而来的高卢原始人层层包围，葬送了罗马帝国七分之一的精锐，而他自己也身败名裂。

这并不是普通的小行星带！它是一个复杂如白蚁巢穴的太空世界！数不清的星际物质竟然每一颗都是活的生物，它们或是汲取星光进行光合作用，或是利用核衰变的热量提供能源，营造起自己独有的生命体系。跟星舰联盟制造各种高科技产物支撑起先进的世界不同，这种智慧生物选择了一条截然相反的科技路线：他们可以控制自己的变异，通过自身的不断进化来适应新的环境，巨大的思维洪流通过密集的生物型质子缠绕通信网在这个尘埃带中飞速流动，把整个尘埃带紧密联成一个横亘几个光年的复合型生物体。

这个庞大的生物体在太空中慢慢扩大，每隔几千年大概只能扩大一两个光年。人们一直以为附近恒星的光芒由于尘埃带的扩大而被遮挡，实际上却是被他们隐蔽而又谨慎地截流利用起来，他们如此谨慎地严守"黑暗森林"的法则，以至于那么长时间都没被人们发现过。

航天母舰内，舱段一个接一个地失守，将军面如死灰。他知道飞船内部的激战是联盟军队的弱点，没有了远程火力的援助，光凭血肉之躯的搏斗，孱弱的人类躯体连一头狼都对付不了。

"将军，我们监测到来自高维度宇宙的信号……"一名通信员只来得及说这句话，通信就中断了，将军心知这只怕是最高科学院的超级科学家回来了，赶紧指挥残存的航天陆战队员退守医务舱，无论如何不能让怪物们攻破。

航天母舰的士气非常低落，有些士兵已经变异得跟那些怪物没什么两样了，逐渐巨大化的身体再也穿不进作战服，他们把军服撕开，留下铭牌和军衔贴在身上，以便区分敌我。医务舱已经在交火中多次易手，一片狼藉，好几座培养罐都被怪物破坏了。

轰隆，医务舱的外墙被怪物从外面击穿一个洞，空气流失形成的大旋涡把几名士兵卷进太空，将军条件反射地想逃离这个致命的舱段，却发现气密门由于舱内施压被自动关闭，墙壁上的气压表读数迅速降低，那跳动的数字就像死神的脚步，步步逼近，最终掉进"0"刻度。

为什么我还活着？将军睁开已经异化为透明角质层的眼睛，他觉察不到自己的呼吸，但身体仍然充满活力，一定是体内的奇怪器官让他摆脱了对空气的依赖。他怔怔地看着破洞外漫天飞翔的怪物，只觉得他们跟人类一定有某种特殊的关系。

工程兵迅速赶来，手忙脚乱地堵上舱壁的破洞，重新给舱室补充空气。医务舱里仅剩的一个完好无损的培养罐突然在来自高维宇宙的信号指挥下运转起来，喷射出大量的碳、氮、氧、磷等原子，极为精准地拼接成核苷酸、串成长长的 DNA 链然后扭曲成复杂的双螺旋结构，被碳、氮、氢、氧等分子织成的固醇类物质和蛋白质膜包裹，飞快地组建成细胞结构，各种细胞分门别类，迅速组成骨骼、肌肉和各种器官，最后一个个细胞黏附在肌肉上，形成皮肤和头发，一个女孩就这样出现在培养罐中。

这必然是最高科学院的超级科学家，将军以前见过医务人员用它克隆士兵的器官和肢体，给伤残士兵做手术，但像这样凭空制造整个身体的却很少见。培养罐上的数据灯飞速闪烁，海量的数据正在写入女孩的大脑，这一定是哪位超级科学家的意识正通过高维度空间写入这副躯体，将军心想她一定就是执政官提到过的韩丹教授。

但韩丹教授不是那种对人体"原始结构的修改要慎之又慎"的普通医学专家，她敢于大胆地踩过生物自然进化过程中无法逾越的沟沟坎坎，人体神经纤维受限于细胞结构的神经冲动传输效率让她不满，她干脆抛弃神经轴突，用更先进的导线代替，外表上她跟普通人无异，但皮肤下的身体结构却大刀阔斧地进行了改造。

咣当一声，韩丹直接踹倒培养罐的门走了出来，看样子心情很差。将军也早有心理准备，毕竟星舰联盟在瘟疫的压力下放弃了一艘星舰，他这里也葬送了整个联盟七分之一的军事力量，任谁都无法交代，但没想到韩丹见了将军变异的模样之后，什么怒气都消了。

"这的确不是你们这些小娃娃能摆平的事。"韩丹对年过六旬的将军说。

在韩丹的要求下，军舰慢慢驶入变异者的世界深处，那些毫无特别之处的小行星在近距离内都检测到了非常繁忙的生命活动迹象。每一名变异者都是以适应太空的血肉之躯来活动的，虽然远不如星舰联盟般繁荣，却不依赖太空服和飞船，有些小行星表面已经长出了奇怪的生物组织，像黏性极强的触须一样俘获周围的星际物质和陨石碎片，慢慢地变成更大的星球，但想重新拼凑回超新星爆发前那颗行星的体积，仍然需要非常漫长的时间。

将军忐忑不安地问："教授，你看这些是……"

"他们是我姐姐伊莉雅·叶卡捷琳娜的后裔。"韩丹说，"几千年来，我们都以为他们随着超新星的爆发而灰飞烟灭了，没想到竟然都还顽强地活着。"

"他们是自己人？"将军打了个冷战，这世上，谁能背得起同室操戈的罪名？

韩丹说："这事不怪你们，连我们最高科学院都没想到他们还活着啊……"

尾声·变异者

在变异者的世界，伊莉雅·叶卡捷琳娜是一个让人肃然起敬的名字，哪怕她已经逝去数千年，但这种通过改变自己的遗传密码，让人体发生可控变异来适应新环境的做法却在她的时代成为变异者们的普遍生存模式。

当变异者的世界向星舰联盟打开大门时，人们才蓦然发觉竟然有如此之多的同胞以这种陌生的生命形态生存着。最早的定居者早已随着超新星爆炸而灰飞烟灭，即使是叶卡捷琳娜也无法在身体被烧为灰烬之后重生，但他们把自己的染色体组写入生命力细菌般顽强的低等动物体内，连同手中全部的科学知识都被编译成核苷酸代码，一起嵌入其中。整颗行星密密麻麻地埋满了这样的生命种子，哪怕行星被超新星爆炸摧毁，种子洒落太空，只要有百亿分之一的生命种子幸存，就能在合适的环境下复苏、重建文明，而那合适的环境比传统地球生物所需的环境宽松很多，只需要一点点的放射性物质提供生命所需的能量，甚至是少量的宇宙辐射都可以。

这些新一代的孩子不再依赖星球环境生存，但他们仍然需要一颗足够大的星球来搜集作为食物的放射性元素，建造工厂、重建文明。他们同样需要在恒星周围的宜居带生活，但他们的宜居带跟传统地球人所需的宜居带相比距离恒星更远、更冰冷黑暗、更隐蔽，遥远到几乎不适合任何生命存在。

星舰联盟的出现打断了变异者们在恒星周围建造适合他们生存行星的计划，他们几乎是拿着地球的图纸在设计一颗星球，梦想着能像祖先们那样生活在那种名为"阳光"的充沛恒星辐射的世界中，但联盟同样也为他们带来一步登天般重回祖先们生存环境的机会。

星舰联盟在小行星带建立了航天港，变异者们迟疑地看着早已陌生的同胞，不敢轻易接近，星舰联盟那头也同样如此，只有最勇敢的人才敢互相跨出那重新交往的第一步。

治疗变异的疫苗很快研发出来了，它不但能治愈被感染的人，也能让变异者重新变回人类的形态。有些地球人怜悯地看着变异者，试图把他们重新变回人类，得到的却是变异者的怒斥；而有些变异者也想着让地球人拥抱这种适合太空生存的新生命形态，得到的自然也是地球人的抗拒。谁都认为自己的生命形态是正确而又先进的，双方僵持不下。

这事情直到最高科学院站出来各打他们五十大板才算平息：反正药是做出来了，想当变异者还是当传统的地球人，你自己选，谁也别强迫谁，反正选了不满意再变回来就是了，犯不着大动干戈。

韩丹在"欧罗巴"星舰见到了变异者们派出的使团，他们很不适应各路记者的闪光灯，也不适应那早已陌生的类地行星重力环境，显得步履蹒跚。韩丹总是与媒体保持距离，坐在广场边缘的一棵大树上，远远地看着变异者向最高执政官伸出覆盖着骨甲的粗糙大手。这些天来，媒体不厌其烦的反复报道已经让所有的人都知道了五千年前的那些事，原本早已平息数千年的定居派和流浪派之争又起了小小的波澜，但只是池塘里的小涟漪，不再像韩烈时代那样是攸关生死的滔天巨浪。

永远不停地流浪？这颠沛流离的苦日子到什么时候才会结束？答案是建造起跟地球故乡环境相同的超级巨舰的时候。在那颗危险的行星上定居？它毁灭了怎么办？五千年后人们也知道了答案：想办法活下去，再造一颗星球作为家园。

这世上，没有哪一条路是绝对错误，而另一条路是绝对正确的，只要走得通，就都算是大体上正确，但很多事情的是非功过只能留给后人评价。

韩丹抬头看着高高的树冠，枝杈层层叠叠，如果只有光秃秃的一根树干，那是成不了参天大树的，这场阔别千年的重逢大概也是好事吧？她的手机也在这时来了短信，是最高科学院的同事们叫她返回高维宇宙，有一种挺奇怪的生物等着她研究。

韩丹离开了，抛弃了这副没法带去高维宇宙的肉体。她所走的终究也是一条跟变异者和传统人类都不同的路，那是生物进化树上另一个更高的分权。

那年的雪

一

星舰联盟，"冈瓦纳"星舰，万泉市，这是一座被雪山围绕的北国城市，位于冰冷的寒温带，但市区里纵横交错的河道却散发着腾腾热气。这座城市拥有丰富的地热资源，雾气缭绕的温泉在各个街头广场上喷涌着，尽管夏天短暂而冬天漫长，这里的人们却从来不曾感受过寒冬的冷。

顺着市里最大的河流往东前行，离开市区之后，就到了万泉市森林公园，一个年轻人在公园大门前下车，顺着山间小路走在皑皑的积雪中。小路一侧是潺潺流动的温泉小溪，小路尽头则是一栋非常古老的建筑物，外层是古旧厚重的金属墙壁，半埋在铁栅栏后的雪地中，这是星舰联盟草创时期的太空风格。

"真没想到万泉市这样的大城市边缘，还有这么原始的森林啊……"他自言自语地说着，走到监测站的大门前。

冰冷的铁栅栏门前镶嵌着一块金属铭牌："冈瓦纳"星舰 7 号地壳监测站，前身为星舰生物圈 7 号工人营地，始建于联盟纪元六十五年，本市一级文物古迹。

一个中年大叔给他开门，年轻人拿出工作证，证明他就是前几天才被录用的新人，从今天起就算是这个监测站的员工了。

走进后，年轻人发现这座监测站结实得令人发指，它就像一座密封的堡垒，墙壁竟然是用钛合金板和铅板交错铸成，厚度超过五米，内层还设有防核辐射隔热层，窗户的材质是强度非常高的板状钻石晶体。毫不夸张地说，这座监测站就算被核弹直接命中也能毫发无损。

这是五千年前星舰联盟草创时期的典型建筑，那时的星舰生物圈仍未建成，需要经常面对小行星的撞击，不结实可不行。

作为一座监测站，这座古建筑的面积显然太大了，它在地表上的建筑只是整个建筑物很小的一部分，大部分都埋在地下，不知建造之初就是这样，还是被五千年的岁月逐渐掩埋。

年轻人跟在中年人身后，走在复杂的建筑物里。这里有完善但古老的生活设施，能容纳几千人的通铺式大宿舍、停放工程机械的大型地下仓库、蜘蛛网般密布的钛合金供养管道、至今还在运作的老式核反应堆、深不见底的大气对流模拟风洞实验室……甚至还有一座联盟早期风格的餐厅，几个年轻靓丽的女服务生穿着星舰联盟早期的服饰，站在柜台后等待着顾客点餐。

"这里竟然会有年轻女生工作？"年轻人好奇地问中年人。

中年人走近服务台，一名女生很有礼貌地鞠躬问他要吃点什么，音调竟然是五千年前的古语发音。中年人对年轻人说:"怎么可能有人在不见天日的地方工作?这都是外形高度拟人的机器人,都是几千年历史的文物了。"

明晃晃的灯光下,餐厅的墙壁上贴满了古老的照片,照片上是这座监测站昔年的热闹景象,照片里的工人和学者们围坐桌边,痛快地喝着苦涩难咽的劣酒,吃着人工合成的食物,桌面上胡乱丢着他们的氧气面罩。

餐厅里的时光好像停留在那个古老的时代,恍惚间,年轻人似乎听到了那个时代的祖先们的对话:"阿雪,你见过真正的雪是什么样子吗?"

二

"阿雪,你见过真正的雪是什么样子吗?"乌烟瘴气的餐厅里,矮胖的老赵醉醺醺地问柜台后的女生。

"没见过。"那个叫作阿雪的女孩从柜台后站起来,拿着扳手的手背随意擦了擦脸上的油污,微笑着回答说。

"连我们的小雪都没见过真正的雪,这问题看起来有点儿严重啊!"高瘦的老高看着杯中黄浊的酒,纳闷地说。

老赵用力拍着老高的肩膀说:"老高,别烦恼,咱们总有一天会看到真正的雪是什么样子!就算我们不能亲眼看到,我们的子孙也能看到的！"他的力气很大，差点儿把老高拍坐进桌子底下。

"修好啦！"阿雪把手中的扳手一扔，给一个机器人套上漂亮的衣服，那个机器人顿时变成了漂亮的女孩模样，面对酒客说："您好！请问要喝点什么？"

"来两份烤牛排。"打扮得整整齐齐的小周站在机器人女孩面前说。

机器人女孩后面的自动烹饪机发出一阵轰鸣声，它将黏糊的人工合成食物加热烤干，撒上据说是牛肉味的合成香料，再裁切成肉块模样，浇上人工合成的醋酸糖浆混合物，装饰上压成柠檬形状的人造淀粉制品，女孩转身把两份新鲜出炉的"牛排"捧到小周面前说："您要的两份牛排好了！请慢用。"

小周彬彬有礼地邀请小雪入座用餐，他随身携带的小型扳手擦拭得铮亮，作为装饰物插在胸口的口袋里，以此彰显他不凡的身份：星舰建造局的一名工人，在这个时代，这意味着衣食无忧的铁饭碗。他自我介绍说："你好，我叫周雪松，大家都叫我小周，我们名字中都有一个雪字，真是缘分啊！"

这种危险的工地中，女生比珍稀动物还要少，就连凶巴巴的食堂大妈都会成为万人迷般的偶像，更何况阿雪本身就长得不错，更是成为整个工地众星拱月的目标，她只是微微一笑，就已经让小周神魂颠倒。

老高小声对老赵说："你的好徒弟小周好像恋爱了，说是单相思可能更贴切。"

老赵说："年轻人嘛！谁年轻时不是这样？"说话时，他掏出口袋里的照片，深情地看了一眼，那是他和老婆孩子的合影，他孤身一人来到"冈瓦纳"星舰工作，老婆孩子都留在更安全的太空城，已经有两年没见面了。

老高说："阿雪虽然漂亮，但所有爱过她的人，最后都难逃一死。"

老赵说："你这笑话真冷。"他一口喝干杯里的酒，扯起喉咙说："小周，该上工了！咱们走！"根本不给他留下来跟阿雪用餐的时间。

小周为难地看了一眼老赵，又看了一眼阿雪，反而是没看桌子上的牛排。餐厅突然一阵颤抖，地震了！小周扑向阿雪，大声说："小心……"

阿雪飘然避开，于是小周抱住了她坐过的椅子。阿雪说："少来占便宜！这里每周都地震个十次八次的，早该习惯了！"

老高说："他前天才到这里工作，第一次经历地震嘛！"

小周抄起氧气面罩，背起氧气筒，逃到气门闸，穿好全密闭式防护服，紧跟着老赵，用逃之夭夭的行为来掩饰自己的尴尬。

营地之外是深不见底的大地裂缝，深渊底部翻滚着炽热的岩浆，一座陡峭的山壁跟营地隔着深渊对望，小周记得昨天这里还是一片焦黑的平原，今天却变成了高山峻谷，剧烈的震动从脚下不停传来，对面的山壁还在伴随着震动迅速上升着。

裂缝中喷涌的岩浆像喷泉般抛向空中，腾起数十米高的光柱，又化为滚烫焦黑的石头暴雨般劈头盖脸地砸下，流火的岩浆是天地间唯一的亮光，这里是永恒的黑暗。在火山喷发下的漫天亮光中，小周抬头，只看见浓云密布的天空中充斥着厚实的火山灰，而密闭式面罩中的视网膜数据显示仪呈现的数字告诉他，现在的气温是二百五十摄氏度，地面温度是三百一十八摄氏度。

小周知道，如果不是防护服里效率极高的降温系统，那他现在就是被烤焦的小周……不，也许在被烤焦之前，充斥着剧毒硫化物的空气就会先夺去他的生命……不、不，也许在被毒死之前，他会先被七十个大气压力的空气压扁。

天崩地裂的响声伴随着脚下的空虚感传来，小周脚下的岩石突然坍塌，他随着小山般的碎块往下坠。喷涌的岩浆舔舐着岩石，小周突然感觉到自己的手被拉住了，抬头只看见老赵死死地抓住他的手，大声喊："快打开反重力悬浮装置！不然你是会掉进岩浆中的！"

小周手忙脚乱地打开防护服上的反重力装置，慢慢飘浮在空中，老赵警告道："这世界，天会塌地会陷，你永远不要相信自己脚下的那片陆地，就算飞在空中也要小心四处乱飞的火山灰和强烈的空气对流形成的龙卷风，你猜这世界的地壳厚度有多薄？"

"五千米？"小周问他。

老赵说："平均只有三百米厚，去年这个时候，'冈瓦纳'星舰还是连地壳都没有的岩浆海洋。"

小周问："按照行星的形成规律，从岩浆海洋冷却成拥有原始陆地的行星，怎么说也得好几千万年吧？"

老赵反问他："你觉得我们能等上几千万年，等它慢慢凝结成陆地吗？"

小周摇头说："当然不能。"

老赵说："所以我们的科学家要采取一些非常规的方法让星球冷却。"

小周问："什么方法？"

老赵说："把刚刚形成的地壳炸毁，让大地深处的高温和大气层顶端外太空的低温形成强烈的对流，带走大地的热量，这就是我们要做的工作。"

但老赵和小周都忽略了一件事：地球故乡是由太阳为它源源不绝地提供光和热的，但星舰并没有围绕着太阳那样的恒星旋转，在没有恒星为它提供光和热的情况下，它冷却起来会比地球故乡快得多。

老赵带着小周来到一座刚刚形成的高山山顶上，眺望着远处的岩浆大湖，一个巨大的金属结构正在组装，小周问："那是什么？"

老赵得意地说："十亿吨当量的核弹头！比地球时代的祖先们引爆过的最大的核弹还要大二十倍！这样的东西我们埋了两百多颗！要在星舰的不同地方轮流引爆！"

小周傻眼了：科学家们疯起来时简直不是人！

三

小周的工作是组装核弹，跟他一起在高温高压的现场工作的工友们有五百多名。这工作让他心惊肉跳，负责组装这枚核弹的工程师拍着胸膛保证说："这是没有核辐射残留的特殊氢弹，不管爆多少颗，都不会对未来的环境造成核污染！核弹的氢元素将在爆炸中聚合氢、氦、锂、铍、硼等更重的元素！这包括宝贵的氧元素！它将在未来形成大量的水！宝贵的水！供我们的后世子孙使用的水！"

有工人小声嘀咕："能有后世子孙的前提是：我得先活下来熬到

结婚生子。"

"要是我不小心接错一根线呢？"小周不知死活地问工程师。

老赵接过话茬怒吼："那我们全都得集体去见上帝！不要忘记我们有过很多血淋淋……不！灰飞烟灭的教训！"

经过好几天的忙碌，这枚比一栋大楼还大的核弹头终于组装好了，工人们看着它慢慢沉入翻滚的岩浆中。它会一直沉到地幔，然后爆炸，会把整个地壳都掀飞到太空去，再碎成无数流星重返地面。老赵说："小伙子！干得不错！我们赶紧回到工人营地去！"

小周习惯性地擦了一把冷汗，当然隔着氧气面罩他什么都擦不到，夹在工友们的队伍中间，逃命般回到工人营地。当厚重的防辐射大门轰然关闭时，小周居然从防护服里倒出了好几斤的冷汗，整个人因为脱水而瘦了一圈。老赵说："小伙子，我们刚开始做这一行时，都像你这么紧张。"

小周问："后来呢？"

老赵说："后来就习惯了。"

工地的每一个角落都镶嵌着傻大黑粗的机械式计时器，无一例外地指着显示着同一个倒计时：核弹将在三天二十一小时五十八分七秒后爆炸，小周回来的第一件事就是赶到餐厅问女服务员："你们谁看到阿雪了？"

女服务员微笑着问："您好，请问来点儿什么饮料？"

小周这才想起这里的服务员都是机器人，一名五大三粗的后勤大妈鄙夷地说："她送老高回房间了，老高今天喝酒喝得老高。"

小周奔走在营地不见天日的金属走廊里，逢人就问老高住在哪里，终于来到那座巨大的空气对流模拟风洞面前。老高是学者，他不会跟普通工人睡大通铺，风洞实验室附近的二十平方米豪华单人房是他独享的私人空间。小周闯了进去，只看见老高盖着薄薄的毯子打着呼噜，毯子旁边好像蜷缩着一个女人，他一把掀开被子，一个满脸斑点的瘦小女人大声尖叫，抄起手边能够得着的杂物把他轰了出去。

小周庆幸地想：还好不是阿雪。

"老高这人是个浪子，你不知道吗？"阿雪的声音从风洞实验室门边传来，她坐在一台仪器上，手里看着一份复杂的报表。

全工地的人都知道老高是个浪子，只有初来乍到的小周不知道，工地里十个女人就有九个跟他有那种关系，无论美丑。

阿雪说："但是你也别太在意，哪个学者愿意被发配到这种危险的地方来。他及时行乐也是情理中事，说不准哪天一场事故，他就死了。"

接下来的好几天，小周变着法子找理由靠近风洞实验室。这个实验室并没有"闲人免进"的规矩，反正谁都不喜欢观看在巨大的风洞中发疯般横冲直撞的各种岩石和冰晶，生怕它们突然撞破金属壁，让旁观者血溅五步。因为阿雪一直留在这里观察实验，所以被单相思烧昏了脑袋的小周才冒险跑过来看她。

"这是核弹引爆后，地壳破碎形成的空气对流带走的热量吗？"老高指着一个很大的数字问阿雪。

阿雪点头说："这威力算小了，以前我们在下地幔的形成过程中引爆核弹时，威力比这还要大好几个数量级，下地幔的压力有多大你还记得吧？威力小了，爆炸形成的斥力小于下地幔的压力，无法形成空泡；威力大了，整个星舰就会被炸碎成好几块，所有的努力都付诸东流。"

老高心有余悸地说："你们引爆下地幔时，是我小时候的事情了。那时我们在太空城中，隔着滤掉了绝大部分高能辐射的舷窗，都能看见那巨大的空泡把整个世界都翻了个底朝天，人造星球的深层比太阳还炽热，远在几百万公里的太空城中都能感受到那明亮的高温辐射带来的热浪，太空城平时很冷，但那几年热得就跟蒸笼似的。"

阿雪说："那时发生了意外，死了很多人。"

他们看着风洞中的实验数据聊天，过了很久才注意到小周出现在身边，小周终于鼓起勇气问："这风洞模拟的是什么东西？"

阿雪说："模拟地幔被掀飞之后，从岩浆层到大气层顶端的空气剧烈对流，计算每次爆炸能带走多少热量。"

小周问："我们到底要把这世界炸翻多少次？"

阿雪说："几十万次吧？要炸到星球表面足够冷，形成类似地球故乡的风霜雨雪。"

老高说："要是哪天你看见天上飘下雪花，就意味着我们成功了。"

四

时间过得飞快，爆炸的时间很快就要到了，整个工人营地都亮起闪烁的红灯，每个人都按照操作流程把自己固定在营地的各个缓冲平台上，等待着大地深处的核弹爆炸，小周的固定点位于酒吧门外的一处庇护站，正对着厚实的防核辐射舷窗。老赵告诫他说："闭上眼睛，千万不要睁开！爆炸时的闪光会把人的眼睛刺瞎！"

小周戴上防护镜，眼前顿时一片漆黑，他还紧紧闭上眼睛，只感受到整个营地中除了刺耳的警报声，剩下的就只有死一般的寂静。

大地震动了，核弹沉入岩浆深层，在地幔中炸开，厚厚的地幔起到了一定的缓冲效果，地壳龟裂，裸露出的岩浆海洋像糖浆般黏稠，大量的岩浆带着滚烫的火成岩，冲开大气层抛向太空。这座工人营地也被撕下，抛向空中，它是一个双层球体结构，外层球体在空中疯狂翻滚，内层球体没有跟随外层转动，但这剧烈的冲击还是让小周觉得五脏六腑都要被挤碎了。

防护镜在巨大的震动中脱落，短短几分钟后，失重的感觉传来，小周慌张地睁开眼睛，只见舷窗外是满天繁星，大山般的地壳碎片从眼前掠过，营地在乱转，舷窗时而面对太空，时而面对浓云翻滚的星舰，浓云被爆炸的冲击波推开，只见明亮的大地上，岩浆海洋被炸成一个巨坑，冲击波推着岩浆正往外四溅。

营地离爆炸点越来越远，它在往太空深处飘，小周惊慌失措地大叫："我们不会就这样被抛到宇宙深处去吧？"

老赵说："爆炸的威力是科学家们仔细计算过的，我们会暂时变成星舰的卫星，然后以螺旋状轨迹落入星舰的另外一个地点。"

小周问："要是科学家们算不准呢？"

老赵说："那就只能指望咱们星舰联盟的救援力量靠谱点儿，否则我们就死定了。"

短短几个小时的"卫星"生涯，让小周觉得好像几个世纪般漫长。星舰浓烟滚滚的大气层再次扑面而来，营地冲进伸手不见五指的黑暗中，当面前出现亮光时，小周看见的是炽热发亮的岩浆海洋中间夹杂着的焦黑的岩石小岛，等到离地面近了才发现那是数千米高的大山，营地撞在一座大山上，山被撞出缺口，营地又翻滚着一路碰撞，舷窗外突然出现一阵灼热的红光，这时营地整个沉入了岩浆中。

警报解除，舷窗外仍然是岩浆的红热，但人们能感觉到脚底在慢慢上升，营地的密度远小于岩浆，就好像皮球的密度小于黏稠的糖浆，它总是会慢慢浮到岩浆表面的。

当固定器打开时，小周像一段木头般栽倒在地上，口吐白沫，裤裆湿了一大片，臊臭难闻。老赵说："毕竟是年轻人啊，吓晕过去了。"

"而且还吓尿了。"旁边的一名工人捂着鼻子说。

"这次爆炸所有的指标都符合预期，让我们开怀痛饮，庆祝成功！"餐厅里，老高严肃地向大家宣布。

脚底仍有震动传来，不知道是远处的其他营地正在引爆核弹，还是活跃的地壳运动带来的地震，对很多工作了多年的老工人来说，这种震动早已习惯。阿雪把餐厅里的音响开到最大音量，跳到桌子上声嘶力竭地大喊："美酒喝起来！大家嗨起来！"

工人们如痴如醉地狂欢，看得小周傻眼了，他不敢相信仙女般的阿雪竟然也可以这么疯。这里的酒说是美酒，其实也只是过期的人工合成食物酿造蒸馏成的劣质酒精饮料，这里的人工合成食品也同样是由无机物合成的糖类、蛋白质和脂类共同构成的黏糊状混合物，经过简单的炙烤，掺入各种味道的合成香料以冒充地球时代的各种菜肴。但至少它是敞开供应的，大家可以放开肚皮来吃，不像太空城那边按人头定额分配，这也算是艰苦的工人营地中可以享受到的特权了。

老高补充说："大家吃好喝好！下个星期，太空工厂那边送来新的核弹部件之后，我们就又要开工了！"

咣当！一个薄铁皮酒瓶砸在老高脑袋上，喝得满脸通红的老赵大骂："这还用你提醒？谁不知道下个星期开工？大家喝得高兴时你提这扫兴的事干吗？"

狂欢过后的餐厅一片狼藉，除了睡得七歪八倒、呼噜声响成一片的工人们外，醒着的就只剩下小杯酌饮的阿雪和不喝酒的小周。小周问："我们为什么非得用核弹炸地幔？没有更好的方法吗？"

阿雪说："当然有，未来的科学家们一定会想出更好的方法。"

小周送阿雪返回住处。在这座工人营地中，住处是按级别高低划分的，驻工地的几名科学家拥有更好的住处。小周发现了两个秘密：一是阿雪酒量非常好，二是阿雪的级别比老高还高。

小周问："你……是最高科学院派来的科学家？"

"嗯。"阿雪模棱两可地回答。

小周问："听说最高科学院最优秀的科学家是被剥夺死亡的权利的，你距离那种科学家还有多远的距离？"这艰难的年代，不是每个人都喜欢永远活着受罪。阿雪看起来年龄并不大，不像那些白发苍苍的科学家，这意味着她很可能就是传说中那种被赋予了不死生命的顶尖学者。

阿雪说："别问这种蠢问题。"

她走进房间，关上门，小周只觉得这薄薄的门好像一道鸿沟，比频繁的地震撕开的最大的大地裂口还要宽，隔开了他与她的距离，萌生的爱意在他尚未开口表白的时候，就这样无声无息地终结了。

五

按照星舰联盟的规矩，凡是在"冈瓦纳"星舰的工地上工作满十年的人，都可以在太空城中分到一套不错的房子，或者是到已经竣工的"欧罗巴"或"亚细亚"星舰上定居。

转眼间，十年期满，老高早已离开，老赵也已经在两天前的一次狂欢中突发脑溢血过世，他已经在这里工作了四十年。

"你知道吗？老赵有很多次机会调离冈瓦纳，但他每次都拒绝了。"在老赵简单的葬礼上，阿雪对小周说。

小周问："为什么他不离开？"

阿雪说："他不放心你们这些年轻人，想多带出一些优秀的工人来，毕竟在高温高压的星舰工地上组装核弹，难度非常大，稍有不慎就是惨烈的大爆炸。"

小周问："那你为什么也留下来？"

阿雪说："我爱留就留，爱走就走，从这艘星舰开工的那天开始，就有很多人跟我说过，等到星舰下雪的那天，别忘了在他们墓前敬一杯美酒，所以我在这里等下雪。"

小周说："但是谁都没见过下雪啊！就算是已经建好的'亚细亚'星舰，它拥有最美的生物圈，常年气温也在零摄氏度以上，也不会下雪。"

阿雪说："小周你知道吗？地球故乡在生物圈崩溃之前，是会下雪的，我们的星舰以地球为蓝本建造，我们的技术暂时还无法完全模拟地球的季节变换，但我们力求每建造一艘星舰，都能有新的技术突破，逐渐接近地球上的环境，我希望'冈瓦纳'星舰是第一艘会下雪的星舰。"

但是，雪是什么样子呢？没人见过。

直至老赵的遗体覆盖着他往日工作时穿的密闭式防护服，胸前放着氧气面罩，被送入沉重的铅棺材，慢慢送入岩浆湖泊时，小周仍然在想这个问题。

这里的每一名工人，只要没有遗言特别嘱咐，死后都会被送入岩浆湖泊中，被岩浆熔化，与大地融为一体，透着岩浆红光的焦黑的大地就是他们的坟墓。

"生时建造星舰，死后与星舰同在，真是个不错的归宿。"小周喃喃地说。

这种用巨大的爆炸掀飞地壳来逼迫人造星球迅速冷却的方法仍在使用着，但随着大地的冷却，地壳逐渐变厚，这种方法的副作用越来越大，效果却越来越小。

时间又过了二十年，小周变成了两鬓斑白的老周，阿雪却仍然是阿雪。

阿雪不老，老周也不再像年轻时那样问她是不是不死的科学家了。老周像当年的老赵那样带着年轻的工人组装核弹，但日渐结实的大地需要经过连续数次核爆炸，才能炸开一个缺口，把核弹沉到地幔中去。

营地经历了最后一次大爆炸。它最后一次被抛向太空，又最后一次落下，在大地上撞出几千米长的撞击槽，停在靠近星舰的寒温带地区，准确来说，是未来几百年后，后人建造起美丽的生物圈后，将被划分为寒温带的地区。

舷窗外的世界，山峦林立，一些高山如刀刃般矗立，这是无数次爆炸抛向空中的地壳碎片插入大地形成的尖山；有些高山绵延不绝几千里，那是剧烈的地壳运动互相挤压形成的折叠。

大地终于下降到一百摄氏度的"低温"，但仍是伸手不见五指的世界，这毕竟不是地球故乡，而是没有阳光照耀的太空流浪世界。实验室里，阿雪仍然在认真地观看风洞的实验数据，她在带新的学者，就像当年她带老高。

"冈瓦纳"星舰的地震仍然很频繁，毕竟岩层和岩浆都是散热不良的物体，积攒的热量会在大地深处爆发，引发大大小小的地震。

别说是形成时间只有短短数十年的星舰，就算是历经几十亿年演化的地球故乡，地壳之下也是滚烫的岩浆。

老周茫然地看阿雪指导学者观察数据，他听说下一步要换新的方法给星舰散热了。

阿雪问："你从十八岁到这里工作以来，三十年间回太空城的时间加起来不够一年吧？这还包括你结婚生子的时间。"

老周说："我想看看有生之年，能不能看到'冈瓦纳'星舰下雪。"

阿雪说："如果你不想走，那就留下来指导年轻人组装巨型钻井机吧，那是下一个阶段的散热工具。"

老周说:"但我只会组装核弹。"

阿雪说:"把你胆大心细的作风教给年轻人,组装巨型钻井机也需要心细如发的。对了,待会儿,我有个年轻的学生要过来,你也见见他吧。"

老周说:"不必了,每次见到年轻人,我总觉得我是快要死在沙滩上的前浪。"老周说着,推门走出去,现在他起了回太空城的念头,想见见多年不见的老婆孩子。

一个年轻人向他走来,大声说了声:"爸,你这是要去哪儿?"

老周抬起眼睛,看到了往常只在照片上看到的儿子。

六

老周不走了,他留在了"冈瓦纳"星舰。7号工人营地的南面开始建造巨大的钻井机,那是顶天立地的大东西。伴随着轰隆隆的巨响,巨大的钻头沉入大地,挖掘出炽热的火成岩,挖穿薄薄的地壳后直达岩浆,大量的水从钻孔灌入地下,变成高压蒸汽后又从周围预留的孔洞冒出。

大地仍是地震不断,孔洞被安装上管道,把高压蒸汽导入蒸汽轮机用于发电,充沛的电力又被转换为光能,形成一道道光柱投射到天空永不散去的浓云上,天地之间出现了明亮的光芒。地下的岩浆有多热,天空就有多亮,冈瓦纳的大地上终于迎来了晨曦般的光明。

老周退休了,他每天都穿着防护服,戴着氧气面罩,坐在钻井边看着儿子指挥工人建造各种设施。在年轻的工人们眼中,只要年迈的老周坐在这里，一座刻画着老一辈工人自强不息的精神的石碑就矗立在这里。

星舰的表面温度和气压都在同步下降，当温度降到一百摄氏度以下时，是一个非常危险的关口，大气层中大量的水蒸气会凝结成水，从空中倾盆而下，那就是古书中记载的，被地球故乡的祖先们称为"雨"的东西。

暴雨永不停歇，冲过高山、填满低谷，贪婪地吞噬着大地表面的热量，形成沸腾的高温海洋和湖泊，带着大量的热重返大气层。岩浆海洋已经在雨水的剧烈冲刷下不复存在，强烈的对流掀起的狂风摧毁了一座座陡峭的尖山，人只要被洪水卷进去，就必死无疑。

这种雨是硫酸雨，也许要过很多年后，水中的硫化物才会被析出沉淀，慢慢转变成普通的海洋和湖泊，但最高科学院的优秀科学家们是不会等待几千万年看它慢吞吞地发生这种反应的，到时候肯定会采取某种老周不知道的方法让它迅速完成这种转变。

真不知道那些科学狂人又会搞出怎样的方案来。

星舰亮了，整个"冈瓦纳"星舰布满了密密麻麻的巨型钻井，像个一望无际的巨型工地，它们汲取的热量让大地迅速冷却，利用充沛的热能发电照亮了整个星舰的大地和海洋。老周听儿子说，这个过程将持续一千多年，人们将大肆汲取地热，直至地表温度下降到适合人类生存。

老周遗憾地对儿子说："这么说来，不光是我这样的老人，就算是你这样的年轻人，也是活不到看见星舰下雪的那天了。"

在老周六十五岁那年，7 号工程营地的北面建起了一眼看不到尽头的防震基座，一根根巨大的减震柱牢牢地钉在大地上，巨柱之间是奔腾的沸水洪流，一片片厚重的金属板铺设在减震柱上，金属板上又铺设一层复杂的减震层，然后才是建筑物的金属地基。一座座用钛合金梁柱板材组成的大楼在基座上拔地而起，酸雨冲刷着巨大的钛合金工地，工人们穿着防护服、戴着氧气面罩，冒着酸雨的冲刷，在雷鸣电闪中焊接大楼的金属构件。

　　钛并不稀有，长期以来只是因为提炼太困难而被视为稀有金属，当星舰建造工作进行到这一步后，就步入了一个可以肆意挥霍能源的时代。如今人们不愁冶炼钛合金所需的巨量电能不足，只愁怎样把这过于充沛的地热产生的电能消耗掉，各种工厂夜以继日地利用这些丰富的能源，冶炼各种金属、建造各种巨型设施。

　　这片工地过于密集的钻孔导致薄薄的地壳版块在这里形成应力集中区域，在最近的一次大地震中，这片地壳被震裂，形成一道横贯城市地下、穿过整个大陆的断裂带。

　　那年，老周的儿子跪在阿雪面前，泣不成声："老师，我算错了地壳的硬度，造成了这条断裂带，它将成为未来数百万年内的地震高发区，我没法对后世子孙交代……"

　　阿雪说："这根本就不算个事儿，我们改变一下方案：7 号工人营地的钻孔永久保留，沿着断裂带建造上万个辅助钻孔，用来导出地下的高热，避免热量积蓄形成大地震。7 号工人营地附近新建的城市不可拆除减震结构，只要应力缓慢消减，把大地震分解成无数个四级以下的小地震，就不会造成大的破坏。7 号工人营地永久保留，作为观测地壳应力的永久监测站使用。"

工人们沿着地震带钻了上万个辅助钻孔。在刚刚完成钻探的那个年代，钻孔里喷涌的是灼热的岩浆，它在滂沱大雨中急速冷却，又被新的岩浆冲开，沿着断裂带形成一道蔓延上千公里的黑色沙滩，后来随着地壳板块的互相挤压，这道断裂带化为山脉，山脉之间则形成下切的深谷，谷中形成河流，滚烫的岩浆从河床下的钻孔流出，被河水冷却形成的黑色沙砾顺着河流流动，在入海口形成广袤的黑色沙洲，那就是后来"冈瓦纳"星舰上有名的旅游景点——黑石洲。

老周八十岁了，儿子也已经接近退休的年龄，7号营地附近新建的城市被称为万泉市，生物学家们已经在刚刚形成的海洋中投放了耐酸性和高温的单细胞藻类，听说是利用祖先们离开地球之前发现的六十亿年前的远古藻类DNA复制的。

那时的地球故乡，大概也是跟现在的"冈瓦纳"星舰差不多的环境吧？"冈瓦纳"的大气温度继续下降，而氧气含量从零开始慢慢上升，但距离改造成适合人类呼吸的空气，还有很长的路要走。

那年，老周躺在万泉市医院的病房中，窗外的滂沱大雨夹着雷鸣电闪，从来不曾停歇过，室外气温四十二摄氏度，室内仗着有空调，还算是人能活的环境。天气预报说，一百多年后，"冈瓦纳"星舰将迎来第一个晴天。

"下雪……了吗？"老周有气无力地问环绕在床边的儿孙们，他的眼睛已经看不见东西了。

最小的孙子捧着一大盆冰水混合物闯进来，大声说："下雪了！下雪了！我在外面捡到的！"

老周颤抖地伸出手，触摸着盆中冰冷的液体，欣慰地闭上眼睛。床边的屏幕上，他的脑电波慢慢拉成一道直线。

病房外，阿雪静静地站在门边，她不知道送别过多少好友了，老周的逝世并没有给她的内心带来太大的波澜。

一名医生问阿雪："阿史那教授，这种天气怎么会下雪呢？"

阿雪说："那是冰雹，既然大家都没见过雪，就把它当成是雪吧。"

七

"冈瓦纳"星舰并不是第一艘下雪的星舰，在生物圈建造工作上，它终究是落后于更早动工的"亚细亚"星舰了。它的第一场雪发生在老周过世一百多年后——那飘飘荡荡的雪花落在焦黑的大地上，融化成水，汇入河流，并没有形成人们想象中那皑皑世界。

然后又过了几百年，当大地表面的余热散尽，这世界才能形成薄薄的积雪。那时的生物圈建造工作已经效果初显，新生的森林和草原被积雪覆盖，白茫茫的一片。

然后光阴荏苒，古老的地热光源站被淘汰，更先进的卫星轨道人造太阳取代了它，星舰上才真正地实现四季交替。

年轻人就这样留在观测站里工作了，每天都看着屏幕上显示的地壳断裂带压力指数，当地壳深处的压力大于一定的阈值时，万泉市各个广场的温泉湖中就会喷起高高的温泉水柱，热气腾腾。如果压力超过阈值还没出现喷泉，那就得赶紧通知工程队疏浚几千年前的工人们开凿的深层钻井，让地壳下的压力及时释放出来。

这是一件很乏味的工作，就算没人看守，超过阈值之后，控制系统也会自动报警的，年轻人不明白这个工作的意义在哪儿，也许单纯是为了多创造几个就业岗位吧？他决定到外面透透气。

监测站的后山上有一片古老的墓园，它早已灌木丛生，斑驳的墓碑上刻着当年 7 号营地的工人们的名字，天空飘着稀疏的雪花，给墓碑戴上了白色的帽子。

今天人们过的平凡生活，正是葬在这里的人为之奋斗却无缘得见的未来。

"下雪了啊……"年轻人喃喃自语。

"是啊，下雪了呢。"女生的声音从他背后传来，年轻人转身，觉得这女生好像在哪里见过。

年轻人问："你也是这个监测站的员工，怎么称呼？"

女生说："我只是路过，想起老朋友们，就过来看看。我叫阿史那雪，他们活着时，都叫我阿雪。"

Eoh-Seven

一

当星舰联盟的舰队出现在楠－伊诺塔星际尘埃盘附近时，周围的外星文明如释重负，感叹终于有人站出来摆平这鬼见愁了。

伊诺塔人科技水平不高，但却凭着特殊的生理结构，像蝗虫一样时不时就侵扰周边文明，来去如风，像古代的游牧民族一样不断给周边文明制造麻烦，二十年前甚至一度攻入星舰联盟的星舰群，烧杀抢掠，却没想到看似温和的星舰联盟发起狠来也是个不要命的角色，死磕硬碰地打了二十年的战争，把战线从自己家里硬生生推回到伊诺塔人的老家。

星舰联盟史无前例地动用了三分之二的军舰摆在尘埃盘前面，好像随时要撕碎伊诺塔人的故乡，航天母舰提前发动的几轮空袭已经重创伊诺塔人，三艘呈品字形排列的巡天战列舰在椭圆体的航天母舰保护下，慢慢打开舰艏露出幽暗的引力导轨和黑洞发生器。这种巨舰全身上下就一门炮，这门炮就占了它百分之九十的体积，与其说是战舰，不如说是装上飞船引擎的黑洞大炮更合适。只要上头一声令下，楠－伊诺塔星际尘埃盘中心那颗年轻的恒星就会灰飞烟灭，伊诺塔人也将彻底从宇宙中被抹去。

但这庞大的军队却按兵不动。一艘航天登陆舰上，船上的人正忙成一片。军方挑选了最好的航天陆战队员，送到科考船上，让科学家为他们配上最先进的设备，试图投送到楠－伊诺塔尘埃盘，跟伊诺塔人和谈。

"我们为什么要和谈？我只知道杀敌，不懂什么谈判。"年轻的陆战队中士陈枫嘟哝着，看着科学家们在自己身上安装各种设备。这是一套非常奇怪的太空单兵式动力铠甲，高达十米的样子就像一台大型机器人，内置各种武器和探测器，陈枫觉得自己更像驾驶员。

年轻的学者凯蒂站在架子上，给他套上密闭式的头盔面罩，拿起麦克风说："不懂也没关系，在你身后是最高科学院的学者和谈判专家，你当个传声筒就行了，听到了吗？"

被设备塞得全身臃肿的陈枫艰难地行了个军礼，说："传声筒明白！"

一名谈判专家说："真是个桀骜不驯的小子，军方怎么会选了这样的人过来？"

凯蒂拿着功勋表说："将军说过了，谁在短兵相接的飞船争夺战中最英勇杀敌，谁就有资格担任这谈判代表。谁知道那些伊诺塔人会不会乖乖谈判，当然是选最能打架的人过去比较稳妥。"

一名技术人员报告说："最后的测试结束，一切正常，可以投送谈判人员了。"

凯蒂挥了挥手，一台吊机把装着陈枫的巨型动力铠甲塞进发射管。陈枫慌了，对着头盔内的麦克风大声喊："怎么不见登陆舱？你们就直接把我从发射管打出去吗？"

凯蒂说："伊诺塔人的世界既没有行星，也没有大气层，要登陆舱干吗？发射！"一声轰响，陈枫被射了出去，瞬间就到了登陆舰外的太空，这套特制的动力铠甲背部的微型飞船引擎开足功率朝楠 - 伊诺塔尘埃盘飞去，很快穿越星舰联盟的控制区，像炮弹一样撕破伊诺塔人的防线，一群猝不及防的伊诺塔人被陈枫的撞击撕成碎片，蜂拥而来的伊诺塔人逮住了陈枫。

"我是来谈判的！我要见你们的头儿！"陈枫大声叫着，翻译器把他的话准确地翻译成伊诺塔人能"听"得懂的无线电波。对方并不认为这二十岁出头的毛孩子有多大的能耐可以当谈判员，但这是星舰联盟第一次扔人过来谈判，看在陈枫身后那几十艘随时可以撕碎楠 - 伊诺塔的巨无霸战舰的面子上，他们还是乖乖地送他去见指挥官。

二

伊诺塔人就像一群飘忽的幽灵，他们的身体由大量非常松散的非碳型生物细胞组成，像一团跳蚤一样可以随时散开，又可以随时抱团组建成结实的身体。更过分的是组成他们身体的"跳蚤"——准确来说比跳蚤还要小很多倍，要在显微镜下才能看清真容——还能随时变换颜色，所以他们没有固定的外形，可以轻松伪装成各种东西。这种特殊的生理结构是跟他们诞生在没有行星的星际尘埃盘相适应的，他们经常把自己缩成一团，利用中心恒星的引力接近恒星，汲取阳光进行光合作用来养活自身，又可以把身体摊成透明的薄膜乘着太阳风，来到远离恒星的尘埃盘深处吞食构建身体所需的各种物质，还可以变换颜色来吸收不同波长的光线，防止被恒星不时迸发的耀斑所抛射出的强辐射烧伤。

伊诺塔人的故乡没有行星，尘埃盘中只有各种大大小小的微天体横冲直撞，大多是直径不超过十公里的小行星，也有少数直径达一千公里的原行星。陈枫听凯蒂说，这个尘埃盘正在逐渐演化成真正的行星群，这些原行星其实是在尘埃盘中的物质不断碰撞、吸引、堆积成的星胚，在未来的岁月里，它微弱的引力场会不断吸附周围的星际物质，逐渐长大，直至变成真正的行星。

伊诺塔人好像很忌讳引力场，他们总是设法绕开那些较大的小行星，对原行星更是退避三舍，这使得他们的生存范围变得非常窄，即使是在广袤的尘埃盘中，也只有恒星引力清空出来的空间和尘埃盘内侧边缘那窄窄的一圈空间最适宜他们生存，但就连这窄窄的生存空间也被原行星的引力场破坏得七零八落。伊诺塔人没有城市，没有工业，甚至连能称为房屋的东西都没有。他们就像散落在太空中的尘埃，在这窄窄的宜居带上随意分布着，就跟野生动物一样，天为被、地为床，飘到哪儿算哪儿。

伊诺塔人带着陈枫穿过一大片聚居地，陈枫看着那些烟雾般飘荡在空间中的人，对头盔中的通信设备说："这大概是我见过的最原始的智慧生物，我敢说他们连打磨石器和钻木取火都不懂。"

凯蒂的声音传出来："别大意，他们那可以随意变换形状的身体就是最好的工具，他们不懂钻木取火，但从蒙昧时代起就掌握了航天知识。"

在一大片飘浮着外星飞船残骸的区域中，陈枫见到了伊诺塔人的首领，他像寄居蟹一样蛰伏在抢来的飞船残骸里，像黏稠的胶体糊在船舱中，依靠船舱抵御尘埃盘中每时每刻都在发生的天体撞击。看他虚弱的样子，年龄应该很大了，飞船上的科学家们自然也通过动力铠甲上的摄像头看到了首领。

凯蒂对陈枫说："伊诺塔人没有专门的神经细胞，他们组成身体的每一个细微颗粒都有自己的神经节。单个的伊诺塔人微粒呈现出来的智商甚至不如昆虫，但聚合成群之后，通过电信号组成的更庞大的神经系统，就呈现出不亚于人类的智商，这种智商跟他们的体积成正比，体积越大的伊诺塔人，拥有的神经元越多，智商越高。"

陈枫点头，说道："看来他们就跟蜜蜂类似，单个的蜜蜂智力在昆虫中算是中下水准，但聚集成蜂群之后，却可以呈现出比普通昆虫高得多的智慧，我不知道眼前这个跟飞船一样大的伊诺塔人智商到底有多高。"

凯蒂说："别发怵。伊诺塔人体积越大，神经信号传输距离越远，神经冲动越容易出错，思考速度越慢。他们的智商存在上限，超过一定的体积之后，智商反而会随着体积增加缓慢下降。这首领的智商不会比你高多少，只是他的神经元特别多，脑子里一定记录着不少伊诺塔人的历史。"

那摊黏糊糊的伊诺塔人首领也在仔细打量陈枫，他虽然没有眼睛，但每一个身体微粒都有感光功能，拼凑起来就是一张遍及全身的视网膜。半晌之后，首领"说话"了，他发出的无线电波通过陈枫头盔里的翻译器转变成人类能听懂的语言："你，能不能让我看看地球人的真实模样？"

尽管跟人类打了长达二十年的战争，但人类的真面目对伊诺塔人来说仍然是个谜，他们眼中的人类无非是各种大大小小的军用飞船和各种穿着密闭式动力铠甲的战士。

陈枫说："抱歉，现在不行，我们地球人是生活在行星表面的生物，一旦走出驾驶舱、脱下宇航服，我就会死。"

首领听到"行星表面"这个词时，闪过一丝恐惧，问："你们，来自地狱？"

三

在伊诺塔人的思想中，行星表面是地狱的代名词。在凯蒂的指示下，陈枫对首领说："我想听听你们的故事，我没有恶意。"

"在杀害了我们近三分之二的同胞之后，你说你们没有恶意？"首领的反问让陈枫一阵心虚，他身后可是强大的太空舰队。

凯蒂直接抢过陈枫身上的通信器的控制权，朝首领大吼："要是我们有恶意，早用战列舰轰碎你们的恒星了！消灭你们三分之二的人又怎样？你不也毁了我们三艘星舰、杀了我们二十多亿人？"飞船中的谈判专家看见凯蒂情绪失控，赶紧把她从通信器旁拉开，好说歹说地安抚了好一阵子，才让她激动的心情平复下来。在这场长达二十年的战争中，不少地球人的亲朋好友都丧命在伊诺塔人的手下，凯蒂也有几个亲友遭遇不幸。

首领慢慢释放出电磁波，把伊诺塔人漫长的历史展现在陈枫面前。陈枫看见自己出现在一团尘埃云中，浓厚的尘埃在引力的作用下慢慢聚集，形成原始的星核。随着星核的质量慢慢增大，它吸附的氢原子在强大的压力下形成气态外壳，气态外壳越来越紧密，温度越来越高，不断压缩，直至发生链式反应，大量的氢在核反应中被点燃，迸发出明亮的光，这是典型的恒星诞生过程。

在围绕着这颗新生恒星的尘埃盘中，恒星强大的伽马辐射照射在星际物质上，一些金属原子在吸收大量的光能之后，电子挣脱原子核的束缚，在星际尘埃微粒中流窜。在漫长的岁月里，尘埃盘中的微粒不断碰撞、分离，有时候会恰巧形成类似二极管、三极管的结构，在极少数情况下甚至会拼凑成简单的与非门。当电流通过这些恰巧形成的电路时，就形成了一些像极了最原始的集成电路的电反应，微弱的引力在这些尘埃云中不停吸附着新的颗粒，为这些凑巧形成的电路添砖加瓦，这就跟地球生命诞生前夕，地球原始海洋中的黏土微粒吸附有机分子形成原始的生命相似，楠－伊诺塔的生命就这样在这片尘埃盘中慢慢诞生了。

楠－伊诺塔世界有着自己独特的生物圈，由于引力微弱的缘故，这里的生物都是像细菌一样微小，强烈的恒星辐射让它们仅仅通过光合作用就能获取巨大的能量，这个巨大的优势让它们没有像地球生物那样分化成动物和植物这两大泾渭分明的阵营，它们也像地球生物那样慢慢从单细胞到多细胞进行演化，毕竟多细胞生物的活动能力远远强于单细胞生物，能让它们敏捷地躲避微天体的撞击，穿行在尘埃盘中寻找合成它们身体所需的无机物。但它们的"多细胞"跟地球上的多细胞生物是两码事，它们结实的非碳细胞体像某些细菌一样有非常长、非常韧的鞭毛，可以互相纠缠在一起组成身体坚硬的多细胞动物，坚硬到一些微天体都撞不穿。但当它们遇上速度更快、质量更大的微天体时，又可以互相松开鞭毛，变成一团云雾似的松散结构，让微天体洞穿它们的身体而自身不受到任何伤害。即使在它们一步步进化到诞生智慧生物——伊诺塔人之后，这种奇特的生命特征仍然完好地保存着。

这就是伊诺塔人的黄金时代吧？陈枫看见在这折射着恒星七彩光芒的尘埃盘中，飘浮着无数形态各异的非碳生命体，他们大多拥有半透明的身躯，像天使一样透着神圣的光芒。这个巨大的尘埃盘就像一片无边的深海，那明亮的年轻恒星就像在深海之中抬头仰望时看见的那隐约的太阳，脚下无尽的繁星就像幽静的大海深处璀璨的珍珠。

在这个时代，陈枫看见了勤劳的伊诺塔人在慢慢形成的小行星中穿梭，在小行星上绘制各种美丽的壁画。他们创造了文字，年长的伊诺塔人变换着各种颜色，散发出柔和的电磁波向晚辈们传授各种知识。他们的知识在地球人看来相当原始，只类似于新石器时代的人类水平，但这个美好的时代转瞬即逝，尘埃盘遵循着宇宙为它设立的演变规则，各种星际尘埃在引力的作用下汇聚成的小行星慢慢发育变大。那些刻满了伊诺塔人的文字和各种知识的小行星逐渐被星际尘埃覆盖，它们互相碰撞，崩裂成碎块，又在引力的聚集下重新聚合成群。不少伊诺塔人试图保留祖先们留下的丰富知识，奋力阻止小行星之间的撞击，他们甚至成群结队地聚合成群，拥抱在一起在引力的作用下坠向中央恒星，在日珥的舔舐下，冒着生命危险飕地展开身体，互相连接成片，把身体展成薄膜，形成长达数万公里的太阳帆，乘着太阳风把自身的速度加速到让地球人瞠目结舌的二分之一光速，朝着那些试图撞毁记载着它们祖先文字的小行星的星际物质飞去，把那些星际物质撞离轨道，用自己的生命挽救他们那脆弱的文明。

大自然的威力终究不是伊诺塔人的牺牲可以抵挡的，在他们付出无数代价之后，大大小小的小行星和星际尘埃裹挟着伊诺塔人的尸体，仍然缓慢而又无可阻挡地聚集着，逐渐形成直径数百公里，甚至超过一千公里的星胚，这是行星形成过程的中间产物。星胚的引力很强，尽管远不如地球的引力强大，但足以扫空它所过之处的所有伊诺塔人赖以生存的星际微尘。伊诺塔人的太空翱翔能力来源于他们特殊的生命形态，他们不像地球人那样懂得制造火箭和飞船，陈枫眼睁睁地看着不少伊诺塔人被星胚的引力俘获，落入星胚那翻滚着岩浆的表面。

伊诺塔人坚实到足以抵挡微天体撞击的身体可以让他们在落入星胚的碰撞中幸存，星胚的引力大多在零点三克至零点九克，这跟他们接近恒星时所承受的引力相比简直微不足道。星胚表面的岩浆层温度也不如接近恒星时的温度高，落入星胚的伊诺塔人并不会很快死去，他们凭着经验把身体展成薄膜，想乘着太阳风重返太空，但星胚本身不像恒星那样会不断抛射出高能粒子，恒星的太阳风只会自上而下地把伊诺塔人压在星胚的表面，他们在大地上绝望地扑腾，恒星的光芒穿透被星胚撕得千疮百孔的尘埃盘，照射在星胚的表面，那些被引力禁锢的伊诺塔人汲取着光能，维持着生命，他们只能在绝望中不断地向太空发出求救的电磁波，直至岩浆把他们慢慢淹没、吞噬。

这是一场长达万年的凌迟，伊诺塔人终于意识到尘埃盘正慢慢地、无可挽回地向行星系演变，毗邻恒星的尘埃盘越来越稀薄，星胚慢慢发展成原始的行星，而行星是伊诺塔人眼中充斥着同胞们哀嚎声的地狱，他们被迫向更外围的尘埃盘迁徙，但行星的形成过程也在步步紧逼，尘埃盘越来越薄、越来越远离中心恒星，阳光也越来越微弱，他们的生存空间被挤压成薄薄的一层远离恒星的薄片。而在未来的某一天，整个楠－伊诺塔会演变成类似太阳系的行星系，那孕育了伊诺塔人的尘埃盘也将像太阳系最外围的柯伊伯小行星带那样成为暗无天日的地狱，而那天将成为伊诺塔人的末日。

四

首领说："当我们意识到我们的世界即将无可挽回地毁灭时，寻找新的生路就成了最迫切的事情，我们注意到千百年来一直从我们的世界经过的那些飞船。在过去，那些陌生的飞船让我们避之不及，但现在，他们却成了我们的一线希望。"

在星际旅行中，飞船利用恒星的引力作为跳板是很常用的方法。陈枫听别的外星人说过：千百年来，生活在楠－伊诺塔恒星周围的外星人并没有意识到这个星球中存在智慧生物，生命形态的迥异让他们误以为伊诺塔人只是一些跟蚂蚁一样无足轻重的生命体，毕竟每当他们的飞船经过时，伊诺塔人都会化为尘埃四散而逃。

首领说："在一次偶然的事件中，我们在尘埃盘中发现了一艘报废的飞船，飞船中有一件宝物可以让我们以新的形态生活在远离光明的黑暗里，缓慢地提供几乎永不衰竭的能量，这是我们在这个绝望的世界中找到的让种族繁衍的唯一希望。"

陈枫问："这就是你们不断地袭击别人的飞船的原因？"

智慧生物的行为是如此类似。地球时代的人类明知道索马里海域是海盗横行的危险区域，但还是有无数船只穿过这个区域，楠-伊诺塔恒星是周围几个外星文明的交通要道，他们明知道危险，也照样抱着侥幸心理驾驶飞船从这里经过，这不但让大量飞船葬身星海，还使得无数伊诺塔人随着飞船长驱直入地闯入外星文明的故乡，周围的外星文明在很长时间里都没意识到这是一种特殊的智慧生命体，不少外星文明损失惨重，甚至遭到灭顶之灾。

首领说："不是所有的飞船都有我们需要的宝物，尽管我们捕猎了不少飞船，但能弄到的宝物数量仍不足以保证我族最低限度的繁衍需求。为了生存，我们只能冒着生命危险前往别人的故乡，去那些飞船的诞生地寻找更多的宝物。"

但从数十年前开始，意识到自己的家园即将灭亡的伊诺塔人开始主动袭击飞船。他们像藤壶一样黏附在飞船上，从飞船外壳的薄弱处撕开裂缝，钻进船舱，一艘艘飞船就这样被破坏掉。大量的伊诺塔人甚至随着飞船进入别人的故乡，他们像洪水一样在星球表面蔓延，吞噬一座座城市和工厂，制造出无数灾难。

陈枫问:"你们到了别人的行星上,那不是主动闯进你们逃不脱的行星引力场里面?"

首领说:"到了星球上之后,我们会想尽办法寻找那些宝物,然后带着宝物潜伏在飞船中,等待不知情的驾驶员升空,把我们带回太空。这种行为非常冒险,且非常依赖运气,我们一万名兄弟过去,通常就只有四五人回来。"

飞船里,谈判专家听着陈枫传送回来的信号,问凯蒂:"伊诺塔人说的'宝物'究竟是什么?"

凯蒂小声说:"别打岔,听完再说。"

首领说:"面对灭族的危机,我们明知道是死也得拼一把,我不知道你是否能理解这种做法。"

"我当然能了解,"陈枫说,"如果你不介意,我也可以跟你分享我的故事。"

五

陈枫对首领说:"我是在孤儿院长大的,父母的样子我早已记不清了,听孤儿院的阿姨说,人们是在柳叶市的废墟中找到我的,那是一座很大的城市,在你们伊诺塔人入侵之前,生活着一百多万人。那个时候,没人知道入侵星舰联盟的是智慧生物,人们只是看见奇怪的迷雾从天而降,在大地上慢慢蔓延,吞噬一座座工厂、一座座城市,一座接一座的工厂在浓雾中发生奇怪的故障,爆炸、燃烧,各个城市中的医院、办公楼都蹊跷又密集地发生事故。人们开始时只以为是意外事件，但不管怎样检修、维护，事故仍然在不停发生着，人们逃离城市，巨大的柳叶城在短短的时间内就变成了一座死城。"

陈枫的话并没有引起首领太大的反应。也许是生活形态的差异，伊诺塔人没有城市，自然也无法体会陈枫描述的城市毁灭的恐惧感。陈枫说："那时的人只以为这是一场严重的工业毒气泄漏事件，救援人员穿着防护服、戴着防毒面罩进入浓雾中，但不管怎样的防护服，进入浓雾之后都会很快被撕碎、融化，人吸入那些奇怪的气体之后，一些像树枝和昆虫肢体的混合物很快就会从眼耳口鼻中爬出来，或是穿透胸膛从体内钻出来，人也会痛苦地死去。"

首领说："那一定是我们伊诺塔人发觉自己分散成气雾状的身体被别人吸入体内，又赶紧聚合成团钻了出来。咱们的生命形态尽管不一致，但对陌生环境的恐惧感是很相似的。"

陈枫说："我们人类对伊诺塔人的研究进展一直很缓慢，在发现这并不是什么毒雾，而是身份不明的细小外星生物入侵之后，人们仍没有往智慧生物这方面去想，只使用了一般性的防止细菌病毒扩散的防疫措施，毕竟我们在宇宙中流浪了这么多年，遇上的外星病毒、细菌也不在少数。"

首领说："你们的防疫措施杀了我们很多人，我不知道有多少同胞在你们的消毒灭菌过程中死于非命。"

陈枫的手指在颤抖，他极力克制住想拿枪把首领扫射成马蜂窝的冲动，说："你只在乎我们杀了你们多少人，却从不在乎我们被你们杀害的人。我们之间到底是谁先入侵谁啊？"

飞船里，谈判专家听着陈枫的质问，心头暗暗焦急，天底下哪有这样谈判的？这岂不是把原本就紧张的局势变得更加紧张？凯蒂却没有看陈枫铠甲上的摄像头传回的画面，而是直盯着另一块屏幕上的逐渐逼近百分之一百的进度条，这是暗中安装在陈枫的动力铠甲上的神经信号扫描装置悄悄地在扫描首领的思维活动的进度，用于破解首领的思维模式。

进度条到达尽头了，凯蒂拿起电话，拨了一个号码，说："将军，我们成功扫描伊诺塔人的思维模式，可以动手了！"话音刚落，一艘小小的巡天驱逐舰脱离由航天母舰和巡天战列舰为核心的编队，朝尘埃盘飞去。尘埃盘边缘椭圆体的航天母舰外壳逐层打开，露出大大小小的舰载机发射口，飞蝗般铺天盖地的舰载机保护着巡天驱逐舰，用凶猛的定向电磁爆把所有试图阻拦的伊诺塔人都烧成灰烬。

陈枫努力地分散首领对巡天驱逐舰的注意力，向首领诉说童年时的悲惨故事：星舰联盟很迟才发现那不是瘟疫，而是智慧生物入侵时，星舰联盟已经沦陷过半，陈枫的童年就是在不停地逃避伊诺塔人洪水般的入侵中度过的。每当伊诺塔人铺天盖地袭来时，人类就得放弃城市，四散而逃，直到后来科学家们发现伊诺塔人的弱点之后，军队才慢慢扭转局面，顶住了伊诺塔人的进攻，不再一溃千里。

陈枫讲述的悲惨经历把自己感动得稀里哗啦的，首领却没有任何反应，就好像在听一件自己完全无法理解，也没兴趣了解的乏味故事。飞船里的谈判专家看着科学家们对首领的思维模式的分析图谱，深感这次遇上了棘手的对手。由于繁殖方式和生存模式的差异，伊诺塔人的世界里没有亲情和爱情，也没有计谋和盘算，发达的智慧背后是直肠子的思维模式，他们只知道直截了当地抢生存空间，狩猎飞船，抢夺那些关系到他们生存的"宝物"，有时候成功狩猎到他们需要的东西，有时候死在狩猎的过程中，至于谈判、妥协、利益交换之类的事情，伊诺塔人根本就不懂。

"这些怪物的思维模式太原始了，根本不是可以谈判的对象！"一名谈判专家大声叫了出来，这就跟人类无法跟狮子、老虎谈判劝它们吃素是一个道理。

凯蒂说："没关系，我们很快就会教会他们啥叫谈判。"这时，巡天驱逐舰已经逼近尘埃盘边缘的边缘，一枚钻地型核导弹被压缩气体从发射筒中慢慢推出，然后点火，扑向一颗直径五百多公里的星胚。由于是在太空中发射的缘故，它刚离开发射筒就脱去了头部的整流罩，露出下面的串联式核爆炸装置，导弹的引擎也是古老的核动力引擎，一连串克隆的微型核爆炸在导弹末端引发，核爆的冲击波推动着导弹飞速前进，让谈判专家们始料未及的事情发生了：大批的伊诺塔人飞蛾扑火般追着核导弹飞，扑进核爆炸的尾焰中。

谈判专家震惊地问："他们这是疯了吗？"

凯蒂说："他们只是凭着本能追逐那些能让他们在远离恒星辐射的世界生存的宝物。"

那枚钻地型核导弹命中了星胚，它最前端的核装药聚能战斗部炸碎了薄薄的地壳，钻入星胚深处，第二场爆炸接踵而至，这次是足以贯穿原始地幔的正负粒子湮灭战斗部，星胚黏稠滚烫的地幔被炸出一个巨大的孔洞，致密而炽热的星核短暂地裸露在太空中，最后在星核区域引爆的是反物质战斗部，整颗星胚瞬间变成一颗灼热的小太阳，在刹那绽放的光芒后又迅速熄灭，连同那些飞蛾扑火般追逐着核导弹飞行的伊诺塔人一起，彻底变成太空中的飞灰。

当首领感知到星胚的毁灭时，陈枫的动力铠甲上的感应器明显地侦测到了首领那强烈的神经波动，这可以理解为他非常震惊。在伊诺塔人贫乏的知识里，尘埃盘逐渐汇聚成大大小小的星胚，直至互相碰撞、吸引、堆积成真正的行星，是一个无法阻挡的自然过程，但星舰联盟能轻易地把星胚重新变成尘埃，顺带着消灭大量的伊诺塔人，这彻底颠覆了首领的认知。

"你在害怕？"陈枫问首领。

首领说："是的，但我们伊诺塔人就算面对的敌人是神，也照样不会退缩，我们赖以生存的尘埃盘正在慢慢消失，如果抢不到足够的'宝物'，我们就是死路一条，横竖是死，不如战死沙场。"

飞船里，谈判专家问凯蒂："你关子卖够了没？他们想要的到底是什么宝物？"

凯蒂说："他们是依靠吸收年轻恒星的高能粒子辐射生存的生物。你们觉得，能随身携带，又能放出高能粒子辐射维持他们在远离恒星的黑暗中生存的，会是什么东西？"

谈判专家犹豫着问："该不会是……放射性核材料？"

凯蒂点头，说："没错，这玩意儿我们多得很，每年都要花费大量的资金入处理那些令人头疼的核废物。"

听到凯蒂这样说，他们这才想起伊诺塔人入侵星舰联盟时，在漫无目的地大肆破坏之后，被洗劫得最彻底的都是核电站、工厂、医院、带烟雾探测器的楼房……这些地方无一例外都有使用带放射性物质的设备。

谈判专家心里有底了，拿起话筒对身在敌营深处的陈枫说："孩子，你现在跟伊诺塔人来一场直截了当的谈判，不需要任何谈判技巧，就告诉他们八个字：逆我者亡！"

陈枫身后的尘埃盘边缘上，巡天驱逐舰上的核导弹正逐一解除保险，在发射管上慢慢探出来。陈枫说："'逆我者亡'是四个字吧？"他怀疑谈判专家的数学是体育老师教的。

谈判专家大声说："八个字！逆我者亡，顺我者昌！"巡天驱逐舰的外壳上伸满了密密麻麻的核弹头，那既是毁灭性的力量，也是给予伊诺塔人生存希望的放射性核物质。

六

人类和伊诺塔人的谈判相当艰难，大量的时间都花在设法了解对方的意图上，生命形态的差异导致沟通相当困难，很多时候双方都是鸡同鸭讲却误以为沟通顺畅，当发现谈的不是同一件事时已经离题万里。

楠－伊诺塔星系最终还是慢慢变成了不适合伊诺塔人生存的行星世界，当慢慢了解地球人的生存方式之后，他们决定向星舰联盟献上绝对的忠诚来换取生存的机会，被获准进入星舰联盟的领域，在数百艘巨大的星舰之间的广袤太空中慢慢游弋，靠吸收飞船、太空工厂和人造星体发出的高能辐射物质维持生存。在长达数百年的观察期过后，地球人认为他们是可靠的盟友，给了他们一个表示特殊身份的编号：

Eoh-Seven。从此之后，越来越多的地球人根据发音，把他们称为"伊司瑟温人"。

那奈纳是在星舰联盟诞生的伊司瑟温人，人类和他们的祖先们的那场战争已经是一千多年前的往事了，当他还是围绕着人造恒星汲取高能辐射生存的小孩子时，老师就在太空课堂中向他们讲述过那场古老的战争。在年轻一辈的眼中，那场战争非常令人费解，伊司瑟温人生存所需的是对地球人极为致命的高能辐射物质，构成身体所需的元素也是以对地球人来说剧毒的重金属为主；地球人需要的却是对伊司瑟温人来说无用的可见光波段辐射和碳、氮之类的轻元素，但那时双方都误判了对方的意图，原本可以和平共存的两种生物硬生生打了几十年损失惨重的恶战。

在如今的星舰联盟，很多行业都有伊司瑟温人的身影，尤其是那些需要长时间滞留太空的飞船驾驶员、太空导航塔领航员、空间站施工人员，不依赖空气生存的伊司瑟温人有着地球人无法比拟的优势。但那奈纳没有选择这些"传统职业"，他在曾经被祖先们视为地狱的行星表面——准确来说是星舰表面——拥有一份让不少同胞都羡慕的工作。他是小有名气的记者，凭着身体优势穿梭在太空中，拍摄各种瑰丽的星际美景和形态各异的外星生物，为报社撰写游记。

那奈纳很少乘坐飞船进入星舰，尽管伊司瑟温人没法通过自身的力量摆脱星舰的引力重返太空，但直接进入星舰的能力还是有的。那奈纳把身体舒展成薄膜，乘着恒星风，慢慢飘到"帕伽索斯号"星舰的大气层顶端，稀薄的大气层顶端泛着一层薄纱般的轻雾，笼罩在无边的星空下，大气层下就是无边无际的草原和森林，分布着一些城市，大地尽头是白雪皑皑的星舰南极，那些封冻在冰山中的巨型星舰引擎森然矗立，张扬地展现着星舰联盟的工业实力。

那奈纳不断调整飞行角度，拍下太空和大气层之间一张张漂亮的照片，灵活地调整姿态，慢慢进入大气层，身体不时聚拢，不时散开，有时甚至分散成云雾状。短短几个小时之后，他出现在一座城市的正上方，他像雄鹰般展翅飞翔，慢慢降低高度和速度，最后落在城市公园的步道上。

不管那奈纳怎样变换身体外形，有一部分身体是不会轻易改变的，那个部分包裹着高纯度的金属钚，每一个钚球都包裹在可控制辐射量的铅盒里，为他提供远离恒星时生存所需的高能辐射物质。熟读历史的他知道祖先们当年豁出性命入侵星舰联盟，为的就是多夺取一些被视为至宝的放射性物质，但巨大的牺牲只换来少得可怜的"宝物"，如今他们为星舰联盟献上绝对的忠诚，获得的高纯度钚数量多得可以论斤卖。

星舰联盟的地球人对从天而降的伊司瑟温人早已司空见惯，那奈纳的身体慢慢改变形状和颜色，变成地球人的模样。伊司瑟温人的原始文化无法抵御地球人文明的冲击，这一千多年来，他们始终是仰望着地球人的文明，不停地学习和模仿，如今思维模式和文化形态都已经被地球人彻底同化，也彻底融入了星舰联盟的世界。

公园里，郑清音拿着饮料，翻看一本《旅游指南》，她是一个打扮入时的女孩，跟那奈纳是多年的好友。

"咱们这次去哪儿旅游？"那奈纳问郑清音。

郑清音抬头，噗的一声把饮料喷了出来，问："你为什么又变成我的样子？”

那奈纳挠挠脑袋，说：“当然是跟谁熟就变成谁的样子啦！我又不擅长变成陌生人的样子。”

郑清音叹了一口气，毕竟伊司瑟温人的智商跟地球人比还是有点距离，也不好计较太多。她指着《旅游指南》说：“我们偷偷去天狼星系的第九地球殖民行星旅行，好吗？那儿是昔日的地球联邦的地盘，一定有很多风土人情等着咱们去挖掘！”

那奈纳高兴地说：“好！咱们出发吧！”

炽炎之帝

一

雨季过后，又到了晴朗的季节，氏族里一片忙碌，人们忙着把快发霉的兽肉摊开风干，把泥窑里的粟谷杂粮晾在太阳底下翻晒。

"起烟啦！快来人啊！"氏族里突然有人大声叫起来，只见氏族西边的一座小茅草房里浓烟弥漫，人们赶紧拿起陶罐到附近的河边汲水，拼命朝茅草屋泼洒，好不容易才把烟浇灭。一个熏得满身乌黑的小鬼被大人从窝棚里拖出来，他双脚拼命乱踢，一副不服气的样子。

"魁隗！你又在搞那些乱七八糟的东西了！"首领拄着拐杖，大声呵斥这小鬼头。

"我……我只不过是看看能不能生些火出来罢了……"这个叫魁隗的小鬼低着头讷讷地说。

首领高举权杖，大声说："火是上天赐予凡人的宝物，只有雷鸣闪电降落在森林时，火神才会摇曳着烈焰降临人间！"

小魁隗好奇地问首领："你见过火神？"

首领恼羞成怒，说："火神降临时，整个森林都会化为火海！见过火神的人都被烧熟啦！你给我去河边捉十条鱼！捉不到不许回来！"

鱼是氏族里重要的食物，魁隗这样的小孩子不像大人那样有足够的体力打猎，现在也没到采摘野果的季节，捕鱼就成了这些孩子为氏族筹集粮食的主要方式。魁隗光着脚丫踩到河水中，冰冷的河水让他突然一激灵，颤抖了一下，赶紧拿了一根削尖的树枝叉鱼。他的好友项典推着一段不规则的木桩滚来滚去，魁隗问他："你在干吗呢？"

项典说："前几天我去有狋氏族那头，看见他们在鼓捣一种叫作'车子'的东西，两个轮子架上一根木头，上面可以放很多东西，人一推就往前走了。"

看见项典费力推动木桩的样子，魁隗问："你为什么不试试圆形的呢？人家有狋氏族那边可从来不会用方的轮子。"

项典一拍脑袋说："好主意！但我的石斧不够锋利，也许以后有合适的工具了，再削一段圆形的木头看看，这段树桩就带回去献给火神好了！"

这世上，每个氏族都会有一座供奉火神的神祠，一些富裕的大氏族会为火神建一座大庙，小氏族再不济也得搭一间茅草小屋，不然就是找个山洞来供奉。神祠里的火塘就是火神的化身，火神的脾气是任性又难以捉摸的，献给它的贡品必须是干燥易燃的，无时无刻都需要人仔细照料，一旦照料不周，神圣的火焰就会熄灭，失去了驱赶野兽和寒冷的火种，氏族就会遭受灭顶之灾；要是贡献祭品的技巧没掌握好，火神的火舌会突然蹿高，烧毁神祠、屋舍，甚至把整个氏族、整个森林全部吞噬，而氏族也会毁于一旦。

河里的鱼不多了，很长时间才能抓到一条。刺到第十条鱼时，西沉的夕阳映红了天边的云彩，河水突然暴涨，一定是上游山洪暴发，魁隗拉起顼典的手就跑。河水淹没沙滩，不断蔓延，追着两个孩子的脚后跟往上涌，漫过河边的农田，一座座泥胚房舍在水流中倒塌。两个孩子爬到一棵大树上，看着整个氏族慢慢消失在洪水中……

二

一个氏族想要生存，必须靠近水草丰美的河湾，那里有丰富的鱼、野果和走兽可以作为食物，但河湾也是非常危险的地方，每年都有突如其来的洪水，随时可能卷走人们赖以生存的一切。

氏族完了，火神的神祠被洪水淹没，赖以生存的火苗消失。这些年，氏族里开始试着收集野果的种子，撒在河滩上试着看它能不能顺利成长为丰茂的野果丛，洪水一来所有的努力都化为乌有，氏族中的幸存者们躲在大树上，惊魂未定，有人哭着跳到洪水中，发疯似的潜下去寻找被冲毁的粮仓里的粮食，再也没浮出头。入夜后的冷风飕飕，远处传来野兽的嚎叫声，失去火焰的氏族就失去了驱赶野兽的最大法宝，各种猛兽被食物所吸引，在氏族外围绕来绕去。

这是魁隗出生以来经历的第一场大灾难，但在村里的老人记忆中，这样的事却发生过很多次。洪水退后，稀稀拉拉的幸存者们看着满目疮痍的家园，如何生存成了摆在大家面前的难题。

"火种没有了……"幸存者中，有人看着神祠的残垣，喃喃地说着，眼泪落了下来。没有火就没有驱散野兽的光明，没有在这乍暖仍寒的世界中获取温暖的途径，意味着氏族的毁灭。

老巫拄着权杖，看着黄浊的河流，说："氏族完了，大家走吧，各走各的路……"

一名年轻人扶起老巫，想带老巫一起走。老巫甩开他的手，说："你们走，我留下来守着这里。"

年轻人说："不走不行！洪水退后，瘟君就会降临，所有不离开的人都会被瘟君带走！"他们不懂太多的知识，只知道洪水过后必有瘟疫，并不知道那是因为洪水中遇难的人畜尸体埋在水底下，腐烂滋生的病菌使活人染病。

项典说："我们去有猊氏族借点火吧，谁跟我一起去？"

好几个孩子奋勇跟随，项典看见年纪最小的魁隗没有作声，就问："魁隗，你跟我走吗？"

魁隗抬头看了一眼大河，说："我去。"

在这个靠狩猎和采集野果为生的时代，为了获得足够的食物，氏族和氏族之间相距都比较远，至少要确保两个氏族之间的采猎区域不至重叠才能最大限度地获得食物。在这原始的时代，人均寿命也就二三十岁，十四五岁的孩子已经顶得半个成年人了。氏族里的大人要赶紧去附近山林里狩猎以补充被洪水冲走的食物，还要修复篱笆、进行巡逻，防止入夜后野兽偷袭，实在抽不出更多的人手。项典带着十几个十三四岁的孩子，背着弓箭长矛，顺着河流，跋山涉水地去寻找有猊氏族借火种。

这是一段长达好几天的路程。入夜后，孩子们爬上大树，防止半夜野兽偷袭，用藤条把自己固定在大树上，避免夜里睡着时掉下来，当然大树也要仔细检查过，不能有蛇躲在上面。他们并不是第一次离开氏族活动，实际上很多孩子早在七八岁时就跟在大人屁股后头狩猎和采集野果了。

食物是个大问题，有些孩子只带有干肉和野果，有些则就近寻找能吃的东西，就连树皮和嫩叶也被他们摘下来充饥。项典从怀里掏出一把干燥的草种塞进嘴里，这是最近在沼泽地边发现的东西，还没起名字，放进陶罐，装水烧开之后能用来填饱肚子，但现在没有火，生吃时干燥得嘴角都发苦，只怕也消化不了。他问魁隗："你饿吗？"

魁隗摇头说："我刚才喝了很多水，应该能顶一个晚上。"

项典看见魁隗在树上寻找没落到地上的枯叶，不断塞进兽皮衣中，问："你觉得冷？"

魁隗说："这些枯叶暖暖的，有火焰的感觉。"

项典不作声了，火焰是每个氏族的生命线，是每个人赖以生存的光明。魁隗又说："项典哥，你听说过吗？据说在很远的地方有一个燧人氏，那儿的人懂得自己生火，你说我们能找到他们吗？"

项典说："我说魁隗，你啥都好，但就是喜欢胡思乱想。燧人氏族是真是假都难说，就算是真的，我们从没见过来自燧人氏族的人，就说明它非常远，等我们找到他们，都不知道是什么时候了！"

另外几个小伙伴也七嘴八舌地说："火这种东西，怎么会是凡人能够制造出来的？要真有这本事，我们还那么辛苦去有猊氏族取火？"

魁隗默不作声，每当有人跟他说自己制造火焰是不可能的时候，他总是选择沉默。怀里的枯叶在这寒风萧瑟的树林中显得格外暖和，让他想起了小时候母亲抱着他在篝火边缝补兽皮时的温暖。

突然间，伙伴当中发出一阵撕心裂肺的惨叫！趴在树丛最低端的一个小伙伴不知道被什么野兽拖走了，惨叫声回荡在树林中，敲打在每一个人的心上。伸手不见五指的树林中亮起星星点点的绿光，像无数双虎视眈眈的野兽眸子，让人发寒，小魁隗害怕得连树枝都抱不稳，幸好一双大手把他稳住，他转身看了一眼，是比他大三岁的顼典。

在没有篝火的森林夜里，这样的事经常会发生，魁隗并不是第一次亲眼看见小伙伴被野兽拖走，但谁都没有办法，只能尽量往更高的枝丫上爬。在这种致命的威胁中，人跟被野兽捕猎的猴群没什么两样，除了设法逃命，什么办法都没有，任何试图救援的行为只能再多搭几条人命进去。

三

火是非常珍贵的，珍贵到值得人们用生命来换取，毕竟大家见过太多因为火焰熄灭而被野兽灭族的氏族了。他们一共走了三天，牺牲了四名伙伴才来到有猊氏族，但它已经灭亡了。这个氏族在河上游的山谷里，四面高山阻挡了猛兽的侵袭，但当洪水袭来时，穿过山谷的河流洪水会被山体阻隔，反冲回头后，洪灾更为猛烈。

有狨氏族是一个上百人的大氏族，但在天灾面前，它也脆弱得不堪一击，熟悉的氏族已经被厚厚的淤泥淹没，只有几片茅草屋顶残破地散落在山谷里，淤泥带来了肥沃的土壤，让氏族周围可以长出更丰盛的浆果，但也掩埋了无数生灵，几头耕牛的尸体肿胀地浮在淤泥中。顼典看见这惨烈的景象，无力地跪在地上，欲哭无泪。

小魁隗蹚着泥浆，瑟缩着翻找污水中的坛坛罐罐，对顼典说："顼典哥，听老巫说，以前的天气比现在冷得多，但洪水没现在频繁，火种也不容易被水神吞没，所以大家都喜欢把氏族安置在河边，你说为什么现在的洪灾慢慢频繁起来了呢？"

顼典茫然看着天空，说："老天爷的想法，谁知道呢？"

他们都不知道这是冰河时代末期，冰川融化导致的洪水频繁，就算他们知道了，又有什么办法抵挡这一场接一场、越来越大的洪水？

山中的雨说来就来，噼里啪啦地打在大地上，伙伴们只能退往高处，待到雨势稍微小了，才敢靠近氏族废墟，在泥浆中翻找食物。他们携带的少量食物已经吃完了，要是找不到食物，大家都得饿死。

孩子们饥饿的目光投向泥水中的耕牛尸体，实在饿急了的孩子拿起石刀就去割耕牛的尸体，茹毛饮血，顼典和魁隗愣愣地看着尸体流出的汩汩血水，他们都知道耕牛是有狨氏族驯服的野兽，它的力量足以翻开泥土，供人们撒播更多的浆果草种，向来被人们视为象征丰收的瑞兽，一个氏族是宁死也要保住耕牛的，以保住期盼丰收的这份念想。

在饥饿的胁迫下，顼典也走了过去，用石刀费力地切割生牛肉，饥不择食地塞进嘴里，吃生肉对这些孩子来说是再寻常不过的事情，即使是在部落中，为了避免不懂事的孩子亵渎火神，不小心把珍贵的火焰弄熄或是烧了整个氏族，只有首领和年迈的长者才允许靠近火塘，小心翼翼地使用火神的恩赐把生肉烤熟，每一名学着用火的新人都必须对火焰虔诚地顶礼膜拜，在长辈的指导下小心学着用火，没得到用火许可的人只能吃生食。

魁隗就因为偷偷玩火被首领责罚过好几次，他不像项典那样听话，早早就得到长辈的许可和教导使用火焰。他总是很顽皮，甚至偷过火苗，不小心把首领的窝棚给烧了。首领勃然大怒地说要永远禁止他用火，一辈子都只能吃生食。

"魁隗，吃点吧，我们还有很长的路要走呢！"项典说着，把一块生牛肉扔到魁隗怀里。

魁隗问："我们接下来去哪儿？"

项典说："我们继续沿着河流走，看看能不能找到别的氏族。我听长辈们说，我们同一个部落的各个氏族都是沿河迁徙定居的。"

魁隗怔怔地看着大河，没有说话，他觉得既然大家都生活在同一条大河沿岸，这场洪水自然是会波及所有的氏族，再找下去的希望并不太大。

孩子们休息了一天。第二天早上，天空下起滂沱大雨，他们犹豫了一下，还是带上从耕牛上割下来的肉做干粮，决定冒雨出发。魁隗看着耕牛的骨架发呆了一小会儿，捡起牛的头盖骨戴在头上，追上沿河前进的队伍。

项典问他："你戴着牛头骨干吗？"

魁隗说："挡雨。"

项典看了他一眼，知道他心里的想法一定不是挡雨，这个时代的人认为把动物的头骨戴在头上就能留住它的灵魂，小魁隗一定是不愿看见辛苦了一辈子的耕牛死后还被大家吃肉，想把耕牛的灵魂留下来做些补偿。

四

孩子们沿河直上，深山越来越偏僻，野兽越多也越危险，他们走过好几个被洪水摧毁的氏族聚居地，心中的希望也越来越渺茫。在一个下着滂沱大雨的上午，他们躲进一个山洞，却发现山洞里挤满了各种野兽，有无害的肿骨鹿，也有凶猛的剑齿虎，它们相安无事的原因只有一个：它们敏锐地感觉到一个更为可怕的东西即将出现，共同的恐惧感让它们暂时放下了食物链中捕食与被捕食的关系。

孩子们缩在洞口躲雨，每个人都不敢轻易放开手中的石头。小魁隗想缓和一下紧张的气氛，说："顼典哥，你知道吗？去年夏天，首领的茅屋是被我烧掉的。"

顼典说："我知道啊，氏族里所有的人都知道，你被揍时大家都看着。"

魁隗说："但我没有偷火种，我只是把收来的草籽和枯草堆放在茅屋顶上，堆得厚厚的。"

部落里收集的草籽和枯草都是很重要的东西，粮食不足自古以来就是困扰着每个氏族的大问题，每当打来的猎物和采集的野果不足时，人们就只能以野草充饥，时间久了也熬出经验来了，知道怎样的野草能吃、怎样的野草有毒，能吃、好吃的就多收集点，晒干储存着应付粮食不足的危机。

项典问："首领不是说叫你摊开晒干吗？"

魁隗小声说："我这不是觉得烤火很暖，被太阳晒过的屋顶和草垛都很温暖，就想啊，如果把草垛堆在屋顶上，堆得满满的，会不会更暖和？"

项典恼怒地说："当然更暖和，那天首领在屋里闷得中暑，再闷一会儿只怕都要闷熟了！我刚把首领背到树荫底下，屋顶就烧起来啦！"

山洞外的豪雨越来越大，浓云把天空染得漆黑，夹着拇指大的冰雹打下来。雨水慢慢漫进洞口，孩子们赶紧往高处爬。魁隗抖抖脚上的雨水，说："那就是说只要草垛被太阳晒得足够热，就能吸引火神的眷顾，燃起大火，如果我们能控制它，随时随地召唤火神，就不用再为了寻找火种跋山涉水了。"

项典说："但是我们需要火时，也不见得就有大太阳，再说不是每次晒草谷的时候都会起火呀！哪能把氏族生存的火种指望在这不靠谱的方法上？"

打雷了，闪电像万千奔蛇从天而降，一个个炸雷在山中响起。项典看着山洞外漫山遍野的参天大树，刺目的闪电卷过大树，四五人环抱粗的大树被雷蛇划过，从中间裂成两半，在大雨中燃起熊熊大火。

仅存的伙伴们大声叫起来："火神！是火神！"

那就是火神？魁隗抬头看着那雷电织成的天网在天顶炸开，只觉得脚下的大地都跟他的身体一起颤抖，山滑坡了！滚滚的泥土夹着洪水万兽奔腾般冲下山谷，那棵起火的大树在洪水中慢慢倾倒，看着火势慢慢变小，项典急了，对伙伴们说："我去取火种！你们赶紧找点干燥的树叶、树枝什么的，在山洞里等我！"说着就冒着大雨冲出去。

那棵树好大！当顼典爬上大树，去折那些起火的树枝时，魁隗才发现顼典哥的身影在狂风暴雨中是那么渺小，他折到树枝了！那火焰在风雨中好像随时会熄灭，大树倒了！被洪水冲走，小魁隗吊到嗓子眼的心一下子沉到谷底，顼典的脑袋又出现在水中，高举火把奋力往前游，他爬出了洪水，漫天闪电在山谷中点燃第二棵巨树，然后是第三棵、第四棵，烈焰冲天好像要烧尽满天云雨，大雨倾盆又要狠命浇灭那关系到整个氏族生死存亡的火苗。

山洞里的伙伴们焦急地看着顼典，希望他快些回到山洞来，不要让比生命还珍贵的火种被倾盆大雨浇灭，但又怕他跑得太快导致大风吹灭越来越孱弱的火苗，好不容易看到他离山洞就剩几步路，一道闪电伴着炸雷落在洞口！

顼典倒下了，他的身体失去了生命的气息，雨水，卷走了跌落在地的火种……

五

孩子们离开有好多天了，深夜里，老首领瘦弱的手指紧紧抓着权杖，看着面前狼群幽绿色的眼睛。没有火，野兽是不会被吓走的，这些天为了抵挡野兽的袭击，氏族里的人一个接一个地倒下，大家宁死也不愿离去，仅剩的几名男人拿着血迹斑驳的石斧和投矛，守护着老弱病残，在夜里跟野兽对峙。

天快亮了，老首领拄着权杖，拔出肩膀上的狼牙，鲜血顺着手臂流下，虚弱的身体慢慢站起来。他不愿倒下，他知道只要熬到天亮，大家就算是又活过一天。

"火！是火！"一个眼尖的男人大声叫起来！一团火球砸在狼群当中，狼群乱了阵脚，然后是第二团、第三团，几头狼被火焰砸个正着，惨嚎着在地上翻滚，试图滚灭火苗。昏暗的森林中，人们看到一个牛首人身的影子，手持烈焰，驱散狼群。

狼群落荒而逃。天色慢慢亮了，人们才看清那不是什么牛首人身的怪物，而是一个戴着牛头骨的孩子，他拿着火把，带着几个比他稍大的孩子走到大家面前，看着几乎死绝的氏族，大声哭了起来。

首领看着这几个孩子，他们去时十几人，活着回来的不到四分之一。他嘴角蠕动了好一会儿，拿开为首的孩子戴在头上的牛头骨，说："魁隗，你终于回来了……"

刚才投向狼群的火球在地上慢慢熄灭，在大人眼中，魁隗仍然是不知敬畏火神的孩子，任何氏族都不敢把珍贵的火焰毫不珍惜地扔向野兽。

首领郑重地接过魁隗手中的火把，慎重得好像是接过整个氏族的生命。按照氏族里的规矩，首领是由大家推选的，能从喜怒无常的火神手中取得火焰的人自然是氏族中最伟大的勇士，他觉得自己老了，虽然魁隗还小，但他觉得下一任首领的人选已经无可争议地决定了。

首领把火把高举过头，面对整个氏族仅剩的十几名成员，正要宣布这个决定，上天跟他开了一场大玩笑，慢慢亮起的天空出现的不是朝霞，而是黑压压的乌云！

下雨了！残破的氏族里连一间能遮雨的棚屋都不剩，雨水浇灭火把，也浇灭了大家生存的希望。首领愣愣地站着，看着手中乌黑的木棍上散发的青烟，好像整个氏族生存的希望也随着青烟消散。

看见首领绝望的眼神，魁隗赶紧说："别急！给我半天时间，我马上就可以弄出新的火种！"说着他就到附近找了一棵树冠最宽最厚、底下没有被雨水打湿的大树，垫上干草，从怀里掏出一块半焦的木头，用枯叶捂上，再拿出一根稍小的尖木锥在木头上拼命旋转。

没过多久，细细的青烟从覆盖在木头上的枯叶中冒出来，烟越来越多，越来越浓，像极了那天他烧房子时冒出的浓烟，突然火光乍现，树叶燃了。他小心地往比豆子还小的火苗上加撕成细绒的枯叶，火慢慢变大，直至点着他准备好的树枝，做成火把，高举着要去找首领，刚转身却发现首领就站在身后。

魁隗小声说："其实……首领，我没有取到火种，今天早上的火也是我自己做的。"

首领愣愣地看着他，好像看见一个传说在眼前变成现实。魁隗说："那天在山里，项典哥被火神带走了，我看见了火神，那是一道带着很刺眼的光的巨龙，它盘过的大树会冒起火焰。"

在这个时代的人眼中，会引发山火的闪电就是火神，魁隗继续说："我不敢靠近火神，但我看见大树起火的全过程了，火神碰过的树木先是变得干燥，然后才燃起大火，所以我想，是不是以前生火的木材不够干燥，才一直失败。"

首领皱眉，整个氏族都知道这小鬼无数次把氏族弄得浓烟滚滚，怨声载道。魁隗尴尬地笑了笑，说："其实最接近成功的就是烧掉您的茅草屋那次，要是当时我能想到用树枝旋转摩擦升高枯叶的温度，只怕早就成功了。"

这孩子缺乏对火神的敬畏，普通人谁不是对火焰顶礼膜拜，谁又妄想过用卑微的凡人之手制造神圣的火焰？首领抚摸着魁隗头戴的牛头骨，说："孩子，我老了，以后你将成为氏族的首领，我们的氏族也会被后人以你的名字命名，称呼为魁隗氏……不，你拥有跟火神相同的本领，你不会止步于一名氏族首领，你也许会成为更伟大的部落首领，直至成为神。"

魁隗摇头说："我不是神，我只是魁隗！"

首领蹲下身子，按住魁隗的肩膀说："不管你情不情愿，当你高举火焰，带领氏族走向强大，成就了一个伟大的部落时，不管是一百年后，一千年后，还是一万年后，你都会被后世子孙敬奉为神。"

六

后来，首领过世了，魁隗成为氏族的新首领，他用火焰驱散野兽，护佑着氏族慢慢走向强大，哪怕有再大的风雨浇灭火焰，风雨过后他都能让火焰再次燃起。钻木取火是人类历史上第一项划时代的进步，让人类彻底告别了茹毛饮血的生活。火焰让很多原本不适合食用的植物变成了人们的美食，也让肉类更富营养，让成年后的魁隗成长为魁梧壮汉。数不清的小氏族首领带着族人跪倒在他面前，把他视为降世的火神顶礼膜拜，祈求他赐予赖以生存的火焰，这些小氏族结盟为更大规模的部落，尊称魁隗为魁隗氏。

当更大的部落也为了火焰的光明而聚集在魁隗身边时，魁隗的名声远远超过了一个小氏族能够到达的程度。在那些没有亲眼见过魁隗的边远氏族口中，魁隗被描述为牛首人身、手持烈焰的火神，但他没有止步于火神的形象，他仍然在苦心经营新生的大部落，设法制造更为稳定的火焰，试着冶炼金属，筛选合适烹煮食用的植物。当火神也不足以形容他的伟大之后，人们开始把他尊称为帝，手持炎炎赤焰的帝君——炎帝。

在懂得利用火焰之后，人的寿命远胜以往，魁隗执掌部落大权的时间更是长达史无前例的五十八年，但他仍然觉得人的一生太过短暂，他还有很多事来不及做，比如寻找、甄选新的农作物，挖掘沟渠，抵御洪水，但钻木取火已经让人类在蛮荒的远古稳稳地立足，后面的事自然有后来人解决。

终有一天，魁隗也老迈了，炎帝的尊号传给了另一个更擅长用火的年轻首领——炎居。部落在炎帝离世后仍然在不断发展壮大。多年之后炎居老去，炎帝的尊号又依次传给了节并、戏器、祝融、共工、神农、临魁……直至炎帝部落与另外一个强大的部落联合，组成炎黄部落联盟，代代相传五百余年。

但，这不是终点，只是另一段更为波澜壮阔的历史的开端……

故事到这里就结束了，当画面定格在远古蛮荒世界中，高举炎黄图腾的部落先民身上时，观众们仍然没回过神，直至主持人走上台把大家的思绪从远古世界拉回来。

主持人面对直播镜头说："这就是我们的第 16 号短片，也是最后一部宣传短片的内容，完全基于古书记载来制作，当然也进行了一定的合理想象和艺术加工，请大家对参选的十六位上古神祇进行投票。"

历史，有时候总是喜欢跟人类开螺旋式的玩笑——一万年前的原始祖先们生活在蛮荒的大地上，艰难求生，直至有了钻木取火这最伟大的发明，才能立足于世、发展壮大；一万年后，被迫离开地球故乡的人类在蛮荒的太空中艰难求生，层出不穷的威胁让人盼望着能建造出属于自己的星海巨舰来保卫这个称为星舰联盟的孱弱家园。

蛮荒的太空中，数十艘星舰缓缓前行，逐步好转的经济、逐渐宽裕的生存空间让星舰建造工作暂时告一段落，由无数星际尘埃和小行星组成的星舰船坞终于可以腾出手来建造梦想中的巨舰，军代表们搭乘小飞船，在工程师的带领下慢慢靠近船坞中的那个体积接近月球的雪茄形巨舰——巨型人造重力场导轨微型黑洞武器星球毁灭舰。这是星舰联盟第一艘巨型主力舰，没人喜欢这又长又拗口的名字，大家都把它称为"巡天战列舰"，它的服役即将成为星舰联盟的一场盛典。

"这东西真大啊，怪不得大家都提议说要用上古神祇来命名。"军代表抬头看着眼前如满月初升的巨舰，感叹说。

工程师说："全民投票决定这巨舰的名字很花时间，其实我们现在就可以着手最后的涂装工作了，毕竟哪位神祇胜出是没有悬念的事。"

军代表笑了，黑色的眼珠子满是笑意，说："全民投票，呵呵，炎黄子孙有多少人不用我提醒吧？星舰联盟第一大族，这次参选的其他远古神祇，不管是火神怀斯托斯还是雷神托尔，谁竞争得过他？"

工程师一脸严肃地摘下眼镜，用黑色的眼睛看着军代表，说："一个人，在上古蛮荒中为后世子孙开创出一条生路，他就会成为伟大的首领；后世子孙争气，成就了一个伟大的文明，念着他的创举，于是他也就成了神。"

从这一天起，星舰联盟的第一艘主力舰被命名为"炎帝号"。很多年后，这艘巨舰退役了，很快又有另一艘巨舰继承了"炎帝号"的名称，炎帝的名字一代代传承下去，寄托着后世子孙们像祖先一样，在蛮荒的宇宙中开创出一个强大文明的愿望。